TAKE

FURY-BRÜDER
BUCH 4

ANNA HACKETT

Take

Copyright 2025 by Anna Hackett

Aus dem Englischen übersetzt von Nathalie Hopper Translation

Umschlaggestaltung: Hang Le Designs

Bildquelle: CJC Photography

ISBN (ebook): 978-1-923134-70-6

ISBN (Printversion): 978-1-923134-71-3

Originaltitel: Take

1

REATH

I ch war bereit, mich in mein Bett zu legen und diesen
verdammten Tag zu beenden.

Mein Schädel pochte, und ich notierte mir, dass ich
mir Aspirin besorgen musste. Ich beugte mich über die
Tastatur, tippte ein paar Mal und überprüfte die Video-
aufzeichnungen auf dem Bildschirm.

Nichts.

Leise knurrte ich vor mich hin. Irgendein Scheißkerl
war ins Lagerhaus meines Kunden in Mid-City eingebrochen und hatte Industrieanlagen von hohem Geldwert
gestohlen.

Ich *würde* sie finden.

Das tat ich immer. Das war es, was Phoenix Security
Services zu dem besten Sicherheitsunternehmen in New
Orleans machte.

Ein Pfiff ertönte an der Tür zu meinem Büro. „Hey
Boss, du siehst aber schick aus."

Ich hob den Kopf und sah einen meiner Männer,
Lincoln, mit seiner gebräunten Haut und dem struppi-

gen, blonden Haar dort stehen. Er sah aus, als würde er sich gleich ein Surfbrett unter den Arm klemmen, bereit, sich in die Wellen zu stürzen. Aber hinter seinem Lächeln und seinem lockeren Auftreten steckte ein knallharter Kerl, ein ehemaliger Navy SEAL, ein Experte im Muay-Thai-Kampf und geschickt im Umgang mit Technik und Computern.

Ich zupfte am Ärmel meines Smokings. Ein verdammter *weißer* Smoking.

Mein Bruder Dante veranstaltete eine Party in seinem gehobenen Restaurant Wildfire. Sie stand unter dem Motto *Great Gatsby*, und seine Frau Mila hatte den Anzug in meinem Büro abgegeben, mit der Bitte, ich solle ihn tragen.

Sie war eine Eventplanerin und konnte sehr streng sein.

„Ich muss noch auf eine Wohltätigkeitsgala. Dante und Mila veranstalten sie im Wildfire."

Linc grinste. „Die beiden sammeln immer Geld für irgendwas."

Das stimmte. Meine Brüder und ich gaben gern so viel zurück, wie wir konnten.

Schließlich hatten wir früher absolut nichts besessen. Wir waren nur fünf Jungs gewesen, die verstoßen und im Stich gelassen worden waren. Allesamt waren wir in Pflegefamilien gelandet und wussten, wie es war, nichts zu haben außer den Kleidern, die wir am Leib trugen. Ich war als Neugeborenes ausgesetzt worden und hatte meine Eltern nie kennengelernt. Das Pflegesystem war für mich nicht immer einfach gewesen. Einige meiner Pflegefamilien waren in Ordnung gewesen, aber manchmal hatte man mich einfach aus heiterem Himmel in ein neues Heim verfrachtet.

Nicht alle waren gut gewesen. Mein Kiefer verkrampfte sich. Einige waren regelrecht furchtbar gewesen. Alte Erinnerungen stürmten auf mich ein – Schreie, Schläge, Blut.

Ich schloss sie wieder weg. Die Vergangenheit war die Vergangenheit. Sie konnte mich nicht mehr verletzen.

In unserer letzten Pflegefamilie hatte ich meine Brüder kennengelernt. Sie hatten mich gerettet – in mehr als einer Hinsicht.

Jetzt hatten wir uns alle ein erfolgreiches Leben aufgebaut und New Orleans zu unserem Zuhause gemacht.

Dante besaß den angesagtesten Club der Stadt, das Ember, sowie mehrere Bars und Restaurants. Colt war ein erfolgreicher Kopfgeldjäger. Kavner hatte sich immer geschworen, eines Tages reich zu sein, und hatte ein milliardenschweres Geschäftsimperium aufgebaut. Beauden leitete das Hard Burn, ein Fitnessstudio mit einer langen Warteliste.

Ich hatte die Fähigkeiten, die ich beim Militär erlernt hatte, und einige, die ich während meiner Tätigkeit bei der CIA erworben hatte, genutzt, um Phoenix Security Services zu gründen.

Wir waren unsere eigenen Männer, beschützten, was uns gehörte, und lebten unser Leben auf unsere Weise.

Außer, wenn ich einen Anzug im Stil der 1920er Jahre anziehen und Small Talk halten musste.

Aber das Geld kam Pflegekindern zugute, also war es das wert.

Ich richtete mich auf. „Ich gehe jetzt besser. Kannst du Noah sagen, dass auf den Überwachungskameras im Fall Hixson nichts Hilfreiches zu sehen war? Sag ihm, er soll weitersuchen."

„Mach ich. Viel Spaß noch." Linc wackelte mit den Augenbrauen. „Vielleicht solltest du versuchen, eine Frau kennenzulernen."

Ich warf ihm einen Blick zu und verließ mein Büro.

Nachdem ich durch den abgedunkelten Computerraum und durch eine Sicherheitstür gegangen war, schritt ich auf den Flur hinaus. Das Innere der PSS-Büros bestand aus polierten Betonböden, Holz und Glas mit einigen industriellen Akzenten. Ich ging an dem mit Glaswänden versehenen Konferenzraum vorbei.

Ein Gefühl des Stolzes durchflutete mich. Dieser Ort gehörte *mir*. Ich hatte ihn aufgebaut, alle Mitarbeiter eingestellt und hart gearbeitet, um erfolgreich zu werden.

Lange Zeit hatte ich nichts besessen, was nur mir gehört hatte. Nichts, was nicht schon einmal von jemand anderem getragen oder benutzt worden war.

Ich richtete meine lange schwarze Krawatte, als ich die Treppe hinunterging und war froh, dass auch das der Vergangenheit angehörte. Ich nickte meinem Mann an der Rezeption zu, dann trat ich hinaus.

Die Nacht war hereingebrochen. Um mich herum lagen die vertrauten Straßen des Warehouse Districts. Meinen Brüdern und mir gehörte der gesamte Block. Wir besaßen mehrere Lagerhäuser, von denen die meisten renoviert und zu unseren Wohnungen, Büros und Geschäftsräumen umfunktioniert worden waren. Kavner wohnte in einem Penthouse im Ignis Tower, der sich an der Ecke in die Luft erhob.

Ich schritt die Straße hinunter und bog ab. Vor mir leuchtete das goldene Schild des Embers im schwachen Abendlicht. Daneben lag das Smokehouse, eine von Dantes Bars.

Aber heute Abend versammelte sich die Menge vor dem Wildfire. Eine lange Schlange von Menschen, die in ihren feinsten 1920er-Jahre-Outfits darauf warteten, durch den glatten, grauen Betoneingang hineingelassen zu werden. Scheinwerfer flackerten, und von drinnen ertönte Jazzmusik.

Ich warf einen Blick auf mein Handy. Immer noch keine Nachricht von Jacks Schwester.

Ein Anflug von Frustration durchzuckte mich, und ich bekam pochende Kopfschmerzen. Ich hatte der Schwester meines besten Freundes zahlreiche Nachrichten geschickt und sie angerufen, aber keine Antwort erhalten.

Nicht eine einzige. Sie hatte sich nicht einmal die Mühe gemacht, ans Handy zu gehen.

Jack war mein bester Freund. Wir waren zusammen bei der Army gewesen, und jetzt arbeitete Jack für ein privates Militärunternehmen.

Ich runzelte die Stirn. In letzter Zeit hatte Jack immer riskantere Jobs angenommen. Das gefiel mir nicht. Ich hatte ihm einen Job bei PSS angeboten, aber der Mann wollte nicht still sitzen oder Wurzeln schlagen.

Eines Tages würde er sich noch verletzen. Oder Schlimmeres.

Vor ein paar Wochen hatte er mich angerufen – von

wo auch immer – und mich gebeten, auf seine Schwester aufzupassen. Sie war nach New Orleans gezogen, um an der Tulane University zu studieren.

Francesca Parker. Vor Jahren hatte ich sie einmal kurz getroffen, nachdem Jack und ich zum Militär gegangen waren. Sie und Jacks Mutter waren aus Seattle eingeflogen, um ihn abzuholen.

Ich hatte eine vage Erinnerung an ein schlaksiges Teenager-Mädchen mit Zahnspange und dunklem Haar. Ich wusste, dass sie jetzt Mitte zwanzig sein musste. Sie absolvierte irgendeine Art von Aufbaustudium.

Eigentlich hatte ich keine Zeit, ein College-Mädchen zu babysitten. Schon gar nicht eins, das nicht auf Anrufe reagierte.

Ich schritt auf die Tür des Wildfires zu.

„Hey." Eine Blondine in einem kurzen Flapper-Kleid, die in der Schlange stand, ergriff meinen Arm. „*Bitte* nehmen Sie mich mit rein."

„Tut mir leid."

„Aber die Schlange ist so lang." Sie klimperte mit den Wimpern.

Das Mädchen war wunderschön, aber ich spürte nicht einmal einen Hauch von Reaktion. Es war mir nie schwergefallen, weibliche Gesellschaft zu finden, aber es war schon eine Weile her.

In letzter Zeit war ich einfach nicht mehr interessiert.

Ich schüttelte den Kopf und versuchte, die Zurückweisung mit einem Lächeln zu mildern. Der Türsteher sah mich und winkte mich herein.

„Entschuldigung. Schönen Abend noch." Ich drehte mich um und trat ein.

Der große Raum hatte eine hohe Decke und stimmungsvolle, graue Wände. In der Mitte des Restaurants stand ein Baum. Die Zweige ragten in die Höhe, breiteten sich aus und wirkten wie ein Baldachin. Die leuchtenden Blüten an den Zweigen funkelten golden.

Mila freute sich bestimmt, dass so viele Gäste hier waren. Als ob ich sie herbeigezaubert hätte, entdeckte ich sie in der Menge. Sie unterhielt sich mit einigen der Angestellten und trug ein schwarzgoldenes Flapper-Kleid. Ihr braunes Haar fiel in sanften Wellen.

Und nicht weit hinter ihr stand mein älterer Bruder Dante.

Dante war groß, düster und männlich. Er wirkte wie ein Mann, der gern das Sagen hatte. Seine Kleidung war schwarz, bis auf einen goldenen Schal.

Als ich ihn beobachtete, streckte er die Hand aus und berührte Milas Ohr. Sie sah auf und schenkte ihm ein strahlendes Lächeln.

Ich spürte ein seltsames Ziehen in meiner Brust. Es war schön, Dante glücklich zu sehen. Ich hoffte nur, dass es so bleiben würde.

Liebe war etwas, dem ich nicht traute.

Ich liebte meine Brüder – ein Band, das durch gemeinsame Kämpfe, Loyalität und Entbehrungen geschmiedet worden war, und wusste, dass es nie zerbrochen werden würde.

Aber romantische Liebe ... schien mir eine viel zerbrechlichere Sache zu sein. Eine, die hell aufflackerte und dann schnell wieder erlosch. Eine, die mehr Mühe machte, als sie wert war.

Ich ging auf das Paar zu. Mila sah mich zuerst und lächelte.

„Ich *wusste, dass* du in diesem Anzug fabelhaft aussehen würdest, Reath."

Ich senkte meinen Kopf und küsste sie auf die Wange. Dann nickte ich Dante zu. „Tolle Dekoration, Mila."

Sie strahlte. „Danke."

„Das liegt daran, dass sie ein Genie ist", meinte eine Frauenstimme.

Ich blickte auf und sah Macy. Die quirlige Blondine trug ein champagnergoldenes Kleid mit Fransen am unteren Rand. Colt war an ihrer Seite. Mein Bruder, der Kopfgeldjäger, schien genauso begeistert zu sein wie ich, dass er sich so hatte herausputzen müssen.

„Ich *liebe* dieses Kleid." Macy schwenkte den Fransenrock. „Daisy wollte unbedingt auch eins."

Daisy war Colts Tochter – eigentlich seine Nichte, die er adoptiert hatte. Und es überraschte mich überhaupt nicht, dass Daisy ein ähnliches Kleid wollte. Das Mädchen mochte alles, was hübsch war und glitzerte.

Beau tauchte aus der Menge auf. Man konnte den Boxer aus dem Ring nehmen, aber den Ring nicht aus dem Boxer. Er hatte die Ärmel seines weißen Hemdes hochgekrempelt, sodass die Tätowierungen auf seinen Armen zur Geltung kamen. Außerdem trug er eine dunkelgrüne Weste.

„Beau, wo ist dein Jackett?", protestierte Mila.

Beau hob ein Whiskeyglas und nippte an seinem Getränk. „Das ist alles, was ich gewillt bin, für dich zu tun."

Die Brünette stieß einen Atemzug aus.

Ein Raunen ging durch die Menge, und ich drehte mich um.

Unser letzter Bruder war eingetroffen.

„Der Mann muss immer einen Auftritt hinlegen", murmelte Colt.

„Aber sieh sie dir an", flüsterte Macy. „So glamourös."

Kavner und seine Frau, London, betraten das Wildfire.

Kavner war groß, unnahbar und attraktiv. Ganz zu schweigen davon, dass er Milliardär war. Er zog die Aufmerksamkeit der Leute auf sich, wann immer er auftauchte. Heute Abend trug er einen schwarzen Smoking und hatte sein Haar zurückgekämmt. Ein silbernes Taschentuch blinzelte aus der oberen Tasche seines Jacketts. London neben ihm war groß und schlank und trug ein langes, silbern drapiertes Kleid. Das Dekolleté war unglaublich tief ausgeschnitten, sodass schimmernde dunkle Haut zum Vorschein kam, und lange, weiße Handschuhe vervollständigten das Outfit.

Die Menge drängte sich in Richtung des Paares. Alle wollten immer mit Kavner sprechen.

London – eine ehemalige Agentin des Finanzministeriums – war ziemlich auf ihn bedacht. Sie warf mehreren Leuten scharfe Blicke zu.

Das Paar erreichte uns.

„Guten Abend", sagte Kavner und legte seinen Arm fest um Londons Taille.

„Ihr zwei seht umwerfend aus", bemerkte Macy.

„Ihr auch." London lächelte. „Die Farbe steht dir

ausgezeichnet, Macy." Sie drehte sich um. „Mila, die Deko ist einfach nur umwerfend."

„Sie hat recht", stimmte Kav zu. „Du hast dich selbst übertroffen."

Mila warf einen zufriedenen Blick in den Raum. „Danke."

„Also", fuhr London fort, „du hast mir einen besonderen Cocktail versprochen."

Mila nickte. „Für heute Abend habe ich einige außergewöhnliche geplant. Ich werde dir einen *Daisy Buchanan* machen. Wodka, Champagner, Holunderblüten und eine Zitronenspalte."

Die Frauen kamen ins Gespräch. Dante wandte sich an Kavner. „Wie ich sehe, sind die Aktien, in die du mich hast investieren lassen, gestiegen."

„Natürlich sind sie das." Kavner nahm sich ein Glas Wein von einem der Kellner.

Ich drehte meinen Kopf und ließ meinen Blick über die Menge schweifen.

Ein roter Schimmer stach mir ins Auge.

Als ich ihn sah, trat eine Frau aus dem Gedränge heraus. Sie hielt inne und sah sich um.

Mein ganzer Körper erstarrte.

Sie war nicht groß, vielleicht 1,65 m, mit Kurven, die ihr rot-schwarzes Flapper-Kleid perfekt ausfüllten. Ihr schwarzes Haar reichte nicht ganz bis zu den Schultern und war im Stil der 1920er Jahre gewellt, mit einem Stirnband, das mit einer roten Feder geschmückt war.

Ich konnte meinen Blick nicht von ihr abwenden. Plötzlich fühlten sich meine Kopfschmerzen nicht mehr ganz so hämmernd an.

Mein Blick wanderte an ihrem Körper hinunter. Als ich wieder in ihr Gesicht sah, trafen sich unsere Blicke.

Sie war nicht gerade wunderschön, aber definitiv attraktiv. Sie hatte große Augen, aber sie war zu weit weg, als dass ich die Farbe hätte erkennen können, und einen breiten Mund. Ihre üppigen Lippen waren passend zu ihrem Kleid rot bemalt.

Dieses Mal spürte ich ein Ziehen. Ein großes.

Die Menge bewegte sich und versperrte mir die Sicht auf sie.

Ich stellte meinen Drink ab. „Ich bin gleich wieder da."

2

FRANKIE

W*ow!*
Ich sah mich im Raum um. *Erstaunlich.*
New Orleans wusste wirklich, wie man eine Party
schmiss.

Da stand ein verdammter Baum in der Mitte des
Raumes, dessen mit Blumen geschmückte Zweige sich
über die Decke erstreckten. Sie leuchteten wunderschön.

Ich war erst seit zwei Wochen in der Stadt, aber sie
gefiel mir jetzt schon. Um ehrlich zu sein, hatte ich die
meiste Zeit damit verbracht, mein neues Labor einzurichten. Sogar das niedliche kleine Haus, das ich gemietet
hatte, war noch mit Kisten gefüllt.

Die Tulane finanzierte mein neues Projekt ... mit
staatlicher Hilfe. Mein Traum war wahr geworden. Ich
war eine Mikrobiologin, die ihren Doktortitel erwarb und
gleichzeitig meinem Land half.

Aber heute Abend wollte ich einfach nur Spaß
haben.

Heute Abend wollte ich mich ein wenig austoben.

Ich fuhr mit einer Hand über mein Outfit. Ich *liebte* das rote Flapper-Kleid. Es war eine schöne Abwechslung zu meinem Laborkittel, und wer mochte es nicht, sich zu verkleiden? Ich trug auch eine lange Perlenkette und ein süßes Stirnband mit roten Federn.

Mein anderes Ziel heute Abend war es, die Fury-Brüder zu sehen.

Ich hatte schon so viel über die Lieblingssöhne von New Orleans gehört. Na ja, okay, eigentlich wollte ich Reath Fury sehen – den besten Freund meines Bruders Jack.

Mein Bruder vergötterte den Mann.

Ich rümpfte die Nase. Jack stand Reath näher als mir. Sie waren wie Brüder. Ich spürte einen Stich. Ich liebte Jack, aber er war immer weg von zu Hause, immer auf der Suche nach dem nächsten Abenteuer.

Mama und ich waren nicht genug für ihn. Das hatte ich als kleines Mädchen gelernt, das verzweifelt die Aufmerksamkeit seines beliebten Bruders gesucht hatte.

Meine Mutter hatte mich immer gewarnt, dass manche Männer immer auf der Suche nach der nächsten aufregenden Sache waren. Nach etwas Neuem und Glänzendem. Einem pulsierenden Abenteuer.

Mein Vater war so gewesen. Nicht, dass er um die Welt gereist oder untreu gewesen wäre. Nein, er hatte seine ganze Leidenschaft in seinen Job als Polizist gesteckt.

Bis dieser ihn umgebracht hatte.

Ich schüttelte die Melancholie ab. Dies war eine Party, und New Orleans war ein Neubeginn. Ich nahm mir ein Getränk vom Tablett und lächelte den Kellner an. Dann trank ich einen Schluck Champagner und genoss das Prickeln auf meiner Zunge.

Vermutlich würde ich Reath nicht wirklich wiedererkennen, denn ich hatte nur eine vage Erinnerung an einen Mann in Uniform – wie all die anderen Soldaten, die herumgelaufen waren, als Jack nach Hause gekommen war. Alles, was ich gesehen hatte, war mein Bruder. Ich hatte ihn so sehr vermisst.

„O mein Gott, da ist Dante Fury", flüsterte eine Frau in der Nähe aufgeregt. „Seine Freundin ist die *glücklichste* Frau in New Orleans."

Ich warf einen Blick auf das tratschende Frauentrio und drehte mich dann um.

O ja. Dante Fury war ein heißer, dunkelhaariger Mann mit einem muskulösen Körper und einem starken Kiefer, der von einem dunklen Bart bedeckt war. Ein Mann, wie Männer sein wollten, und wie Frauen ihn schlicht begehrten. Die Brünette neben ihm in dem umwerfenden schwarz-goldenen Kleid lachte. Natürlich war auch sie umwerfend attraktiv.

Ich reckte den Hals, um mir die anderen anzusehen. Da war ein großer, mürrisch aussehender Mann mit Bart und eine kleine, blonde Frau vor ihm, die ihm die Brust tätschelte.

„Ich nehme Colton", murmelte eine andere Frau. „Diese ganze Kopfgeldjäger-Härte ist so heiß." Die Frau täuschte ein Zittern vor.

In diesem Moment bewegte sich die Menge, und ich konnte die anderen Brüder nicht mehr sehen. *Verdammt.*

Ich nippte an meinem Drink und ging näher heran, konnte aber immer noch nichts erkennen. Verdammt, wieso waren alle Menschen auf der Welt größer als ich?

Meine beste Freundin Lindsay in Seattle würde mir sagen, ich solle aufhören, zu jammern. Sie war gerade mal 1,50 m groß und beschwerte sich bitterlich darüber, dass sie zu klein war.

Plötzlich teilte sich die Menge, und ein Mann in einem weißen Anzug ließ mich die Fury-Brüder ganz vergessen.

O Mann. Er war umwerfend. Das Weiß passte perfekt zu seiner dunkelbronzenen Haut. Er hatte eindeutig afroamerikanische Vorfahren. Sein Gesicht war fast schön, aber sein starker Kiefer bewahrte ihn davor, zu hübsch zu sein. Sein schwarzes Haar war kurz, und seine Haltung verriet, dass er ein Mann war, der wusste, wie man sich bewegte, der wusste, wie man mit allem umging, was das Leben ihm zuwarf.

Ich sah, wie er den Raum absuchte, wachsam und aufmerksam. Diesen Blick hatte ich schon oft bei meinem Bruder gesehen.

Jemand ging zwischen uns hindurch, und meine Brust zog sich zusammen. *Moment mal!* Sah er mich an?

Dann hob er den Kopf, und sein Blick traf auf den meinen.

Oh. Mein Herz klopfte hart gegen meine Rippen.

Ich konnte den Blick nicht abwenden. Wir starrten uns einen Augenblick lang an.

Die Menge bewegte sich wieder und versperrte mir die Sicht. Ich leerte schnell meinen Drink und widerstand dem Drang, mir Luft zuzufächeln.

Eilig begann ich, mich durch die Gäste in Richtung

Theke zu bewegen. Ein paar Leute waren auf der Tanz-fläche und tanzten im Stil der 1920er Jahre zur Jazzmusik.

Mit einem Blick zurück hielt ich Ausschau nach meinem geheimnisvollen Mann. Ich konnte es wirklich nicht gebrauchen, dass ein heißer Typ meine Pläne durcheinander brachte. Ich war Frankie Parker, eine Karrierefrau. Mein Doktortitel war meine oberste Priori-tät. Dr. F. Parker hörte sich wunderbar an.

Ich hatte keinen Platz für Männer, Liebe und Verwicklungen. Mein Projekt war zu wichtig.

Meine Arbeit würde die Dinge verändern – zuerst fürs Militär, aber später für so viele kranke Menschen.

Ich dachte an meine Mutter. Mein Vater war im Dienst ums Leben gekommen, als ich sieben Jahre alt gewesen war und Jack an der Schwelle zum Teenager gestanden hatte. Er war am Boden zerstört gewesen, genau wie meine Mutter. Dorrie Parker hatte hart gear-beitet, um ein perfektes Zuhause zu schaffen, war zu Fußballspielen und Cheerleader-Trainings gekommen. Aber nach dem Tod meines Vaters war es, als ob in ihr ein Licht erloschen wäre. Sie sehnte sich nach ihrem Mann und hatte nie wieder geheiratet.

Ich hatte nicht vor, mir das von einem Mann antun zu lassen.

Als ich mich durch eine kleine Menschenmenge drängte, prallte ich gegen einen starken Körper.

„Oh, Entschuldigung." Ich drückte meine Hände auf das schneeweiße Jackett des Mannes und spürte harte Muskeln und Wärme.

Dann blickte ich in ein vertrautes, gut aussehendes

Gesicht. Ich blinzelte. Er hatte dunkelbraune Augen, denen ich nicht ausweichen konnte.

„Hallo", murmelte mein geheimnisvoller Mann.

Mein Gehirn setzte für eine Sekunde aus. „Hallo." Gott, meine Stimme klang viel zu hart. Wie eine schlechte Marilyn-Monroe-Imitatorin.

„Sieht aus, als bräuchten Sie einen Drink." Seine Stimme war tief und voll. „Erlauben Sie mir." Er streckte einen Arm nach mir aus.

Ich dachte nicht einmal nach, sondern legte meinen Arm einfach durch seinen.

Mr. Mystery war aus der Nähe betrachtet noch beeindruckender. Als mein Körper seinen berührte, machte mein Bauch einen Purzelbaum. Er roch nach Limetten und Gewürzen und strahlte eine stille Stärke aus.

Als er mich zur Bar führte, schienen ihm die Leute automatisch aus dem Weg zu gehen. Er hob eine Hand, und der umwerfende Barkeeper brachte ein schickes Cocktailglas und einen kleinen Becher mit bernsteinfarbener Flüssigkeit herüber.

„Für Sie." Er reichte mir den Cocktail.

„Danke." Ich schloss meine Hände um das Glas und war dankbar, dass ich etwas anderes zu tun hatte, als ihn anzustarren.

„Gefällt Ihnen die Party?"

„Nun, sie ist schick." Ich nahm einen Schluck des Getränks, und die Aromen explodierten auf meiner Zunge. „Mmm, der Drink ist gut." Ich lehnte mich näher heran und schnupperte wieder sein frisches Rasierwasser. „Ehrlich gesagt, bin ich keine große Partygängerin."

„Das bin ich auch nicht", meinte er. „Obwohl ich zu mehr dieser Partys geschleppt werde, als mir lieb ist." Er zupfte am Revers seines Jacketts. „Und ich bin immer gezwungen, mich schick zu machen."

„Das mit dem Herausputzen macht mir nichts aus." Und dieser Mann sollte sich immer so kleiden.

Sein Blick senkte sich, und er ließ sich Zeit, als er mein Kleid betrachtete. Hitze entflammte in meinem Bauch.

Seine braunen Augen kehrten zu den meinen zurück. „Eigentlich macht es mir auch nichts aus, wenn Sie sich in Schale werfen."

Meine Kehle wurde eng, und ich spürte überall ein Kribbeln.

„Und warum gehen Sie nicht auf viele Partys?", fragte er.

„Arbeit. Ich bin ein kleiner Workaholic."

Seine Lippen formte sich zu einem leichten Lächeln. „Ich auch."

„Ich liebe meinen Beruf, also macht es mir nichts aus, lange zu arbeiten."

Er nickte, und ich konnte sehen, dass er mich verstand.

„Wie heißen Sie?", fragte er.

Ich winkte ihm mit dem Finger zu. „Nein, verderben Sie es nicht. Ich genieße den Hauch von Spaß und Geheimnis."

Er hielt inne. „Okay, Ms. Mystery."

Ich lächelte. „Versuchen Sie, das dreimal schnell hintereinander zu sagen."

Ein Lachen entfloh seinen Lippen.

O Gott. Es war ein schönes Lachen. Verlangen schoss direkt zwischen meine Beine. Ich wusste nicht, was mit mir los war. Kein Mann hatte mich jemals zuvor so berührt. Ich konnte sehen, dass er es auch spürte, was sich in der intensiven Art, wie er mich beobachtete, widerspiegelte.

Ich nahm einen großen Schluck des Cocktails. „Sie arbeiten also zu viel?"

Er nickte. „Wie Sie genieße ich meine Arbeit. Ich habe mein eigenes Unternehmen."

„Für mich ist es das Wissen, dass meine Arbeit Menschen hilft. Das gibt mir einen Sinn."

„Mir auch. Zu viele Leute schauen oder gehen weg, wenn sie helfen könnten."

Der Mann war ein doppeltes Vergnügen. Ein guter Kerl *und eine* Augenweide. Ich bewegte mich, und meine glitzernde schwarze Handtasche rutschte von meiner Schulter und fiel zu Boden.

„Verdammt." Ich ging in die Hocke und griff an den Saum meines Kleides, um niemandem mein Höschen zu zeigen.

Mr. Mystery bückte sich ebenfalls, und unsere Gesichter waren so nah beieinander, dass sie sich fast berührten.

Unsere beiden Hände schlossen sich um den Riemen meiner Tasche.

Wir sahen uns an und erhoben uns langsam. Seine Finger, die größer und dunkler waren, verschränkten sich mit meinen. Sein brauner Blick blieb auf meinem Gesicht haften.

„Ihr Mund ist mir zuerst aufgefallen", murmelte er.

Ich blinzelte. „Oh? Er ist groß. Mein Bruder hat mich immer damit aufgezogen, als wir Kinder waren."

Mein Begleiter streckte die Hand aus und strich mit dem Daumen über meine Unterlippe. „Ich denke, er ist perfekt."

Mein Herz raste, und in meinem Bauch spielte eine Horde Schmetterlinge verrückt. Seine Berührung fühlte sich elektrisch an, und ich wollte, dass er mich an anderen Stellen berührte. Überall.

Ich schluckte und leckte mir über die Lippen. Sie berührten seinen Daumen. In seinen Augen blitzte es gefährlich auf.

„Scheiße", murmelte er, als er näher kam. Er nahm mein Glas und stellte es zusammen mit seinem auf einen der hohen Tische, die in der Halle verteilt waren. Dann richtete sich dieser intensive Blick wieder auf mich. „Ich möchte dich küssen."

Mein Herz klopfte so schnell. „Falls das eine Frage ist, auch wenn das verrückt ist und ich normalerweise keine fremden Männer küsse, die ich gerade erst kennengelernt habe, ist die Antwort Ja."

„Gut." Er senkte seinen Kopf.

Ich konnte kaum noch atmen.

Sein Mund berührte meinen in einer verlockenden Bewegung seiner Lippen. Die Menge verschwand, und meine Lippen öffneten sich. Seine Zunge streichelte meine, und ich stöhnte auf. Er vertiefte den Kuss, seine Hand umfasste meinen Hinterkopf.

Der Raum wirbelte durcheinander, als hätte sich die Erde um ihre Achse gedreht.

Ich drückte meine Hände auf seine harte Brust, um mich zu stützen.

Während er mich küsste, verlor ich mich in seinem Geschmack. Es war eine erotische Erkundung von Necken, Schmecken und Kennenlernen. Er gab ein leises Brummen von sich.

Sein Mund hob sich. Unsere Lippen berührten sich noch immer, wir atmeten beide schwer.

Ich zog die Luft ein. „Ich brauche ...“

Schreie brachen aus. Ich hörte Glas zerspringen.

Sein Kopf schnellte hoch, und seine Augen schärften sich, als er sich umdrehte. In der Nähe war ein Kampf ausgebrochen. Zwei Männer in Anzügen prügelten aufeinander ein.

Ich erkannte den Blick in seinen Augen. Mein Vater und Jack teilten sich ihn: Das Wissen, dass es in der Nähe Ärger gab und sie eingreifen mussten.

„Ich muss helfen“, erklärte er.

Wie benommen nickte ich. „Geh.“

Er stürmte vor und drängte sich an mehreren Leuten vorbei. Ich beobachtete, wie er die kämpfenden Männer auseinanderzog. Einer war eindeutig betrunken.

Eine Sekunde später sah ich Dante und Colton Fury auftauchen. Ein großer, tätowierter Mann und ein eleganter Mann im Anzug schlossen sich ihnen an. Sie stürzten sich alle ins Getümmel, trieben die Leute zurück und brachten das Chaos zur Ruhe.

Mein Mann winkte den Sicherheitsleuten zu, die schnell angelaufen kamen.

„Kümmert euch um sie“, befahl Dante in kaltem Ton.

Dann drehte er sich um und klopfte meinem geheimnisvollen Mann auf den Rücken. „Schnelle Reflexe wie immer, Reath."

Reath.

Meine Welt geriet wieder ins Wanken, und mir wurde flau.

O nein. Nein, nein, nein.

Ich hatte gerade Reath Fury geküsst. Den besten Freund meines Bruders.

Ich presste meine Handflächen auf meine brennenden Wangen. In Panik drehte ich mich um und eilte durch die Menge.

Jack würde mich umbringen.

O Gott. Das war der Grund, warum ich nie ausging.

Ich lief schnurstracks auf die Eingangstür zu.

3

REATH

Ich packte das Lenkrad meines Lotus Eletre und überholte das abbiegende Auto vor mir, während ich auf die Tulane University zufuhr.

Die Sonne war ein bisschen zu hell. Gestern Abend hatte ich am Ende der Party einen Whiskey zu viel getrunken. Beau hatte mich dazu überredet, und der Mann konnte uns alle unter den Tisch trinken.

Hauptsächlich, weil ich sauer gewesen war, dass mir meine geheimnisvolle Frau in Rot entglitten war.

Ich kannte nicht mal ihren Namen.

Dieser Kuss.

Beau hatte ihn gesehen und mir das Leben zur Hölle gemacht.

Normalerweise war ich kein Mann, der eine Frau vor den Augen anderer küsste. Mir gefiel meine Privatsphäre und ich legte großen Wert auf sie.

Ich tippte mit den Fingern aufs Lenkrad. Natürlich könnte ich die Videoüberwachung des Wildfires abrufen. Ich hatte das Sicherheitssystem installiert, deshalb wäre es ganz einfach. Dann könnte ich sie durch die Gesichts-erkennung laufen lassen.

Ich schnaubte. Das hörte sich sehr nach Stalking an.

Also konzentrierte ich mich und verdrängte die Frau in Rot – mit ihren süßen, vollen Lippen – aus meinem Kopf. Es half, dass ich eine lästige Aufgabe zu bewältigen hatte: Die schwer fassbare Francesca Parker aufzuspüren.

Ich wollte mich vergewissern, dass es ihr gut ging, und sie sich eingelebt hatte. Wenn ich meinen Job erledigt hatte, konnte Jack beruhigt sein, dass seine Schwester wohlauf war.

Der Elektromotor gab kaum ein Geräusch von sich, während ich zum Parkplatz der Universität fuhr. Es dauerte nicht lange, bis ich das Gebäude der Mikrobio-logie gefunden hatte. In der Lobby saß eine gelangweilt aussehende Frau an einem Schreibtisch.

„Ich suche nach Francesca Parker."

Die Frau tippte auf den Computer. „Labor vier. Im Obergeschoss." Sie deutete auf eine Anmeldeliste. „Bitte tragen Sie sich ein."

„Danke." Ich kritzelte meinen Namen aufs Blatt.

Die Sicherheitsvorkehrungen waren lax. In diesen Labors gab es potenziell schlimme Stoffe, sollten sie daher nicht strenger sein?

Ich ging in den Aufzug und drückte die Nummer zwei. Der Fahrstuhl war langsam, und als die Türen sich öffneten, schaute ich einen langen, weißen Flur hinunter. Vor dem ersten Labor hielt ich inne und schaute durchs Glasfenster. Es sah wie ein normales Labor aus – Geräte, Werkbänke, Reagenzgläser. Es gab ein Kartenlesegerät, das man durchziehen musste, um die Tür zu öffnen. Immerhin.

Ich ging weiter und sah das Schild für Labor vier. Die Tür war aufgestoßen.

Drinnen waren die langen Bänke mit einem Wirrwarr aus vielen Geräten und Kisten gefüllt.

„Hallo?", rief ich.

„Hallo." Eine Frau kam aus einem Nebenraum und manövrierte die große Kiste, die sie trug, nach hinten. Sie trug einen Laborkittel und hatte dunkles Haar, das ihr nicht ganz bis zu den Schultern reichte.

Sie setzte die Kiste ab, und ich erhaschte einen Blick auf ihren kurvenreichen Körper. Dann richtete sie sich auf und drehte sich zu mir um.

Was zum Teufel? Es war wie ein Schlag in die Magengrube.

Es war meine Frau in Rot.

„Oh." Ihre blauen Augen weiteten sich, ihre vollen Lippen teilten sich.

„Francesca?", sagte ich langsam.

„Ich werde Frankie genannt." Sie biss sich auf die Lippe. „Und du bist Reath."

Meine geheimnisvolle Frau war Jacks kleine Schwester.

Verdammt.

Ich sah sie finster an. „Du wusstest gestern Abend, wer ich bin?"

Sie stemmte die Hände in die Hüften. „Nein. Nicht als ...", sie räusperte sich, „nicht vor der Prügelei, und ..." Sie winkte mit der Hand, als ob das alles erklären würde.

„Verdammt." Ich fuhr mir mit einer Hand durchs Haar.

„Es ist in Ordnung", erklärte sie. „Wir tun einfach so, als wäre letzte Nacht nicht passiert." Sie sagte es in einem lockeren Ton.

Ich kniff die Augen zusammen. „So einfach ist das?"

Frankie hob ihr Kinn. „Es war doch ein Fehler, oder?" Sie sah mich erwartungsvoll an.

„Das war es", stimmte ich mit belegter Stimme zu.

Sie wandte den Blick ab. „Klar. Wir werden es Jack gegenüber nicht erwähnen."

Jack. Verdammt, mein bester Freund. Der Mann, dem ich mein Leben anvertrauen würde, für den ich alles tun würde. Wenn er wüsste, dass ich seine Schwester geküsst hatte, würde er mir eine reinhauen.

„Du hast auf keine meiner Anrufe oder Nachrichten geantwortet."

Sie räusperte sich. „Ich war damit beschäftigt, mein Labor einzurichten."

Ich blickte mich um.

„Mein Projekt ist wichtig", fuhr sie fort. „Und ich bin ein Workaholic, schon vergessen?" Sie drehte sich um und begann, die Ausrüstung auf einer der Bänke zu stapeln. „Es ist in Ordnung, Reath. Du hast deine Pflicht getan. Du kannst Jack sagen, dass du dich nach mir erkundigt hast und es mir gut geht."

Sie hatte mich entlassen. Das gefiel mir nicht.

„Du solltest zu einem Familienessen kommen", meinte ich. „Und meine Brüder kennenlernen."

Verdammt! Warum zum Teufel hatte ich das vorgeschlagen? Das war das Letzte, was ich brauchte.

„Oh, ähm, danke. Ich habe wirklich keine Zeit."

Ich hatte gestern Abend im schummrigen Licht des Wildfires keinen guten Blick auf ihre Augen werfen können. Sie waren das reinste Blau, das ich je gesehen hatte. „Francesca ..."

„Frankie."

Gut, das passte besser zu ihrer Frechheit. „Frankie. Ich habe Jack gesagt, dass ich auf dich aufpassen werde."

„Ich bin eine erwachsene Frau, Reath. Ich brauche keine Hilfe. Und ich brauche keinen Mann, der sich mir in den Weg stellt und nur seine *Pflicht* tut." Sie formte mit ihren Fingern Anführungszeichen. „Ich bin schon seit Langem erwachsen. Jetzt muss ich mit meinen Experimenten anfangen."

Sie sah mich mit hochgezogenen Augenbrauen an.

Offenbar war das die Aufforderung an mich, zu gehen.

Ich hielt ihrem Blick einen Moment lang stand.

„Gut." Dann drehte ich mich um und ging hinaus.

Doch als ich den Flur hinunterging, fühlte ich mich unruhig. Es war ein ungewohntes Gefühl, und es gefiel mir nicht.

Ich sollte glücklich sein. Jacks kleiner Schwester aus dem Weg zu gehen, war das Beste für alle.

Frankie Parker war schlecht für meine Nerven.

4

FRANKIE

Ich ließ mich gegen die Bank sinken.

Er war gegangen.

Mit den Händen an meinem Laborkittel reibend, starrte ich auf die leere Tür, aus der er gerade verschwunden war. Selbst in Jeans und Hemd ließ Reath Fury den Puls jeder Frau in die Höhe schnellen.

Dann atmete ich aus. Ich hatte gewusst, dass wir uns irgendwann gegenüberstehen würden. Jetzt war es passiert. Es war unwahrscheinlich, dass ich ihn wiedersehen würde.

Er war ziemlich schnell gegangen. Das kratzte ein wenig an meinem Selbstvertrauen.

Aber es war ein toller Kuss gewesen.

Mit der Hand berührte ich meine Lippen.

Nein, Frankie. Kein Mann. Du hast noch zu tun.

Außerdem wusste ich, dass Reath die Art von Mann war, der sich aus Prinzip nicht mit der Schwester seines besten Freundes einlassen würde. Tatsächlich würde ich wetten, dass er den Bro-Kodex lebte und amtete.

Ich schüttelte den Kopf. *Die Arbeit.* Ich hatte Arbeit zu erledigen.

Ein sehr wichtiges Projekt, das vom Militär finanziert wurde und das meine ganze Aufmerksamkeit benötigte. Die DARPA – Defense Advanced Research Projects Agency – war die Forschungs- und Entwicklungsagentur des US-Verteidigungsministeriums. Sie finanzierte einen großen Teil meiner Forschung.

Aufregung machte sich in mir breit.

Mein ADAPT-Projekt könnte für Soldaten alles verändern. Das Advanced Acclimation and Protection Treatment war im Wesentlichen ein mit Bakterien gefülltes Implantat. Eine eingebaute Apotheke, die bei unsicherer Nahrung oder verunreinigtem Wasser sowie bei Jetlag und Schlafstörungen die erforderlichen Medikamente herstellen konnte.

Die Soldaten würden ihrem Implantat signalisieren, Antibiotika gegen Durchfall zu produzieren oder Substanzen wie Melatonin freizusetzen, um den Schlafrhythmus zu regulieren. Die Menschen bräuchten keine verschiedenen Medikamente mit sich zu führen oder an ihre Einnahme zu denken. Das ADAPT-Implantat würde dies automatisch erledigen.

Und die militärischen Anwendungen waren nur der Anfang. In Zukunft könnte es so modifiziert werden, dass es auch vielen anderen helfen würde.

Konzentriere dich auf deine Arbeit, Frankie, und nicht auf gefühlvolle braune Augen voller Geheimnisse.

5

REATH

Ich saß an meinem Schreibtisch und starrte ausdruckslos auf meinen Computerbildschirm.

Fluchend tippte ich auf der Tastatur herum. Ich dachte *nicht* an Frankie Parker.

Es klopfte an meiner Tür.

„Herein!", rief ich.

Eine Frau aus meinem Team, Keiko, trat ein. „Hey, Boss. Ich wollte die Server aufrüsten. Ich habe dir die Autorisierung geschickt, um es zu genehmigen."

Ich nickte. „Mache ich gleich."

Keiko zögerte, ihr tintenschwarzes Haar fiel ihr auf die Stirn. „Geht es dir gut?"

„Klar", stieß ich hervor.

Sie salutierte und ging.

Mir ging es gut. Das Letzte, was ich wollte oder brauchte, war eine Frau, die mein inneres Gleichgewicht durcheinanderbrachte. Ich freute mich, dass Colt, Kavner und Dante Frauen gefunden hatten, die sie liebten.

Aber ich brauchte das nicht.

Ich hatte mein ganzes Leben gut ohne Liebe überlebt. Es hatte keine liebende Mutter, keinen unterstützenden Vater, keine fürsorgliche Großmutter in meinem Leben gegeben. Ich hatte niemanden gehabt.

Und ich wusste, dass romantische Liebe – meistens – chaotisch war und Ärger verursachte.

Ich lebte dafür, Ärger zu vermeiden.

Das Telefon auf meinem Schreibtisch klingelte, und ich nahm ab. „Fury."

„Reath." Ich erkannte die tiefe Stimme eines meiner Informanten. Jason Donlon war ein lokaler Waffenhändler. Er stand nicht gerade auf der richtigen Seite des Gesetzes – einige seiner Kunden waren definitiv kriminell –, aber Donlon war ein anständiger Kerl. Er war ein ehemaliger Green Beret und der hingebungsvolle Vater von vier Töchtern.

„Donlon. Wie läufts denn so?"

„Nicht schlecht." Es gab eine lange Pause. „Hör zu, ich habe gerade ein paar Informationen bekommen, die ich mit dir teilen wollte. Vielleicht ist es gar nichts."

Meine Instinkte erwachten zum Leben. Donlon gab mir jede Information, von der er glaubte, sie könnte die Sicherheit von New Orleans betreffen. „Fahr fort."

„Ich hatte gerade ein paar Kunden. Es waren keine Empfehlungen, aber sie haben ein paar Namen genannt."

Ich wusste, dass Donlon normalerweise nur Empfehlungen von bestehenden Kunden akzeptierte.

„Sie wollten nur ein paar Handfeuerwaffen und

Gewehre. Europäer. Aber irgendwie strahlten sie was aus."

Offensichtlich nichts Gutes. „Haben sie gesagt, was sie in New Orleans vorhaben?"

„Nichts Genaues. Ich habe zufällig gehört, wie zwei sich auf Französisch unterhielten, und sie haben offensichtlich nicht erwartet, dass ich es verstehe. Sie sprachen davon, den Job schnell zu erledigen und irgendein Projekt in die Hände zu bekommen. Sie lachten über einen großen Zahltag."

Stirnrunzelnd lehnte ich mich in meinem Stuhl zurück. „Hast du irgendwelche Fotos von ihnen?"

„Du weißt, dass ich keine Kamera im Haus habe. Das verschreckt meine Kundschaft."

Ich grunzte. Klar, wir wollten ja auch nicht, dass zwielichtige Gestalten sich unwohl fühlten.

„Ich habe nur ein paar Außenaufnahmen. Nicht wirklich sauber, und der Anführer wusste genau, wo die Kameras waren. Er hielt seinen Kopf unten. Ich schicke dir, was ich habe."

„Danke, Donlon."

„Ich bin flexibel, wenn es darum geht, wem ich meine Ausrüstung verkaufe, aber irgendetwas an diesen Typen kommt mir komisch vor."

„Ich kümmere mich darum."

„Danke, Reath." Er klang erleichtert, als er das Gespräch beendete.

Ich warf einen Blick auf meine Uhr. Es war Zeit, dass ich mich mit meinen Brüdern im Hard Burn traf. Um Donlons Gäste würde ich mich später kümmern müssen.

Ich schnappte mir meine Sporttasche, die neben

meinem Schreibtisch lag, und verließ das Büro. Dabei rief ich den Jungs von der Nachtschicht noch ein paar Abschiedsgrüße zu.

Es war ein kurzer Weg zu Beaus Fitnessstudio. Heute Abend war es kühler. Um diese Jahreszeit sanken die Luftfeuchtigkeit und die Temperaturen allmählich.

Auf dem einfachen schwarz-roten Schild stand Hard Burn. Typisch Beau – kurz und bündig. Ich schritt durch die Tür. Im Inneren des Fitnessstudios dominierten die abgesperrten Boxringe, aber im hinteren Teil gab es auch die üblichen Fitnessgeräte und freie Gewichte. Musik mischte sich mit dem Geräusch von Boxhandschuhen, die auf Boxsäcke schlugen, und Grunzlauten.

Ich entdeckte Beau, der auf einen Sandsack einschlug. Der Mann war gut. Jeder Schlag hatte es in sich.

Er hatte eine Zeit bei der Army gedient, als ich eingetreten war, fest entschlossen, ein Auge auf mich zu haben. Aber die Regeln und Vorschriften des Militärlebens hatten ihm nicht so gut gefallen. Daher hatte er beschlossen, Söldner zu werden. Als ihm das zu langweilig wurde, fing er mit dem Boxen an. Er war gut und hatte ein paar Meisterschaften gewonnen.

„Hey." Dante erhob sich von einer Bank und wickelte sich die Hände ein.

Nickend hob ich mein Kinn an. Heute hatte mein Bruder den schicken Anzug gegen schwarze Trainingsklamotten getauscht. „Ich ziehe mich um. Willst du trainieren?"

„Klar."

Als ich zurück zu den Umkleideräumen ging, sah ich

Colt und Kavner bereits in einem der Ringe. Die beiden lieferten sich einen harten Schlagabtausch.

Ich zog mich um, dann streifte ich meine Bandagen und Boxhandschuhe über. Als ich aus der Umkleidekabine kam, stand Dante bereits in einem Ring und wärmte sich auf. Ich kletterte durch die Seile. Mein Bruder mochte zwar ein Nachtclubbesitzer sein, aber das Boxen hatte er schon früh gelernt. Sein böser rechter Haken war mir gut bekannt.

Er klatschte seine Handschuhe zusammen. „Los gehts, Schönling."

Ich rollte mit den Augen und schlug zu. Wir tauschten zum Aufwärmen ein paar träge Schläge aus.

„Also, wer ist die Frau?", fragte Dante.

Mein Puls beschleunigte sich, aber ich hielt mein Gesicht ausdruckslos. „Welche Frau?"

„Die, die du gestern Abend auf der Party geküsst hast. Beau hat es uns erzählt."

Natürlich konnte Beau seine Klappe nicht halten. „Niemand."

Dantes Augen konzentrierten sich auf mein Gesicht. „Du hast diesen Blick, als ob du etwas verheimlichst."

„Ich habe keinen Blick." Ich hatte jahrelang für die CIA gearbeitet und war darin geschult, vollkommen ausdruckslos zu gucken.

„O doch. Ich habe mir das Überwachungsmaterial besorgt, um einen kleinen Eindruck zu gewinnen. Sie ist sehr hübsch anzusehen."

Ich erstarrte. „Sie ist niemand. Es war eine spontane Sache."

Dante hielt inne und ließ seine behandschuhten

Hände sinken. „Du bist nicht der Typ für spontane Aktionen, Reath. Du analysierst, planst und überlegst dir alles."

Ich hob meine Hände. „Kämpfen wir jetzt, oder was?"

Dante lächelte. „Du weißt, dass wir es aus dir herausbekommen werden. Irgendwann."

Er holte aus.

Ich ließ mich auf den Kampf ein. *Schlag, Schlag, Schlag.* Dante ließ nicht locker, und es gab keinen Spielraum für Ablenkung mehr.

Ich dachte definitiv nicht an Frankie Parker oder ihren verdammten Mund.

6

FRANKIE

Summend studierte ich die Produkte im Regal des Supermarktes. Ich war mir nicht ganz sicher, was das grüne Bündel war, aber ich wollte es kochen. Also schnappte ich es mir und legte es in meinen Korb.

Ich war nicht die beste Köchin. Nachdem mein Vater gestorben war, war Mama wieder zur Arbeit gegangen. Sie hatte nie die Zeit gehabt, es mir beizubringen, und ich hatte meine Zeit lieber mit Lernen verbracht.

Aber New Orleans hatte eine erstaunliche Esskultur, also wollte ich es zumindest versuchen.

Mein Handy klingelte, und ich jonglierte mit meinem Korb und meiner Handtasche. Ich nahm den Hörer in die Hand. „Frankie hier."

„Frankie, hast du vergessen, dass es mich gibt?"

Als ich die Stimme meiner besten Freundin Lindsay hörte, lächelte ich. „Entschuldige, wer bist du noch mal?"

Lindsay schnaubte. „Wie läufts denn so da unten im Big Easy?"

„Gut. Du solltest mein neues Labor sehen, Linds."

„Freut mich für dich, Franks. Aber warum musstest du so weit weggehen?"

„Du weißt doch, dass Tulane eine hervorragende Forschungsuniversität ist."

„Ich weiß." Lindsay schnaubte. „Ich vermisse nur meine beste Freundin."

„Ich vermisse dich auch. Wie ist es in Seattle?"

Wir plauderten weiter, während ich durch die Gänge schlenderte.

„Gibt es an deiner neuen Uni irgendwelche heißen Typen?", fragte Lindsay.

„Nein."

„O mein Gott, es gibt einen Kerl. Das kann ich an deiner Stimme erkennen. Du warst schon immer eine schlechte Lügnerin."

„Es gibt keinen Kerl ... an der Universität."

„Okay, aber es gibt einen."

Ich seufzte. „Irgendwie schon. Ich war auf einer Party, und da war ein Typ, und wir haben uns irgendwie geküsst."

„War er heiß?"

„Du machst dir keine Vorstellung."

Lindsay gab ein Geräusch der Begeisterung von sich.

„Freu dich nicht zu sehr, Linds. Es hat sich herausgestellt, dass er Reath Fury ist."

Meine Freundin schwieg eine Sekunde lang. „Wieso kommt mir der Name bekannt vor? Warte, Reath, wie der beste Freund deines Bruders von der Army?"

„Ja, genau der."

Lindsay begann zu lachen. „Nur du würdest aus Versehen den besten Freund deines Bruders küssen."

„Vielen Dank." Ich verzog das Gesicht. „Hör auf zu lachen. Ich glaube, wir müssen sonst eine Freundschafts-Scheidung durchziehen."

„Also, magst du ihn?"

„Ich kenne ihn kaum, und er hat mir klargemacht, dass es nie wieder vorkommen wird."

„Hmm, da klingt jemand nicht gerade glücklich." Im Hintergrund war ein Geräusch zu hören. „Hey, Rob ist früh zu Hause. Ich muss los."

Rob war Lindsays Freund, der bei der Feuerwehr arbeitete. „Alles klar."

„Lass dir das nächste Mal nicht so viel Zeit, mich anzurufen", sagte meine Freundin.

„Werde ich nicht. Ich vermisse dich."

„Ich vermisse dich auch. Und ich hoffe insgeheim, dass du Reath Fury aus Versehen wieder küsst."

„Auf Wiedersehen, Lindsay."

Ich legte das Handy weg und stellte fest, wie sehr ich meine Freundin vermisste. Außerdem notierte ich mir, dass ich meine Mutter auch anrufen würde. Ich ging zur Kasse, und nachdem ich bezahlt hatte, verließ ich den Laden mit meinen beiden gepackten Taschen. Als ich den Bürgersteig hinunterging, war ich dankbar, dass ich eine Wohnung – eigentlich ein Haus – gefunden hatte, von der aus Geschäfte und Cafés zu Fuß erreichbar waren.

Als ich mich umsah, entdeckte ich auf der anderen Straßenseite einen Mann mit dunkler Haut und schwarzem Haar. Mein Herz klopfte in meiner Brust.

Es dauerte eine Sekunde, bis ich begriff, dass es nicht Reath war.

Ich ging weiter und schaute zum Himmel hinauf, verärgert über mich selbst. Wahrscheinlich würde ich ihn nie wiedersehen. Ich verzog das Gesicht. Wenn ich ehrlich war, gefiel das einem Teil von mir nicht.

Die Erinnerung an diesen Kuss verfolgte mich.

Ich schüttelte den Kopf und beschleunigte mein Tempo. *Hör auf, über Reath Fury nachzudenken, Frankie.*

Was ich brauchte, war Arbeit. Später würde ich mich vielleicht in mein Labor zurückziehen. Es war jetzt alles vorbereitet, und ich konnte mit meiner Arbeit beginnen. Allein der Gedanke daran begeisterte mich.

Wenn ich es bis zum Versuchsstadium schaffen würde, wäre das eine große Leistung.

Zwar hatte ich noch einen langen Weg und eine Menge Arbeit vor mir, aber die Möglichkeiten waren endlos. Ich wusste, dass ich Soldaten helfen konnte, im Einsatz fit und gesund zu bleiben – Soldaten, wie Jack und Reath es gewesen waren.

Jack hatte mir erzählt, dass er einmal während eines Einsatzes eine schwere Lebensmittelvergiftung erlitten hatte. Er war im Krankenhaus gelandet.

Mein ADAPT-Projekt könnte helfen, das zu verhindern. Allein der Gedanke daran brachte mich zum Lächeln.

Der Mann kam aus dem Nichts.

Er trat direkt vor mich, und ich erhaschte einen Blick auf einen gewöhnlichen Kerl – nicht groß oder klein, nicht dick oder dünn, normales Gesicht, braunes Haar.

Der Typ blickte finster drein.

„Verzeihung." Ich wich ihm aus.

Er wich ebenfalls aus und versperrte mir erneut den Weg.

Ein Anflug von Verärgerung machte sich in mir breit. Ich wollte etwas kochen – und möglicherweise verbrennen – und hatte Arbeit zu erledigen. „Sie sind mir im Weg."

Plötzlich streckte er seine Hände aus und packte meinen Arm.

Ein Schock durchfuhr mich, und ich versuchte, mich loszureißen.

Sein Gesicht verhärtete sich, und er zerrte mich nach vorn.

Eine meiner Einkaufstüten rutschte mir aus der Hand, und meine sorgfältig ausgewählten Waren verteilten sich auf dem Gehweg. Eine rote Paprika kullerte über den Beton.

„Lassen Sie mich los!"

„Du kommst mit mir mit."

Was zum Teufel? Er hatte einen Akzent, den ich nicht zuordnen konnte. „Das *glaube* ich nicht." Ich hob meinen Fuß und stampfte ihn auf seinen.

Der Kerl gab ein leises Grunzen von sich, aber er trug Stiefel, also hatte ich offensichtlich nur sehr wenig bewirkt. Ich schwang meine andere Einkaufstasche und traf ihn an der Brust.

Er taumelte zurück und fluchte.

Ich ließ die Tasche fallen, drehte mich um und rannte los.

Was soll ich tun? Versuchen, mein Haus zu erreichen? Schreien?

Ich hörte Schritte direkt hinter mir. *Nein.*

Harte Arme umschlangen mich von hinten. Ich wehrte mich und drehte mich um, dann rammte ich einen Ellbogen zurück.

Die Arme meines Angreifers wurden nur noch fester.

O Gott! Ich würde entführt und ermordet werden, und niemand würde mich jemals finden.

„Hey!", rief eine männliche Stimme aus der Nähe.

Mein Angreifer erstarrte.

Ich sah auf, und mein Herz schlug mir bis zum Hals.

Reath sprintete den Bürgersteig entlang auf mich zu.

„Reath!", schrie ich und wirbelte erneut herum.

Diesmal gelang es mir, einen Arm freizubekommen. Ich verpasste meinem Angreifer eine Ohrfeige.

Er spuckte einen üblen Fluch aus und schubste mich vorwärts. Ich konnte meinen Sturz nicht bremsen und schlug auf dem Bürgersteig auf. Alle Luft entwich meinen Lungen.

Dann war Reath da.

„Frankie? Geht es dir gut? Bist du verletzt?"

Ich drückte mich auf meine Hände und Knie. „Wo ist er hin?"

„Er ist abgehauen." Reaths Stimme war schneidend. Er starrte über meinen Kopf hinweg, und ich merkte, dass er ihn unbedingt verfolgen wollte.

Stattdessen half er mir auf die Beine. Ich sagte ihm nicht, wie froh ich war, dass er mich nicht verlassen hatte. Er wischte mir die Hände ab. Mein Hüftknochen schmerzte, aber ich glaubte nicht, dass ich verletzt war.

„Ich glaube, es geht mir gut."

Reath blickte die Straße hinunter, wo der Mann verschwunden war.

„Meine Einkäufe haben es nicht geschafft", stellte ich traurig fest.

Er fasste mir an den Kiefer, und sobald seine Finger meine Haut berührten, begann dieses verdammte Kribbeln wieder. Ich verlor mich in seinem dunklen Blick.

Im Moment war ich wirklich froh, dass ich nicht allein war. Oder von diesem Kerl in einen dunklen Lieferwagen gezerrt wurde.

„Aber dir geht es gut", sagte er leise.

Ja, *jetzt* ging es mir gut.

7

REATH

I ch trug Frankies Einkaufstüten und sah zu, wie sie die Tür zu dem niedlichen, kleinen Haus in der Nähe des Audubon Parks aufschloss. Ich hatte so viel Gemüse gerettet, wie ich konnte.

„Stell das einfach auf die Küchentheke", meinte sie.

Das Haus war nicht groß. Im Erdgeschoss gab es eine renovierte Küche und einen Wohnbereich mit einem Kamin und polierten, blonden Holzböden. Ich stellte die Taschen auf der Marmorarbeitsplatte in der Küche ab. Eine Treppe führte hinauf zu vermutlich zwei Schlafzimmern und einem Badezimmer.

„Ich hatte so ein Glück, dieses Haus zu finden", erklärte Frankie. „Es liegt in der Nähe des Parks und der Geschäfte und nicht weit von der Universität entfernt. Und es war möbliert. Allerdings muss ich erst noch auspacken."

An einer Wand waren mehrere Kisten gestapelt. Ich beäugte sie. Sie sprach ein wenig schnell, aber sie schien den Angriff abgeschüttelt zu haben. Ihr dunkles Haar war zerzaust und ihre Wangen etwas blass. Ich konnte sehen, dass sie ein tapferes Gesicht aufsetzte.

„Bist du sicher, dass es dir gut geht?"

„Ja." Sie verschränkte ihre Finger ineinander. „Ich kann nicht glauben, dass dieser Typ so dreist war. Ich bin so froh, dass du gekommen bist." Ihre Stirn legte sich in Falten. „Aber wie konntest du genau im richtigen Moment dort sein?"

„Ich wollte dich besuchen." Ich räusperte mich. „Um die Sicherheit deiner Wohnung zu überprüfen. Dann sah ich im Vorbeifahren, wie du dich mit dem Mann auf dem Bürgersteig gestritten hast."

„Oh. Woher weißt du, wo ich wohne?"

Ich zog eine Augenbraue hoch. „Ich leite ein Sicherheitsunternehmen, schon vergessen? Also ... der Typ wollte deine Handtasche?"

Ihr Stirnrunzeln vertiefte sich, und sie setzte sich auf das beigefarbene Sofa. „Nein, nicht wirklich."

Meine Augenbrauen huschten nach oben, und ich setzte mich ihr gegenüber auf einen Sessel. „Was hat er gesagt?"

„Nicht viel. Aber er hat gesagt: *Du kommst mit mir mit.*"

Ich erstarrte. „Er kannte dich?"

„Ich weiß es nicht, Reath." Sie fuhr sich mit einer Hand durchs Haar. „Er hat meinen Namen nicht gesagt."

„Du hast ihn nicht erkannt?"

Sie schüttelte den Kopf. „Ich habe ihn noch nie in meinem Leben gesehen. Er war ... durchschnittlich. Weiß, braunes Haar, ein unauffälliges Gesicht."

Nichts Auffälliges. Das würde es mir schwer machen, ihn aufzuspüren.

„Warte." Ihr Kopf hob sich. „Er hatte einen Akzent. Aber ich bin mir nicht sicher, was für einen."

Verdammt noch mal. „Okay. Ich schaue es mir an."

„Danke." Sie legte den Kopf schief und rieb sich mit den Händen über die Arme. „Es war nicht nur ein Überfall, oder?"

„Das glaube ich nicht." Nein, meine verdammten Instinkte meldeten sich. Hier ging etwas anderes vor sich. Ich musste Jack eine Nachricht zukommen lassen und herausfinden, woran er arbeitete und ob jemand hinter ihm her war. Ich achtete darauf, meine Gedanken von meinem Gesicht fernzuhalten. Darin war ich gut, und dank dieser Fähigkeit schlug ich meine Brüder regelmäßig beim Pokern.

Frankie musterte mich eine Sekunde lang. „Du denkst, das könnte etwas mit Jacks Arbeit zu tun haben."

Ich verbarg meinen Schock. Keiner durchschaute mich. Niemals. Aber anscheinend konnte Frankie es.

Ein unangenehmes Gefühl machte sich in mir breit – als hätte Frankie Parker mehr gesehen, als mir lieb war.

„Vielleicht. Oder vielleicht hat New Orleans einfach eine hohe Kriminalitätsrate."

„Nun, danke für die Rettung, Reath."

Ich blickte mich um. „Hat dieses Haus ein Sicherheitssystem?"

Franke rümpfte die Nase. „Nein."

„Ich werde eins installieren."

Sie schnaubte. „Reath –"

Es gefiel mir, wie sie meinen Namen aussprach. Besonders, wenn sie sauer war.

Verdammt, was war nur los mit mir?

Ich erhob mich. „Das ist mein Job, Frankie. PSS kann es schnell einrichten."

„Gut." Sie stand ebenfalls auf. „Nochmals, danke. Ich räume besser die Einkäufe weg und fange mit dem Abendessen an."

Ein Teil von mir wollte nicht gehen. „Wenn dich etwas beunruhigt, ruf mich an."

„Okay."

Mit einem Nicken machte ich mich auf den Weg zur Haustür.

ICH STAND IN MEINER KÜCHE, mit einem Steak in der Grillpfanne, Reis im Reiskocher und sautierten grünen Bohnen.

Die Lichter der Stadt funkelten vor der Fensterwand. Ich fragte mich, was Frankie wohl gerade tat.

Hör auf, an sie zu denken.

Ich richtete mein Steak und den Rest des Essens an und setzte mich ans Ende meines Esstisches. Es würde ihr gut gehen. Sie hatte sich nach dem Angriff zusammengerissen und war stark.

Und morgen würde ich mein Team dorthin schicken, um ein Sicherheitssystem zu installieren.

Während ich aß, dachte ich ständig an sie.

Als ich mein Steak halb aufgegessen hatte, legte ich mein Besteck ab. Zähneknirschend schnappte ich mir mein Handy und ging zu den Fenstern. Ich tippte ihre Nummer an.

„Hallo?" Frankies Stimme.

„Geht es dir gut?"

Es gab eine Pause. „Ja, Dad. Ich habe zu Abend gegessen und die Türen abgeschlossen."

Ihre Frechheit war zurückgekehrt.

„Mir geht es gut, Reath. Ich hatte ein langes Gespräch mit meiner Mom."

Ich sagte nichts.

„Gott, du bist genau wie Jack. Er sagt kein Wort, und plötzlich habe ich das Bedürfnis, mich auszuschütten." Ich hörte ein Geräusch, das Klatschen des Kissens. Ich stellte mir vor, wie sie sich auf ihrer Couch zusammenrollte. „Ich bin ein wenig erschüttert, aber ich lasse mich von diesem Arschloch nicht unterkriegen."

Ich lächelte über ihren Tonfall. „Gut."

„Ich habe die Schlösser ungefähr fünfmal überprüft."

Mein Lächeln verflog. Mir gefiel der Gedanke nicht, dass sie in ihrem eigenen Haus Angst hatte.

„Aber das geht vorbei. Und ich habe noch meinen Feldhockeyschläger. Ich werde ihn mit ins Bett nehmen."

„Du hast Hockey gespielt?"

„Ja. Ich wollte Eishockey spielen, aber meine Mom sagte Nein. Wir konnten es uns nicht leisten. Also habe ich in der Highschool mit Feldhockey angefangen." Sie machte eine Pause. „Ich wette, du hast Football gespielt."

„Nein. Ich bin zu oft umgezogen. Wenn man zu oft an einer neuen Schule anfängt, ist es schwer, regelmäßig zu trainieren."

„Das tut mir leid. Jack hat mir erzählt, dass du in Pflegefamilien aufgewachsen bist."

„Ja." Ich schlenderte zu meiner eigenen schwarzen Ledercouch hinüber und setzte mich. Über meine Kindheit sprach ich selten mit jemandem.

„Du hast deine Brüder im Pflegeheim kennengelernt?", fragte sie.

„Ja. Das war das Beste, was mir je passiert ist. Ohne sie wäre ich heute nicht hier. Und zum Militär zu gehen und Jack zu treffen, war auch wichtig."

„Er hat die ganze Zeit von dir gesprochen. Als ich jung war, war ich irgendwie neidisch auf dich. Ich weiß, wie nahe du und Jack euch steht."

„Ich sehe ihn in letzter Zeit nicht so oft, wie ich es gern würde."

Frankie gab einen undeutbaren Laut von sich. „Ich habe ihn noch nie so oft gesehen, wie ich es gern würde. Ich wünschte, Jack würde aufhören, wer weiß wohin zu fliegen und gefährliche Dinge zu tun. Er treibt sich selbst an. Genau wie unser Dad es getan hat."

„Ich habe es versucht. Ich habe ihm einen Job bei PSS angeboten."

„Danke." Ihr Tonfall war warmherzig. „Ich mache mir Sorgen um ihn."

„Er kann auf sich selbst aufpassen, Frankie. Er hat mir mehr als ein paar Mal den Arsch gerettet."

„Und ich bin sicher, du hast dich revanchiert. Ich glaube, er ist neidisch auf das Leben, das du hier mit deinen Brüdern führst. Jack hat das Gefühl, dass er sich beweisen muss. Daran ist unser Dad schuld. Er hat Jack immer gehänselt, weil er zu weich ist. Nicht gut genug auf dem Footballfeld, zu ruhig, zu schwach. Unser Dad war kein schlechter Kerl, aber er war ein harter Polizist, der seinen Job lebte und atmete. Jack hat ihn vergöttert, und es hat ihn erschüttert, als er starb."

Das Gespräch wurde langsam ein wenig intensiv und düster. „Ich verspreche, dass es Jack gut gehen wird. Ich werde mit ihm reden, wenn er das nächste Mal in der Stadt ist." Ich beschloss, das Thema zu wechseln. „Ist dein Labor fertig eingerichtet?"

„Ja." Ihre Stimme klang aufgeregt. „Ich kann es *kaum* erwarten, an meinem Projekt zu arbeiten."

„Worum genau geht es?"

„Ich benutze Bakterien, um Medikamente herzustellen. Es kann das Gesundheitswesen auf so viele Arten beeinflussen."

„Klingt nützlich."

Sie lachte. „Du klingst, als ob du dich langweilst und hoffst, dass ich nicht zu sehr ins Detail gehe. Ich neige dazu, zu viel zu erzählen."

„Entschuldige dich nie dafür, dass du dich für etwas begeisterst, Frankie." Ich hielt inne. „Ich sollte dich jetzt in Ruhe lassen."

„Okay. Danke, dass du dich gemeldet hast."

„Ich war mir nicht sicher, ob du es zu schätzen wissen würdest."

„Du bist nicht die Art von Mann, die sich davon abschrecken lässt. Ich bezweifle, dass du dich von irgendetwas abschrecken lässt, wenn du etwas willst. Gute Nacht, Reath."

„Gute Nacht, Frankie."

8

FRANKIE

Ich hatte mehrere neue Bakterienkulturen angelegt, stellte die Petrischalen auf den Tresen und überprüfte dann meine Reagenzgläser. In meinem Kopf ging ich die Checkliste der Dinge durch, die ich noch erledigen musste.

Mein leuchtendes Labor um mich herum machte mich glücklich.

Sorgfältig legte ich meine Proben in die Kühlschränke mit Glasfront. Als ich mich zur Werkbank zurückdrehte, flatterte mein vorläufiger Laborausweis gegen meinen Laborkittel.

Verärgerung überkam mich. Heute Morgen hatte ich festgestellt, dass mein Laborausweis fehlte. Ich hatte es gemeldet, aber ich ärgerte mich über mich selbst. Ich war überzeugt, dass er sicher in meiner Handtasche verstaut gewesen war. Als dieses Arschloch mich gestern angegriffen hatte, musste ich ihn wohl verloren haben.

Die Universität sagte, sie würden ihn entwerten, aber

es war Samstag, also würde das bis Montag dauern. Für den Moment hatte ich einen vorläufigen.

Als ich durch das Labor ging, dachte ich an Reath, daran, wie er mir zu Hilfe geeilt war.

An die Art und Weise, wie er mir das Gefühl von Sicherheit gegeben hatte.

Ich schüttelte den Kopf. Das war nicht das, was ich brauchte. Ich konnte mir selbst das Gefühl der Sicherheit geben. Als mein Vater gestorben war, war es für meine Mutter schwierig gewesen, aber sie hatte ihren Weg gefunden, war stark und unabhängig geworden. Sie war mein großes Vorbild.

Ich ging in den Lagerraum, starrte auf all die Kisten und verzog das Gesicht. Einiges musste noch ausgepackt werden, und ich wollte es schnell erledigen.

Ich öffnete den ersten Karton und begann, die Ausrüstung herauszuholen.

Ein Geräusch im Labor ließ mich aufhorchen. Ich hielt inne und legte den Kopf schief. *Nichts.*

Mit einem Kopfschütteln dachte ich, dass es bestimmt jemand auf dem Flur gewesen war.

Dann hörte ich das Geräusch wieder.

„Frankie?"

Ich steckte meinen Kopf aus dem Abstellraum. „Hier drüben."

Dr. Lydia Khan lächelte mich an. Sie war Mitte vierzig und hatte ein paar graue Strähnen in ihrem dunklen Haar. Ihre Haut war gebräunt, sie hatte braune Augen und einen scharfen Verstand. „Hallo."

„Was machst du hier an einem Samstag?"

„Ich schaffe mehr, wenn weniger Leute da sind",

antwortete Dr. Khan. „Und einmal im Monat halte ich eine Samstagsvorlesung." Sie sah sich um. „Hast du dich schon gut eingelebt?"

„Ja. Der Laborraum ist perfekt, und ich habe bereits mit meinen ersten Experimenten begonnen."

Die andere Frau nickte. „Ich habe gehört, dass du vom Militär finanziert wirst."

Ich pflichtete ihr bei und lehnte mich gegen die Werkbank. „DARPA."

„Du hast Glück, die haben tiefe Taschen."

„Ich werde ihnen Ende der Woche ein Update zukommen lassen. In dieser frühen Phase halten sie sich noch ziemlich zurück. Sie finanzieren viele zivile Projekte, aber nicht jedes ist erfolgreich. Sie mischen sich mehr ein, wenn sich die Projekte als tragfähig erweisen."

„Wenn du etwas von mir brauchst, lass es mich wissen", sagte Dr. Khan. „Ich gehe jetzt zu meiner Vorlesung. Du hast das Labor für dich allein, also genieße die Ruhe. Wir sehen uns später."

Nachdem Dr. Kahn gegangen war, machte ich mich wieder an die Arbeit im Lagerraum. Ich musste zugeben, dass es mir Spaß machte, Dinge zu ordnen. Es befriedigte etwas in meiner Seele. Ich mochte es, wenn alles am richtigen Platz war.

Während ich arbeitete, summte ich vor mich hin.

Dann hörte ich ein weiteres Geräusch in meinem Labor.

Ich atmete tief durch. Noch ein Besucher?

Nachdem ich eine Kiste abgestellt hatte, ging ich zur Tür.

Eine blitzartige Bewegung im Labor zog meine

Aufmerksamkeit auf sich, und ich sah jemanden, der sich leise und heimlich an meinen Werkbänken vorbeischlich.

Stirnrunzelnd drückte ich mich mit dem Rücken an die Wand und beobachtete ihn.

Der Mann zog den Laborkittel aus, den er trug, und warf ihn auf einen Hocker. Da sah ich meinen verlorenen Laborausweis daran befestigt, mein eigenes lächelndes Foto deutlich sichtbar.

Was zum Teufel?

Er fand eines meiner Notizbücher und schlug es auf. Dann entdeckte er meinen Laptop und lächelte.

Mein Herz begann, heftig zu pochen. Ich wollte mich auf ihn stürzen, aber der Kerl war groß und ganz in Schwarz gekleidet. Schnell zückte ich mein Handy, überlegte nicht lange und wählte einfach.

„Frankie?", sagte Reath.

„*Reath*", flüsterte ich.

Sein Tonfall wurde schärfer. „Was ist denn los?"

„Da ist jemand in meinem Labor und schnüffelt herum."

„Wo bist du?"

„In der Abstellkammer. Er sieht nicht wie ein freundlicher Typ aus." Ich spähte hinaus, und mein Puls beschleunigte sich. „O Gott, er hat eine Waffe in einem Holster."

„Versteck dich."

„Es gibt nicht viele Versteckmöglichkeiten, Reath." Dann hörte ich Schritte. *„Er kommt in diese Richtung."*

„Frankie, warte, ich komme."

„Reath ..." Die Angst drohte, mich zu ersticken und es fiel mir schwer, zu atmen.

„Ich rufe die Campus Security. Ich komme, Frankie."

Als ich den Anruf beendete, fühlte ich mich völlig allein.

Ich kauerte mich hinter einen großen, leeren Karton. Mein Herzschlag pochte ohrenbetäubend laut in meinen Ohren.

Die Schritte kamen näher.

Ich schlug meine Hände zusammen.

Es würde alles gut werden. Reath war auf dem Weg.

Aber der Mistkerl war es auch.

9

REATH

Meine Autoreifen quietschten, als ich in Richtung Tulane raste.

Frankie war in Gefahr.

Ich spürte es in meinen Knochen.

Den Sicherheitsdienst der Uni hatte ich bereits alarmiert, aber ich hatte keine Ahnung, wie lange es dauern würde, bis sie reagieren würden.

Ich wich einem Auto aus und beschleunigte meinen SUV. Dann bog ich in Richtung Universität ein. Es dauerte nur eine Minute, bis ich vor dem Laborgebäude zum Stehen kam und zur Tür rannte.

Sie war verschlossen. Im Empfangsbereich war niemand zu sehen. *So ein Mist.* Es war Samstag, also schätzte ich, dass nicht viele Leute auf dem Campus waren. Ich warf einen Blick auf den Scanner an der Tür, aber ich hatte keinen Ausweis.

Also griff ich in meine Tasche und schnappte mir ein dünnes, abgenutztes Etui, öffnete es und holte schnell meine Dietriche heraus. Für das alte Schloss an der Tür brauchte ich nur zwanzig Sekunden.

Ich stürmte hinein, ignorierte die Aufzüge und nahm die Treppe.

Zwei Stufen auf einmal nehmend, rannte ich hinauf. Oben angekommen, zog ich meine Glock 19 aus ihrem Holster.

Schnell bewegte ich mich den Flur entlang, meine Sinne in höchster Alarmbereitschaft.

Ich hörte kein einziges Geräusch.

Als ich das erste Labor passierte, stellte ich fest, dass es leer war.

Dann erreichte ich Frankies Labor. Die Tür war offen, und ich spähte hinein.

Mein Herz setzte aus. Gegenstände und Glas lagen zerbrochen auf dem Boden, und ich sah Flüssigkeit von einer Werkbank tropfen.

Scheiße!

Ich schlich mich hinein und ging um die erste Bank herum. *Wo zum Teufel ist Frankie?*

Es gab keine Anzeichen für einen Eindringling, aber es war jemand hier gewesen. Ich bewegte mich weiter, und dann erstarrte ich.

Auf dem Boden war Blut verschmiert.

Mist. *Verflucht.*

Ich wich der Werkbank aus und eilte in Richtung des Lagerraums.

„Reath?" Frankie kam heraus.

Sie trug eine dunkle Jeans und einen grünen Pull-over. Blut lief an ihrem Kopf herunter und hatte sich in ihrem dunklen Haar verfilzt.

„*Frankie.*" Sie war am Leben. Die Erleichterung traf mich wie ein Schlag ins Gesicht. „Geht es dir gut?"

Ein Schluchzen entwich ihr, und sie machte zwei Schritte auf mich zu.

Ich streckte die Hand aus, umarmte sie und zog sie an meine Brust. Sie war so klein. Wenn sie frech zu mir war, wirkte sie viel größer.

„Mir gehts gut." Sie umarmte mich und hielt mich fest. Ihre Stimme war zittrig.

Ich fuhr mit einer Hand über ihren Rücken.

„Der Typ ist abgehauen", erklärte sie. „Aber er hat meinen Laptop mitgenommen."

Ich zog mich zurück und starrte sie verdutzt an. „Du hast ihn zur Rede gestellt?"

„Er hätte mich so oder so gefunden. Er wollte meinen Laptop mitnehmen, meine Recherchen. Das konnte ich auf keinen Fall zulassen!"

Ich berührte ihren Kopf an der Stelle, die blutete. „Und das?"

„Nun, er wollte *unbedingt* meinen Laptop. Wir haben eine Art Tauziehen darum veranstaltet." Sie rümpfte die Nase. „Er hat gewonnen."

Ich biss die Zähne zusammen, Wut stieg in mir auf. „Er hatte eine Waffe, Frankie."

„Ich hätte nicht gedacht, dass er tatsächlich riskieren würde, mich zu erschießen." Sie sah sich um. „Ich konnte ihm meine Arbeit nicht überlassen, Reath. Das hier ist *mein* Projekt. Es ist wichtig. Es wird so vielen Menschen helfen."

Ich schüttelte sie sanft. „Das war eine schlechte Entscheidung."

Sie drückte sich an meine Brust. „Ich konnte mich nicht einfach in der Ecke verstecken."

„Doch, das kannst du, um am Leben zu bleiben."

„Mir geht es gut, außer dass er mich gegen eine Werkbank gestoßen hat." Sie berührte behutsam ihren Kopf.

Ich knurrte. Stur, unabhängig ... Ich packte ihre Arme.

Ihr Gesicht hob sich und unsere Blicke trafen sich. Ich spürte wieder dieses Prickeln zwischen uns. Genau wie in der ersten Nacht, als wir uns im Wildfire getroffen hatten.

Diesmal war er noch verstärkt durch eine Menge Wut und Frustration.

Und Angst.

Meine Angst, dass sie verletzt wurde oder noch Schlimmeres.

„*Reath.*" Mein Name war ein leises Flüstern auf ihren Lippen.

Ich zog sie näher zu mir, und unsere Münder trafen sich.

Sofort hörte ich auf zu denken und küsste sie. Unsere Zungen streichelten sich, und sie stöhnte. Ich plünderte ihren Mund, wollte sie schmecken, wollte wissen, dass es ihr gut ging.

Mit einem Stöhnen zog ich sie näher an mich heran, damit ich sie leidenschaftlicher küssen konnte. Sie knabberte an meiner Unterlippe, und ich knurrte.

Als wir uns voneinander lösten, keuchten wir beide, und ich wollte mehr. Viel, viel mehr.

Aber ich hörte Schritte auf dem Flur. Ich hatte mich

gerade aus der Umarmung zurückgezogen, als der Sicherheitsdienst der Universität eintraf.

„Sichern Sie den Tatort", befahl ich. „Sie wurde angegriffen, und ihr Laptop wurde gestohlen."

Der Mann und die Frau in Uniform sahen sich um, dann nickten sie.

Frankie zitterte.

Daher zog ich sie erneut in meinen Arm. „Sie müssen die Polizei bitten, nach Fingerabdrücken zu suchen", befahl ich den Sicherheitsleuten.

Der ältere Mann nickte, dann sah er Frankie an. „Die Kopfwunde sieht nicht gut aus, Ms. Parker."

„Ich werde sie zur Behandlung bringen", meinte ich.

Die Frau sah Frankie an. „Wir sind verpflichtet, dies der DARPA zu melden. Werden Sie sich darum kümmern, Ms. Parker?"

„Ja", antwortete sie.

Ich versteifte mich. „DARPA?"

Sie nickte. „Sie finanzieren mein Projekt."

Diesen Hinweis hatte sie bisher nicht erwähnt, und das änderte alles. Ich knirschte mit den Zähnen. „Ich glaube, wir müssen uns unterhalten."

Sie biss sich auf die Lippe, aber mein Blick wanderte zu dem Blut, das in ihr Haar geflossen war, und zu der Art, wie sie zitterte. Frankie stand unter Schock, und wir mussten die Kopfwunde behandeln lassen.

Vorsichtig bugsierte ich sie aus dem Labor. Auf dem Weg zu meinem Auto war sie ganz still.

„Was ist das für ein Auto? So eins habe ich noch nie gesehen." Ihre Stimme war monoton, und ich glaubte nicht, dass sie sich wirklich für mein Auto interessierte.

„Ein Lotus Eletre. Elektroauto."

„Schön."

Als sie auf dem Beifahrersitz Platz genommen hatte, drehte ich die Heizung auf und fuhr auf die Straße hinaus.

Angespannt lenkte ich uns in Richtung Stadt.

Frankie rührte sich endlich. „Du hast die Abzweigung zu meinem Haus verpasst."

„Wir fahren nicht zu dir nach Hause. Wir fahren zu mir."

„Reath, ich will einfach nur nach Hause."

„Erst, wenn ich mir deiner Sicherheit gewiss bin."

Sie zitterte wieder.

„Das bin ich Jack schuldig", erklärte ich.

„Klar. Jack." Sie schaute aus dem Fenster.

„Du hast mir nicht gesagt, dass dein Projekt vom Militär finanziert wird."

„Es kam nicht zur Sprache. Ich habe es nicht verschwiegen."

„Nun, ich bin ein Mann, der gern alle relevanten Informationen hat. Ich muss alles wissen, damit ich dich beschützen kann."

Sie hob ihr Kinn. „Das ist nicht deine Aufgabe."

„Jetzt schon."

„Wegen Jack."

Ich hatte nicht ein einziges Mal an Jack gedacht, als ich zu ihr geeilt war. Der Gedanke daran verwirrte mich.

„Wir fahren zu mir, und ich werde deine Wunde versorgen. Dann wirst du mir alles über dein Projekt erzählen." Ich begegnete ihrem blauen Blick. „Und Frankie, ich meine *alles*."

10

FRANKIE

Als Reath in die Garage des Gebäudes fuhr, hatte sich mein Frösteln weitgehend gelegt.

Das Backstein-Lagerhaus war dreistöckig, und die untere Etage schien größtenteils ein offener Parkplatz zu sein. Ich machte mir nicht die Mühe, so zu tun, als würde ich mir nicht alles ansehen. Ich brauchte die Ablenkung, außerdem war ich neugierig auf sein Zuhause.

Als ich aus seinem schicken Auto stieg, schaute ich mich um. Ich deutete auf eine Tür. „Was ist da?"

Er ging auf die Tür zu und öffnete sie. „Mein heimisches Fitnessstudio."

Mir blieb der Mund offenstehen. Es war riesig, und alles sah erstklassig aus, mit jeder Art von Geräten, die sich ein Fitness-Junkie wünschen könnte. „Wow. Du trainierst bestimmt viel."

„Ja, aber meistens im Fitnessstudio meines Bruders Beau."

Mein Gehirn war damit beschäftigt, sich vorzustellen, wie Reath ohne Hemd aussah, wenn er schwere Gewichte stemmte.

Er war kein Bodybuilder, aber er hatte Muskeln. An der Art, wie er sich bewegte, konnte ich erkennen, dass er fit war. Seine Haut hatte einen schönen Teint, und er war stark. Mein Herz setzte einen Schlag aus. Ich konnte mir gut vorstellen, wie seine strammen Bauchmuskeln nach unten führten ...

Ich blinzelte. Reath stand an der Treppe und wartete auf mich.

Klar. Hör auf zu träumen, Frankie.

Wir gingen die Treppe hinauf.

„In der mittleren Etage sind die Schlafzimmer", erzählte er, während er weiter in die oberste Etage ging. „Im oberen Stockwerk befinden sich der Wohnbereich und die Küche. Außerdem noch mein Arbeitszimmer."

Wir traten in einen großen, offenen Raum. Der Holzboden war poliert, aber man konnte noch die Kerben und Abnutzungserscheinungen der vergangenen Jahre sehen. Massive, schwarze Metallträger verliefen über uns, und die Wände waren eine Mischung aus Beton und Ziegeln.

„Das ist fantastisch, Reath. Ich liebe dieses industrielle Flair."

„Danke. Und jetzt setz dich." Er deutete auf die riesige Kücheninsel. Sie war aus einem weiß-grau gesprenkelten Stein gefertigt.

Ich steuerte auf einen der Hocker zu, doch plötzlich packte er mich an der Taille und hob mich hoch.

Oh. Dann setzte er mich auf der Arbeitsplatte ab. Bei ihm sah es so leicht aus. Ich war nicht sehr groß, aber ich aß gern. Er drehte sich zu einem Schrank und holte einen schweren Erste-Hilfe-Kasten heraus.

Reath stellte die rote Kiste neben mir ab und öffnete sie, bevor er ein paar Tücher und Tiegel herausnahm.

„Du hast genug Zeug, um eine ganze Armee zu versorgen."

„Ich bin gern vorbereitet." Er kippte etwas Flüssigkeit auf ein Tuch und begann, meine verletzte Gesichtshälfte zu reinigen.

Mein Herz schlug schneller. Reath stand direkt vor mir, und ich konnte sein Rasierwasser riechen. Es duftete nach Limette und frischem Wasser. Spannung erfüllte mich. Ich spürte, wie sie zwischen uns pulsierte.

Er trat einen Schritt zurück. „Erzähl mir von deinem Projekt. Warum will die DARPA es haben?"

Ich atmete tief ein und aus, dann kam ich direkt zur Sache.

„Mein Projekt heißt ADAPT. Das Advanced Acclimation and Protection Treatment. Ich entwickle ein mit Bakterien gefülltes Implantat, das die benötigten Medikamente herstellen kann."

Eine Furche bildete sich auf seiner Stirn. „Fahr fort."

„Medikamente, die bei verunreinigtem Essen oder Wasser, Jetlag und Schlafstörungen helfen. Das sind einige der größten Probleme, mit denen Soldaten im Einsatz zu kämpfen haben."

„Dessen bin ich mir bewusst." Etwas flackerte in seinen Augen auf. „Kann dieses Implantat Stimulanzien erzeugen? Ausdauer und Kraft steigern?"

Ich erstarrte. „Das ist nicht mein Hauptanliegen."

„Deines vielleicht nicht, aber das der DARPA.

Stimulanzien auf Abruf." Reath schmierte vorsichtig eine antiseptische Creme auf meine Wunde. „Sie könnten Supersoldaten erschaffen."

„Es ist keine Gentechnik."

„Aber es würde den Soldaten einen großen Vorteil verschaffen." Sein Gesicht verhärtete sich. „Und es wird nicht nur unser Militär sein, das sich dafür interessiert."

Ich holte scharf Luft. „Du glaubst, ein anderes Land hat jemanden geschickt, um meine Arbeit zu stehlen und mein Labor zu zerstören?"

„Ja. Und sie haben versucht, dich zu entführen." Er legte die Sachen zurück in den Erste-Hilfe-Kasten und setzte sich auf einen der Hocker.

Ich rutschte von der Theke. „Das ist *verrückt*. Ich stehe erst ganz am Anfang meiner Arbeit. Es gibt noch gar nicht genug Informationen zu stehlen. Das ist das echte Leben, kein James-Bond-Film."

„Nein, aber Spionage ist real, Frankie. Und Länder und Regime, die weit weniger freundlich gesinnt sind als unseres, würden dein Projekt haben wollen. Selbst wenn es am Anfang steht."

Ich blickte auf. Da war etwas in seinem Tonfall und in dem Ausdruck auf seinem Gesicht. Er zeigte nicht viel, aber ich begann, die kleinen Hinweise zu lesen. „Sprichst du aus Erfahrung?"

Er antwortete nicht.

„Das hast du getan, als du das Militär verlassen hast. Du warst ein Spion."

Wieder antwortete er nicht, aber das brauchte er auch nicht.

Ich strich mein Haar zurück und achtete darauf,

meine Wunde nicht zu berühren. „Wer, glaubst du, ist hinter meiner Arbeit her?"

„Ich weiß es nicht, aber ich werde es herausfinden." Sein Tonfall war scharf und entschlossen.

Sein Handy klingelte. Als er es an sein Ohr drückte, wandte er sich ab und sprach leise. Dann verkrampfte er sich.

Ich beobachtete ihn, und meine Brust zog sich zusammen. Irgendetwas stimmte nicht.

„Was?", fragte ich, als er den Anruf beendete.

Sein Blick blieb auf meinem Gesicht haften. „Ich habe einen Mann zu deinem Haus geschickt."

Mein Puls raste. „Und?"

„Jemand ist eingebrochen. Es ist eine echte Sauerei. Sie haben nach etwas gesucht."

Nein. Ich presste meine Hände auf die Wangen.

„Sind all deine Forschungsdaten auf dem Laptop, der gestohlen wurde?", fragte Reath.

„Nein. Aus Sicherheitsgründen bewahre ich einen Teil davon getrennt auf."

„Wo ist der Rest der Daten?"

Ich tippte mir an die unverletzte Schläfe. „In meinem Kopf."

Sein Kiefer straffte sich. „Das bringt dich in Gefahr. Jemand will deine Arbeit. Unbedingt."

Ich schlang meine Arme um mich. „Sie ist noch lange nicht fertig, Reath."

„Aber wenn du deine Daten an ein Team von Wissenschaftlern weitergibst, haben sie einen Vorsprung, um sie zu vervielfältigen und fertigzustellen."

„*Gott.*" Ich spürte, wie mir die Farbe aus meinem Gesicht wich.

„Du musst deine Kontakte bei der DARPA anrufen und sie auf den neuesten Stand bringen. Ich werde auch einen Freund anrufen, den ich dort kenne. Du brauchst zusätzliche Sicherheit, und was die Universität bietet, ist nicht genug."

Ich wusste nicht, was ich sagen sollte. In den letzten Tagen war so viel passiert, dass ich das Gefühl hatte, zu ertrinken.

„Wir müssen herausfinden, wer dich angegriffen hat", meinte Reath.

„Na gut", flüsterte ich.

„Und Frankie, dein Zuhause ist nicht sicher."

„Was ist mit dem Sicherheitssystem, das du erwähnt hast –?"

Reath schüttelte den Kopf. „Das ist nicht genug." Sein Blick traf den meinen. „Du bleibst hier, bei mir."

„Das riecht gut", sagte Frankie.

Ich trug die Essensbestellung in die Küche. „Es ist aus dem Cochon. In New Orleans dreht sich alles um das kreolische Essen, aber das hier ist das beste Cajun-Essen der Stadt."

Sie ging näher heran. „Ich kenne den Unterschied nicht wirklich."

„Kreolische Küche wird als Stadtessen bezeichnet. Es hat einen stärkeren französischen, wohlhabenden Einfluss. Cajun ist eine ländliche Küche. Rustikaler und schärfer."

„Nun, ich kann es auftischen. Ich bin die Königin der Gerichte zum Mitnehmen."

Ich lächelte. „Du kochst nicht?"

Sie rümpfte die Nase, und das war verdammt süß. „Ich habe vor, es zu lernen, während ich hier bin. Ich bin klug. Sicherlich kann ich lernen, ein anständiges Essen zu kochen."

„Ich bin auch kein guter Koch. Normalerweise füttert mich Lola."

Frankies Kopf ruckte hoch. „Lola? Wer ist Lola?"

„Unsere Haushälterin. Sie putzt, kocht, hält uns in Schach. Außerdem ist sie das Kindermädchen von Colts Tochter Daisy."

„Oh." Frankie lächelte. „Ich schätze, wenn man eine Lola hat, ist es einfach, nicht zu kochen."

„Besonders, wenn sie so gut darin ist." Ich holte ein paar Teller heraus.

„Setz du dich", meinte Frankie. „Ich werde auftischen."

Ich setzte mich an das Kopfende des Tisches und sah zu, wie Frankie die Schubladen öffnete. Sie servierte die Langustenpastete, den Krabbeneintopf und das Gumbo mit Huhn und Andouille. Es gelang ihr auch, eine Kerze zu finden und sie in die Mitte des Tisches zu stellen.

Ich hob die Brauen. „Ich besitze eine Kerze?"

„Ja, tust du. Lolas Einfluss, oder?"

„Wahrscheinlich. Oder eher Colts Frau, Macy. Sie liebt Kerzen."

Frankie ging wieder in die Küche und kam mit beladenen Tellern zurück.

Wir saßen am Tisch und aßen, und Frankie erzählte von all den Dingen, die ihr an New Orleans gefielen.

Es fühlte sich leicht an. Ich brachte keine Frauen mit nach Hause, und ich hatte noch nie mit jemandem an diesem Tisch gegessen, außer mit meiner Familie.

Frankie lehnte ihre Ellbogen auf den Tisch. „Danke noch mal, Reath. Ich hatte heute wirklich Angst."

„Ich bin froh, dass du in Sicherheit bist. Du hättest mir von deinem Projekt erzählen sollen."

„Ich hatte keine Ahnung, dass das passieren würde." Sie hielt inne. „Wie war es, ein Spion zu sein?"

Ich schluckte einen Bissen von dem scharfen Essen hinunter. „Das ist geheim."

Frankie grinste.

Aber ein Teil von mir wollte es teilen. *Verdammt.* Ich musste gegen ihre Anziehungskraft ankämpfen.

„Willst du etwas Musik hören?", fragte ich.

Sie nickte. „Klar."

„Lautsprecher, spiel London Grammar", sagte ich.

Eine Sekunde später erfüllten die eindringlichen Klänge der englischen Indieband den Raum.

Frankie klatschte die Hände zusammen. „Oh, ich liebe London Grammar."

„Wirklich?"

„Ja." Sie schloss die Augen und wiegte sich auf ihrem Stuhl im Takt der Musik.

Ich zwang mich, auf mein Essen hinunterzusehen, weil ich sie nicht weiter einfach nur anstarren konnte. Eine Hand ballte sich unter dem Tisch zu einer Faust. Wenn ich sie weiter ansah, würde ich sie nur berühren wollen.

Warum sie? Warum die kleine Schwester meines besten Freundes?

Zum Glück füllte Frankie die Stille, indem sie über Jack und ihre Arbeit plauderte, sodass ich nicht viel zu sagen brauchte. Sie ließ sich das Cajun-Essen schmecken, und ich konnte nicht anders, als jedes Mal zuzusehen, wenn sie ihre Gabel ableckte und stöhnte.

„Macht es dir Spaß, deine eigene Sicherheitsfirma zu leiten?", fragte sie.

„Ja. Es gibt nichts Besseres, als sein eigener Chef zu sein. Ich bin wählerisch bei den Kunden, die ich annehme." PSS war sehr begehrt, und an Arbeit mangelte es uns nie.

„Ich empfinde ähnlich, bei der Arbeit an meinem eigenen Projekt, in meinem eigenen Labor." Sie zuckte mit den Schultern. „Es kann Spaß machen, in einem Team zu arbeiten, aber auch frustrierend sein, weil es so viele verschiedene Persönlichkeiten gibt."

Ich setzte mein Messer und meine Gabel ab. „Wie ist dein Anruf bei der DARPA gelaufen?"

Sie rümpfte die Nase. „Nun, sie waren nicht begeistert von dem Einbruch."

„Es war ein bisschen mehr als ein Einbruch."

„Mein Kontakt, Dr. Croft, ist wirklich nett. Er sagte, sie würden eine Sicherheitsüberprüfung durchführen. Normalerweise werden zivile Projekte wie meins nicht auf diese Weise ins Visier genommen, schon gar nicht zu einem so frühen Zeitpunkt im Prozess."

Meine Augen wurden schmal. Ich fragte mich, ob ein fremdes Land seine eigene Version von Frankies ADAPT-Projekt hatte, aber bei seinen Nachforschungen auf Probleme gestoßen war. Vielleicht suchten sie nach einer Abkürzung. „Ich habe mit dem Sicherheitsdienst der Universität gesprochen. Sie haben den Vorfall an die Polizei von New Orleans gemeldet. Wir werden den Schuldigen finden."

„Das hoffe ich." Ihre Stimme wurde schärfer. „Ich

werde nicht zulassen, dass irgendetwas meine Arbeit behindert."

Als wir mit dem Essen fertig waren, bemerkte ich, wie schwer Frankies Augenlider wurden. Sie hatte einen höllischen Tag hinter sich.

„Komm schon." Ich erhob mich von meinem Stuhl. „Du bist müde. Ich bringe dich in dein Zimmer."

Ich führte sie die Treppe hinunter und in einen Flur. An der Tür zum Gästezimmer hielt ich inne.

„Mein Schlafzimmer ist am Ende des Flurs." Ich zeigte darauf.

Sie betrachtete die Tür. „Okay."

Ich stieß die Tür des Gästezimmers auf und sah zu, wie sie hineinging und das große Bett betrachtete.

„Das Badezimmer ist durch diese Tür. Dort gibt es eine Dusche und eine Badewanne."

Sie warf einen Blick ins Bad.

„Sieh dich ruhig um", bat ich sie. „Ich bin gleich wieder da."

Ich machte mich schnell auf den Weg in mein Schlafzimmer. In meinem begehbaren Kleiderschrank öffnete ich eine Schublade und zog ein sauberes T-Shirt heraus.

Als ich ins Gästezimmer zurückkehrte, reichte ich es ihr. „Etwas für dich zum Schlafen. Morgen können wir ein paar deiner Sachen holen."

„Danke", murmelte sie und betastete die weiche Baumwolle.

Ich wollte mir selbst nicht eingestehen, dass ein Teil von mir die Vorstellung, dass Frankie in meinem T-Shirt schlief, wirklich mochte.

Verdammt! Ich musste dieses Verlangen in den Griff

bekommen. Damit hatte ich noch nie ein Problem damit gehabt. Und ich hatte schon einige umwerfende Frauen gefickt.

Aber es war Frankie Parker, die mir unter die Haut ging.

„Ich werde dich jetzt allein lassen. Wir sehen uns morgen früh."

Sie schenkte mir ein kleines Lächeln. „Schlaf gut, Reath."

12

FRANKIE

Etwas weckte mich.

Ich erstarrte, denn ich war mir nicht sicher, wo ich war. Das Bett war bequem, aber der Raum war mir nicht vertraut.

Als ich mich aufsetzte, wurde mir alles wieder bewusst. Ich war bei Reath.

Jemand hatte mein Labor verwüstet und mich angegriffen. *O Gott.*

Ein leises, gequältes Stöhnen drang an mein Ohr. Es verursachte eine Gänsehaut auf meiner Haut.

Ich schlüpfte aus dem Bett. Meine Füße waren nackt, und der Holzboden kühl. Da ich mein Höschen mit der Hand gewaschen hatte, hing es im Badezimmer und ich hatte nur das große, weiche T-Shirt an, das mir Reath gegeben hatte.

Ich zupfte am Saum und ging leise den Flur hinunter. Ein weiteres raues Geräusch, erfüllt von schrecklichem Schmerz, hallte von den Wänden wider.

Es kam aus Reaths Schlafzimmer.

Ich blieb vor der Tür stehen und biss mir auf die Unterlippe. Als ich ein weiteres schmerzhaftes Stöhnen hörte, stieß ich entschlossen die Tür auf. Das Schlafzimmer war dunkel, aber ein schwacher Lichtschein kam aus dem Badezimmer.

In dem großen Bett wälzte sich Reath unruhig hin und her.

Ich ging näher heran. Er hatte eindeutig einen Albtraum, und zwar einen wirklich furchtbaren.

Seine Brust war nackt. Ja, ich hatte recht gehabt. Alles nur harte Muskeln und sein Bauch ...

Ich biss mir auf die Lippe.

Er stieß ein weiteres leises Stöhnen aus, und Mitleid erfüllte mich. Was hatte er durchlitten? In welchem Albtraum war er gefangen?

Ich räusperte mich, streckte die Hand aus und berührte seine Schulter. Meine Stimme blieb ein leises Flüstern. „Reath."

Er reagierte augenblicklich.

Eine winzige Berührung warmer Haut, dann schloss sich eine starke Hand um mein Handgelenk und zerrte mich aufs Bett.

Er drückte mich unter seinen Körper, und eine weitere Hand legte sich um meine Kehle.

Adrenalin schoss durch mich hindurch. Er war nicht wach, und ich konnte sehen, dass er instinktiv handelte.

„*Reath.*" Ich konnte das Wort kaum aussprechen. Er war so stark.

Meine Instinkte übernahmen die Kontrolle. Ich hatte in der Highschool Judo trainiert.

Sein Körper bedeckte mich nicht vollkommen, und

ich griff nach dem Bund seiner Boxershorts, setzte mich auf und hob meine Hüften an. Schnell löste ich mich von ihm und rollte mich frei. Sofort stürzte ich mich wieder auf ihn, umklammerte seinen Arm und wirbelte herum.

Ich landete halb auf ihm, mit seinem Arm in einer schmerzhaften Position.

Sein Gesicht war nur wenige Zentimeter von meinem entfernt, und ich sah, wie er aus dem Schlaf erwachte und seine Augen sich mit Erkennen füllten.

Ein Stirnrunzeln legte sich auf seine Stirn. „Frankie?"

„Du hattest einen Albtraum."

Etwas kräuselte sich auf seinem Gesicht. „Verdammt. Habe ich dir wehgetan?"

„Sehe ich verletzt aus?"

„Nein." Er hielt inne. „Wirst du meinen Arm loslassen, bevor du ihn brichst?"

Ich öffnete meinen Griff und setzte mich auf.

Er tat es auch und rieb sich die Schulter. „Worin bist du ausgebildet?"

„Judo. Brauner Gürtel."

Seine Augenbrauen hoben sich. „Du steckst ja voller Überraschungen."

„Geht es dir gut?"

Er seufzte. „Ich glaube, ich brauche einen Drink."

13

REATH

In der Küche machte ich mich daran, heiße Schokolade zu kochen. Ich hatte das Licht gedimmt und nur ein paar Lampen warfen einen goldenen Schein in die Dunkelheit. Ich rührte den Inhalt des Topfes um.

Natürlich hatte ich mir eine schwarze Pyjamahose angezogen, aber kein Oberteil. Ich war mir nicht mehr sicher, ob das eine gute Idee war, denn ich konnte sehen, wie Frankie mir Blicke zuwarf.

Tatsächlich tat ich das Gleiche. Mein T-Shirt hing über ihren weichen Brüsten, ihre Beine waren nackt. Ihr dunkles Haar war zerzaust.

Ich blickte zurück auf die Schokolade und hasste den Gedanken, dass sie meinen Albtraum mitgehört hatte. Sie kamen nicht immer, aber oft genug. Ich war es gewohnt, allein zu leben, deshalb sprach ich nie über sie. So war es mir lieber.

Nachdem ich die heiße Schokolade in zwei Tassen gegossen hatte, holte ich eine Flasche Roggenwhiskey aus einem Regal und schüttete etwas davon in meine. Als ich die Flasche hochhielt, nickte Frankie. Ihre Tasse bekam ebenfalls einen Schuss, bevor ich sie vor sie stellte.

Wir gingen zur Couch, und ich achtete darauf, ihr nicht auf die Schenkel zu schauen, während sie sich in der Ecke zusammenrollte und an ihrem Drink nippte.

„Mmm", meinte sie. „Normalerweise trinke ich keinen Whiskey."

„Wenn man in New Orleans lebt, muss man Roggenwhiskey trinken."

Wir schwiegen, während wir unseren Kakao schlürften.

„Willst du über den Albtraum reden?", fragte sie.

„Nein." Ein Muskel kribbelte in meinem Kiefer.

Ich sprach nie über sie. Nicht einmal mit meinen Brüdern. Ich wollte sie nicht noch einmal durchleben oder auseinandernehmen.

Meine Albträume ergaben für mich kaum einen Sinn. Sie waren immer ein seltsamer Mischmasch aus schrecklichen Dingen aus meiner Kindheit, dem Militär und der CIA.

All die Dinge, die ich hinter mir gelassen hatte.

Frankie schien das nicht zu stören. „Ich hatte Albträume. Nach dem Tod meines Dads. Und wieder, als Jack zur Army ging."

Ich hasste die Vorstellung, dass sie Angst hatte.

„Das ist normal", sagte sie. „Das ist die Art und Weise, wie unser Gehirn unsere Gefühle verarbeitet. Besonders die, denen wir uns nicht stellen wollen." Sie legte den Kopf schief. „Es kann helfen, mit jemandem zu reden."

„Ich brauche keinen Therapeuten", stieß ich hervor.

„Gut." Sie rieb mit dem Finger über den Rand ihrer Tasse. „Ich nehme an, deshalb lässt du das Licht im Bad an."

Verdammt. Niemand wusste, dass ich es vorzog, bei eingeschaltetem Licht im Bad zu schlafen wie ein verängstigtes kleines Kind.

„Nach Dads Tod habe ich meine Lampe lange Zeit angelassen."

„Du warst ein Kind."

„Und ich schätze, deine Albträume sind mit schlimmeren Dingen gefüllt als meine."

Ich starrte die Wand an. „Es tut mir leid, dass ich dich geweckt habe."

„Ich habe nicht lange geschlafen. Ich musste ständig an dieses Arschloch denken, das mein Labor zerstört hat." Sie nahm einen großen Schluck von der Schokolade. „Wir geben also ein gutes Paar ab."

Ich trank ebenfalls. Mir war bewusst, dass ich wieder ins Bett gehen sollte. Allein.

Und doch saß ich immer noch da.

„Du bist in Sicherheit, Frankie. Ich werde nicht zulassen, dass dir jemand wehtut."

„Ich glaube dir", erwiderte sie leise. „Obwohl ich immer noch ein bisschen Angst habe."

Wir tranken unsere Getränke aus, und ich stellte meine Tasse auf den Couchtisch.

„Es ist leicht, es einfach vergessen zu wollen", erklärte sie. „Es zu verdrängen. Zumindest eine Zeit lang."

Ich war der König der Verdrängung. Ich nahm ihre Tasse und platzierte sie ebenfalls auf dem Tisch.

Frankie und ich starrten uns auf der Couch an, und es war, als würde die Luft elektrisch werden.

Wir bewegten uns beide gleichzeitig und verringerten den Abstand zwischen uns. Der Kuss war hektisch, und ich ließ meine Hände in ihr Haar gleiten. Unsere Zungen lieferten sich ein Duell, während sie näher an mich rückte. Sie schmeckte nach Schokolade und Sünde. Ich neigte ihren Kopf zurück, damit ich mehr von ihr genießen konnte.

„Lass mich vergessen", flüsterte sie.

„Wir werden beide vergessen."

„Ja."

Ich vertiefte den Kuss. Als sie sich an mich drückte, bemerkte ich, dass sie unter dem Hemd nackt war. Sie trug keinen Schlüpfer.

Scheiße. Mein Schwanz war hart und pochte in meiner Pyjamahose.

Sie landete auf meinem Schoß und bewegte sich, als könne sie nicht still sitzen. Ihre Zunge streichelte meine, und ich wanderte mit meiner Hand an ihrer Seite hoch und unter das Shirt. Meine Finger umfassten ihre weiche Brust.

„*Oh.*" Sie gab einen kleinen, sexy Laut von sich.

„So verdammt heiß."

„Berühr mich", flehte sie. „Und hör nicht auf."

Ich knetete ihre Brüste und spielte mit ihren Nippeln, bis sie zu harten Noppen wurden. Ihre Haut war so glatt und weich, das Gegenteil von meiner. Sie drängte sich meinen Berührungen begierig entgegen. Es gab keinen einzigen schüchternen Zweifel in ihrem Körper.

Dann bewegte ich meine Hand tiefer, tauchte zwischen ihre Schenkel, und die Laute, die sie von sich gab, waren voller Verlangen. Während ich sie streichelte, fand ich einen schmalen Streifen Haare. Meine Hand glitt tiefer und traf auf eine feuchte Pussy. Sie war so schön nass für mich.

„*Ja.*" Sie rieb sich an der Beule in meiner Hose.

Das Verlangen explodierte in mir. Ich ließ einen Finger in sie eindringen, und sie stöhnte auf.

Scheiße. Ich konnte nicht aufhören. Eine ferne Stimme sagte, dass ich es tun sollte, aber ich war nicht stark genug.

„Ich muss dich schmecken, Frankie."

Ihre Wangen erröteten. Ich drehte sie und rutschte auf der Couch nach unten, sodass ich auf dem Rücken lag. Sie purzelte nach vorn, ihre Hände auf meinen Schenkeln, ihr süßer Hintern berührte mein Gesicht.

„*O Gott*", keuchte sie.

Ich schob das Shirt hoch und entblößte ihre Kurven. „Der beste Anblick der Welt." Ich berührte eine Pobacke, und sie gab einen heiseren Laut von sich.

Dann zog ich sie nach hinten und drückte meinen Mund auf ihre Pussy.

„O Gott." Ihre Stimme war verzweifelt. „Scheiße. *Reath.*"

Ich leckte sie und schob meine Zunge in sie hinein. Ihre Muschi war nass, heiß und würzig. Während ich sie leckte, packte ich ihre Schenkel, und sie ritt mein Gesicht.

Ja, ich wollte genau hier bleiben und Frankie vernaschen, bis sie auf meinem Gesicht kam. Ich liebte jedes

Geräusch, das sie machte. Sie hatte keine Angst, mich wissen zu lassen, dass es ihr gefiel.

Ich war so sehr auf das konzentriert, was ich tat, dass ich übersah, was ihre Hände taten.

Plötzlich schob sie den Bund meiner Pyjamahose nach unten und befreite meinen Schwanz.

Ich spürte ihren heißen Atem auf mir.

„Ich wusste, er würde groß und schön sein." Dann nahm sie ihn in ihren warmen Mund und verschlang ihn.

Scheiße.

Meine Hüften zuckten nach oben, und ich trieb meinen Schwanz tief in ihre Kehle. Sie würgte, aber ihre Finger gruben sich in meine Oberschenkel, und sie lutschte noch fester.

Ich fand ihren Kitzler und saugte.

Bald hob sie ihren Kopf und stöhnte. Ich spürte, wie sich ihre Fingernägel in meine Haut gruben.

Ich lächelte sie an.

Einen Moment später kam sie. „Reath!"

Ich leckte sie und hielt sie still, während ihr Körper bebte und sie meinen Namen schrie. Schließlich sackte sie gegen mich.

Ihr leises Keuchen erfüllte den Raum. „Das war ..."

„Gut", sagte ich.

„Viel besser als gut." Dann schnappte sie sich wieder meinen Schwanz.

„Scheiße. *Frankie.*"

Sie saugte ihn tief ein, ihre Zunge machte etwas, das mich stöhnen ließ.

Die Schwester meines besten Freundes lutschte meinen Schwanz und nahm ihn tief in sich auf. Mit ihrer

Hand an meinem Schaft fand sie einen Rhythmus und wippte mit dem Kopf auf und ab. Sie ließ nicht locker und ich konnte merken, wie sie es genoss, meinen Schwanz im Mund zu haben.

Noch nie hatte sich etwas so verdammt gut angefühlt. Ich drückte eine Hand auf ihren Rücken.

„Ich komme gleich", stöhnte ich.

Sie saugte fester.

Meine Erlösung strömte aus mir heraus. Ich stöhnte, und meine Hüften stießen nach oben. Sie gab einen erstickten Laut von sich, schluckte aber jeden Tropfen.

Verdammt. Ich ließ mich zurück aufs Leder fallen, meine Hände auf den süßen Rundungen ihres Arschs.

Ein paar Minuten lang ließen wir uns beide Zeit, um uns zu erholen.

Als ich das tat, sickerten Schuldgefühle durch.

„Das hätte nicht passieren dürfen", murmelte ich.

„Sei still, Reath." Sie drehte sich um und sah mich an. „Das haben wir beide gebraucht."

„Du bist die Schwester meines besten Freundes. Ich habe ihm versprochen, dass ich auf dich aufpasse."

Sie lächelte. „Das hast du. Indem du mir einen überwältigenden Orgasmus beschert hast." Frankie beugte sich herunter und kuschelte sich an meine Brust. „Kannst du dir die Schuldgefühle für morgen früh aufheben? Ich bin jetzt müde."

Ich legte einen Arm um sie und seufzte. „Du machst nur Ärger."

„Wahrscheinlich." Sie gähnte, dann drückte sie mir einen Kuss auf die Brust.

Frankie schmiegte sich an mich, und ich blickte an

die Decke. Ich würde auf keinen Fall schlafen. Das tat ich nie nach einem Albtraum. Und ich schlief nie, wenn jemand anderes in meinem Zimmer war.

Ich hielt sie fest, als sie einschlief. Ihr Atem wurde langsamer und gleichmäßiger.

Und während ich sie festhielt, versuchte ich, nicht daran zu denken, wie sehr mir das gefiel.

14

FRANKIE

Ich wollte nicht aufwachen.

Denn ich wusste, dass ich mich mit der Realität auseinandersetzen musste, sobald ich vollständig wach war. Es war besser, in diesem Halbschlaf zu verharren.

Dann bewegte sich jemand unter mir, und meine Augen sprangen auf.

Reath.

Ich lag auf Reath ausgestreckt. In seinen Armen, zusammen auf der Couch.

Ich biss mir auf die Lippe. Er schlief immer noch. Dieses hübsche Gesicht war entspannter, und obwohl es nicht jugendlich war, machte der Schlaf ihn definitiv weicher.

Mein Blick wanderte über seine Nase und seine hohen Wangenknochen. Der Mann war hinreißend. Ich wusste, dass er auch zäh, loyal und engagiert war, und ein Mann, der das Richtige tat.

Obwohl er eindeutig von dunklen Dingen verfolgt wurde.

Jack hielt Reath Fury für den besten Mann, den er je getroffen hatte.

„Frankie, Reath ist ein Mann, der verletzt und blutend im Dreck liegen könnte, und er würde trotzdem alles tun, um jemandem zu helfen. Vor allem seinen Freunden und Brüdern."

Ich vermutete, dass Reath, weil er ohne Familie aufgewachsen war, sich umso mehr um die kümmerte, die er sich selbst geschaffen hatte.

Langsam schmiegte ich meine Wange an seine Brust. Das fühlte sich ... gut an.

Es fühlte sich richtig an. Als wäre ich da, wo ich sein sollte.

Ich spürte eine Beule unter meiner Haut, und als ich mich bewegte, sah ich eine alte, gefurchte Narbe. Sie war kreisförmig, und mein Magen kribbelte. Eine alte Schusswunde. Es war nicht die einzige. Es gab noch andere, hellere Narben, die seine Haut kreuz und quer durchzogen.

Er war ein Mann, der schon viele gefährliche Dinge gesehen und getan hatte.

Ich runzelte die Stirn. *Nein.* Ich durfte mich nicht daran gewöhnen, mit ihm zu kuscheln. Schließlich hatte ich gesehen, wie meine Mutter ihr Licht verloren hatte, als mein Vater gestorben war. Liebe war riskant, und es gab nie eine Garantie.

Reaths Augen öffneten sich.

„Guten Morgen", sagte ich und versuchte, lässig zu wirken.

„Scheiße." Seine Stimme war ein schläfriges Grummeln.

Ich rollte mit den Augen. „Du kannst deinen schuldbewussten Nervenzusammenbruch jetzt gern durchziehen, wenn du unbedingt musst."

Seine Hände wanderten ... über meinen nackten Hintern.

Seine Finger krampften sich für eine Sekunde zusammen, dann setzte er sich auf und nahm neben mir auf der Couch Platz. Er stand auf und machte keine Anstalten, die Erektion zu verbergen, die sich vorn in seiner Pyjamahose abzeichnete.

Ich versuchte, die Ausbeulung nicht anzustarren. Okay, das gelang mir nicht wirklich.

„Ich hätte dich nicht anfassen sollen", erklärte er.

Ich schaute auf. „Warum?"

„Du warst erschüttert, verängstigt ..."

„Ich wusste *genau*, was ich tat, Reath. Ich wollte es. Ich wollte dich. Ich war es, die deinen Schwanz in den Mund genommen hat."

Und ich wollte ihn immer noch.

Er fuhr sich mit einer Hand durchs Haar. „Sag nicht Schwanz."

Ich lächelte. „Ich mag deinen Schwanz, und ich habe es genossen, ihn zu lutschen."

Reath fluchte. „Jack ist mein bester Freund."

In dem Versuch, attraktiv und bestimmend auszusehen, setzte ich mich aufrecht hin. Doch das war in einem geliehenen Shirt, ohne Höschen und mit zerzaustem Haar gar nicht so einfach. „Was wir getan haben, hatte nichts mit meinem Bruder zu tun. Ich bin eine erwachsene Frau, Reath. Ich hatte schon mal Sex. Du scheinst kein Arschloch zu sein. Sicherlich will Jack, dass ich mit netten Jungs intim bin, nicht mit Arschlöchern. Obwohl er mein Bruder ist, also spreche ich nicht mit ihm über mein Sexleben."

„Hör auf, Sex zu sagen."

Ich lächelte. „Sex, Sex, Sex."

Er knurrte, sein Blick blieb auf meinen Lippen haften. Aber er war angespannt und hielt sich zurück.

„Sex", wiederholte ich langsam.

Reath schüttelte den Kopf und schritt auf mich zu. Mein Herz klopfte.

Er zog mich hoch und sein Mund schloss sich auf meinem. Ich lehnte mich an ihn und küsste ihn zurück. O Gott, von den Küssen dieses Mannes würde ich nie genug bekommen.

„Hallo?", hallte eine Frauenstimme die Treppe hinauf.

Reath wich zurück, als ob ich Syphilis hätte. Ich zupfte an dem Saum meines T-Shirts. Er schritt um die Kücheninsel herum, und ich vermutete, dass er versuchte, seinen Ständer zu verstecken.

Ich kicherte.

Er runzelte die Stirn. „Hör auf damit."

Eine Sekunde später erschien eine Frau. Es war eine attraktive Brünette in einem eleganten schwarzen Rock und einem weißen Hemd. Ich erkannte sie als die Freundin von Dante Fury.

Sie entdeckte mich, und ihre Augen weiteten sich. Die Frau blieb ruckartig stehen. „Oh."

„Hi." Ich hob eine Hand.

„Du ..." Sie sah Reath an und blinzelte. „Du hast eine

Frau an deiner Seite. Du hast *nie* Frauen an deiner Seite."

Interessant. „Ich bin Frankie."

„Ich bin Mila." Sie kam herüber und reichte mir die Hand.

„Ich bin Jacks Schwester."

Milas Augen weiteten sich. „Reaths *bester Freund* Jack?"

Ich nickte.

„Frankie hatte gestern ein ... Problem", berichtete Reath.

„Oh, geht es dir gut?" Mila schaute auf meine bandagierte Schläfe. „Wir hatten hier schon ein paar gefährliche Situationen. Ich auch, und es war wirklich nicht lustig."

„Mir gehts gut. Reath hilft mir."

„Nun, wenn du etwas geregelt haben willst, ist Reath dein Mann." Sie schaute ihn an. „Ich wollte nur sichergehen, dass du heute zum Familienessen kommst. Und du solltest Frankie mitbringen."

„Ach, na ja ..." Ich konnte Reaths Gesichtsausdruck nicht lesen. „Ich muss wirklich in mein Labor."

Mila zog eine Augenbraue hoch. „Labor?"

„Ich bin Wissenschaftlerin."

„Du wirst *nicht* allein gehen", knurrte Reath. „Ich komme mit dir."

„Großartig", sagte Mila. „Erledigt das, und wir sehen uns dann zum Mittagessen. Lola kocht Gumbo." Mila winkte fröhlich, als sie sich auf den Weg machte.

„Ich habe versucht, sie abzuwimmeln", sagte ich.

„Ist schon in Ordnung." Reath rieb sich die Stirn. „Bist du sicher, dass du in dein Labor gehen willst?"

Ich nickte. „Ich lasse *nicht* zu, dass jemand meine Forschung aufhält. Es ist wichtig, dass ich den Schaden begutachte und feststelle, was ersetzt werden muss. Außerdem muss ich unbedingt auch in mein Haus."

„Wir können ein paar deiner Sachen mitnehmen, wenn wir schon mal da sind. Du bleibst hier, bis ich die Verantwortlichen gefunden habe."

Ich warf einen Blick auf die Couch. „Bist du sicher, dass das eine gute Idee ist?"

Er bedachte mich mit einem intensiven Blick. „Ja. Ich werde dich beschützen, Frankie, egal, was passiert."

15

REATH

Sie war ein gottverdammter Wirbelwind.

Ich beobachtete Frankie, wie sie durch ihr Labor rannte, alles aufräumte und Listen mit Dingen erstellte, die ersetzt werden mussten.

Als wir ankamen, war sie ganz bestürzt gewesen. Dann hatte sie die Ärmel hochgekrempelt, und ihre Entschlossenheit hatte seitdem keine Sekunde eine Pause eingelegt.

Jack war genauso hartnäckig.

Bei dem Gedanken an meinen Freund fühlte ich einen Funken Schuld.

Verdammt! Ich hatte mein Gesicht in der Pussy seiner Schwester vergraben. Und ich hatte jede Minute davon genossen.

Und ich wollte mehr von ihr.

Konzentriere dich auf ihre Sicherheit, Fury.

Ich war froh, einen Sicherheitsbeamten der Universität vor Frankies Labor zu finden. Ich hatte mich in aller Ruhe mit dem Sicherheitsteam der Universität unterhalten, während Frankie drinnen aufräumte. Sie wussten alle, wer ich war. Ich hatte mehrere Vorschläge gemacht, wie man den Schutz verstärken könnte, und die kostenlose Installation eines verbesserten Sicherheitssystems angeboten, das von PSS gespendet werden würde. Sie waren begeistert.

Ich hatte Frankie nichts davon erzählt. Ihre unabhängige Ader würde sie vermutlich dazu bringen, sich zu sträuben.

Ich hatte ihr geholfen, die Glasscherben aufzuräumen, und jetzt stapelte sie neue Fläschchen auf der Werkbank. Sie ging hinüber, um einen Kühlschrank zu überprüfen.

Frankie trug einen Laborkittel, den ich seltsam attraktiv fand. Ganz zu schweigen davon, dass sie eines meiner weißen Business-Hemden zu ihrer Jeans anhatte. Sie hatte es unten verknotet und die Ärmel hochgekrempelt, und es gelang ihr, trotzdem elegant auszusehen.

„Musst du wieder bei Null anfangen?", fragte ich.

„Nein. Er hat meine Kulturen nicht zerstört. Ich glaube, das Durcheinander war auf den Kampf zurückzuführen, und er hat nur versucht, die Sache zu verschleiern. Es sollte wie ein Raubüberfall aussehen. Er wollte nur meinen Laptop." Sie zuckte mit den Schultern. „Mit nur der Hälfte meiner Daten können sie nicht viel anfangen."

„Du bist mit Leidenschaft bei der Sache."

„Ja. Ich möchte, dass dieses Projekt weit über die Hilfe für Soldaten hinausgeht. Ich möchte normalen Menschen helfen. Solchen, mit chronischen Krankheiten, Diabetikern, Menschen mit Depressionen. Wenn sie die benötigten Medikamente auf Abruf bekommen können, ohne endlose Pillen und Nadeln, würde das ihr Leben ein wenig leichter machen."

Ich bewunderte ihre Hingabe. Mein Handy klingelte, und ich nahm es heraus. Es war eine unterdrückte Nummer. „Ich muss da rangehen."

Sie nickte und ging zurück an die Werkbank.

Ich trat in den Flur und beobachtete sie durch die Glasscheibe.

„Fury."

„Reath", sagte eine vertraute Stimme.

„Donlon, ich hatte nicht erwartet, so schnell von dir zu hören."

Der Mann räusperte sich. Er klang nervös. „Es heißt, die Ausländer, die bei mir eingekauft haben, verbreiten die Nachricht."

Mein Magen verhärtete sich. „Worüber?"

„Sie haben etwas Großes zu verkaufen. Ein geheimes Projekt, das sie für viel Geld an interessierte Militärs verkaufen wollen."

Meine Instinkte kribbelten, mein Blick blieb auf Frankie haften. „Was für ein Projekt?"

„Sie geben keine Details bekannt, aber sie bieten dieses Projekt zur Versteigerung an. Außerdem sagten sie, man könnte damit Supersoldaten herstellen."

Das musste Frankies Projekt sein.

Diese Wichser, wer auch immer sie waren, waren nach New Orleans gekommen, um ihre Forschung ins Visier zu nehmen.

„Ich muss Details wissen, Donlon. Was sie verkaufen und wer sie sind. Ich brauche Namen."

„Reath, Mann, ich will nicht tot enden. Diese Typen kommen mir nicht wie Leute vor, die herumalbern."

„Mach es unauffällig. Keiner wird wissen, dass die Informationen von dir stammen. Donlon, das ist wichtig."

Der Mann atmete tief ein und aus. „Okay, okay. Ich bleibe in Kontakt."

Durch das Glas sah ich, wie Frankie an einem kleinen Radio herumfummelte. Ich konnte die Musik hier draußen nicht hören, aber während sie arbeitete, wippte sie mit den Hüften.

Mein Kiefer spannte sich an.

Ich würde für ihre Sicherheit sorgen. Wer auch immer diese Arschlöcher waren, sie hatten sich die falsche Wissenschaftlerin und das falsche Projekt als Ziel ausgesucht.

Ich würde sie beschützen.

Und das nicht nur, weil sie Jacks Schwester war.

Dieser Teil machte mir am meisten Sorgen. Ich brauchte keine Frau. Liebe war zu riskant und chaotisch, und nichts, was ich mir antun wollte. Schließlich hatte ich meine Familie, und das war alles, was ich benötigte.

Ich war ohne Liebe aufgewachsen, und ich brauchte sie auch jetzt ganz sicher nicht.

16

FRANKIE

O *Gott.*
 Mein Herz sank, als ich mein Mietshaus betrat.

Mein einst niedliches kleines Zuhause war ein einziges Chaos.

Möbel waren umgekippt worden, und meine Sachen waren überall verstreut und beschädigt. Die Kisten, die ich noch nicht ausgepackt hatte, lagen überall auf dem Boden. Mein Herz sank, als ich eine Glasfigur aufhob, die einmal ein süßer Affe gewesen war. Ein Geschenk von Jack. Er nannte mich Affe, und ich tat so, als würde ich es hassen, aber insgeheim liebte ich es.

Ich stellte den zerbrochenen Affen aufs Regal, hob andere Dinge auf und kämpfte gegen Traurigkeit und Wut an.

„Geht es dir gut?"

Ich warf einen Blick auf Reath. „Nein. Ich hatte noch nicht ganz ausgepackt, aber dieser Ort war bereits meine Zuflucht geworden. Jetzt ist er überfallen und entweiht worden." Ich drehte mich um und stemmte die Hände in die Hüften. „Ich will es diesem Arschloch heimzahlen."

„Ich habe ein Team, das aufräumt."

Ich wölbte eine Braue. „Du hast eine Menge Männer, die springen, wenn du einen Befehl gibst."

„Ich besitze eine Sicherheitsfirma. Das ist mein Job."

Ich wanderte noch ein wenig durch den Raum, unfähig, mich auf eine bestimmte Sache zu konzentrieren. Plötzlich entdeckte ich etwas Glitzerndes auf dem Boden und hob es mit einem Keuchen auf.

Es war nicht kaputt. Voller Freude drückte ich die Brosche an meine Brust.

„Was ist das?", fragte Reath.

Ich hielt die kleine Emaille-Anstecknadel hoch, die einen zwinkernden Affen in einem Laborkittel zeigte.

Er hob eine Augenbraue.

„Die ist von Jack. Er nennt mich Affe. Ich trage sie normalerweise an meinem Laborkittel." Ich steckte sie in meine Tasche. „Es ist meine Glücksnadel."

„Ich bin froh, dass sie nicht beschädigt ist. Und jetzt geh und packe eine Tasche. Klamotten, Make-up, was immer du brauchst."

Mit einem Nicken machte ich mich auf den Weg ins Schlafzimmer. Hier war es noch schlimmer als im Wohnzimmer. Ich presste meine Handflächen an meine Wangen und atmete ein paar Mal tief durch. Noch mehr verstreute Sachen, und die Matratze auf meinem Bett lag schief. All meine Klamotten waren durchwühlt worden, und ich hasste den Gedanken, dass jemand sie angefasst hatte.

Ich fand eine Tasche und holte ein paar Klamotten aus meinem Schrank. Nichts war mehr ordentlich aufgehängt. Ich faltete die Sachen zusammen und steckte sie ein.

Tatsächlich wollte ich unbedingt jemanden vermöbeln. Mein ganzer Körper zitterte.

„Hey." Warme Hände schlossen sich um meine. „Das wird schon wieder."

„Es fühlt sich aber nicht so an."

Er hob mein Kinn an. „Ich bin auf deiner Seite, und ich werde nicht aufgeben, bis die Leute, die dahinterstecken, aufgehalten werden."

Die Wärme seines Körpers drang zu mir durch. Ich wusste, dass ich ihm nicht trauen sollte. Die Anziehungskraft ließ nach, die Männer wechselten zu glänzenderen Angeboten. Eines Tages würde Reath weg sein. Ich konnte mich nicht daran gewöhnen, ihn in meiner Nähe zu haben.

Dann fielen mir seine Worte ein. „Leute? Es gibt mehr als einen?"

Etwas Dunkles und Bedrohliches wanderte durch seine Augen.

Er verbarg es gut unter seinem attraktiven Aussehen und seinen netten Manieren – aber Reath Fury war gefährlich.

„Reath?"

Er strich mir über die Wangen. „Ich weiß noch nichts Genaues. Sobald sich das ändert, werde ich es dir mitteilen."

Ich stieß einen lauten Atemzug aus. „Versprochen?" Jack war der König darin, nie etwas mitzuteilen.

„Ja. Und ich halte meine Versprechen immer."

„Ich weiß. Jack hat mir das gesagt."

Reath nickte. „Pack deine Sachen fertig."

Ich räumte noch ein paar Dinge in die Tasche und holte Unterwäsche aus der Schublade. Reath kam näher, und als ich mich umdrehte, stieß ich mit ihm zusammen.

Ich ließ einen String fallen, der auf seinen Stiefel fiel.

Er war aus blauer Spitze und ziemlich freizügig. Ich trug ihn selten. Er war so sexy, und ich hatte kaum einen Grund, ihn zu tragen.

Er ging in die Hocke, und mein Herz klopfte. Als er das Höschen anhob, fuhr sein Finger über den Stoff. „Was ist das?"

„Ein Höschen."

„Das ist *kein* Höschen." Reath fuhr mit dem Finger den Spalt entlang, der größtenteils durch strategisch platzierte Schleifen verschlossen war. Der String war zwar nicht im Schritt offen, aber bot trotzdem einen ziemlich leichten Zugang.

Als er mich ansah, erkannte ich sein Verlangen. Er griff an mir vorbei und steckte das Höschen in meine Tasche.

„Brauchst du sonst noch etwas?", fragte er seidenweich.

„Hygieneartikel." Ich eilte in mein niedliches kleines Badezimmer, ignorierte den zerbrochenen Spiegel und den zerrissenen Duschvorhang und stopfte ein paar Dinge in meinen Kulturbeutel. Schließlich schnappte ich mir mein Glätteisen und schloss die Reisetasche. „Ich bin fertig."

Er sperrte das Haus ab, und als wir gingen, fühlte ich mich traurig.

Mein Traum von einem Neuanfang in New Orleans hatte sich nicht so erfüllt, wie ich es mir erhofft hatte.

Als Reath uns zu seinem Lagerhaus zurückfuhr, fuhren wir am Wildfire vorbei. Ich musste an die Nacht denken, in der wir uns zum ersten Mal getroffen hatten. Langsam fuhr er in die Garage und parkte den Wagen.

„Lass deine Tasche hier, ich hole sie später."

„Wohin gehen wir?"

„Mittagessen."

Ich hatte das Mittagessen völlig vergessen, aber ich war neugierig, seine Brüder kennenzulernen. Ich musste zugeben, dass mich diese Männer, die ihre eigene Familie gegründet hatten, faszinierten.

Aber ich war auch ein wenig nervös.

Reath nahm meine Hand und führte mich in ein angrenzendes Lagerhaus. Er gab einen Code ins Schloss der Tür ein und führte mich die Treppe hinauf.

Der Ort war ganz anders eingerichtet als seine Wohnung. Reaths Wohnung war eindeutig eine Junggesellenbude. Dies war ein Familienhaus. Es war hell und luftig, mit vielen Topfpflanzen.

„Das ist der Dreh- und Angelpunkt für uns", sagte Reath. „Wir essen alle ein paar Mal in der Woche hier. Die Wohnung von Colt und Macy grenzt direkt an diese, sodass Daisy leicht hin- und herlaufen kann, wenn Lola auf sie aufpasst."

Vor uns hörte ich das Stimmengewirr – tiefere männliche Töne, unterbrochen von höheren weiblichen Stimmen und kindlichem Kichern.

Wir betraten den Hauptwohnbereich.

Ein großer, tätowierter Mann – den Muskeln an seinen hochgekrempelten Ärmeln nach zu urteilen Beau, der Besitzer des Fitnessstudios – kitzelte ein hübsches, junges Mädchen, das er auf dem Kopf hielt. Sie war es, die kicherte. Sie sah glücklich und geborgen aus, sicher, dass er sie nicht fallen ließe.

Plötzlich drehten sich alle Köpfe in unsere Richtung.

Mila lächelte. „Ihr beide habt es geschafft."

Reath legte seine Hand auf meinen unteren Rücken und drängte mich vorwärts.

All seine Brüder starrten mich an.

Nun, ab in die Höhle der Löwen …

17

REATH

Ich aß etwas Gumbo und beobachtete, wie meine Familie Frankie subtil ausfragte.

Ein Teil von mir wollte ihnen sagen, sie sollten sich zurückhalten, aber sie hielt sich wacker. Verdammt, sie schien sich sogar zu amüsieren.

Neben mir lächelte sie Daisy an.

„Was ist dein Lieblingsfach in der Schule, Daisy?"

Meine Nichte schürzte ihre Lippen. „Die Mittagspause. Da kann ich mit meinen Freunden spielen."

Frankie grinste, und auf der anderen Seite des Tisches rollte Colt mit den Augen.

„Ich glaube mich zu erinnern, dass du die Mittagspause auch bevorzugt hast, Colt", sagte ich.

Mein Bruder grunzte. „Du mochtest Mathe. Streber."

„Nicht so sehr wie Kav."

Kavner nippte an seinem Wein. „Ich mag vor allem meine Zahlen mit Dollarzeichen dahinter."

Neben ihm schnaubte London.

„Ich habe Naturwissenschaften immer gemocht", erklärte Frankie. „Ich liebe es, ein Problem zu untersuchen und Experimente durchzuführen."

Daisy sah fasziniert aus. „Und jetzt bist du Wissenschaftlerin?"

„Das bin ich. Mikrobiologin. Ich darf einen Kittel tragen und habe ein cooles Labor."

Das schien Daisy noch cooler zu finden.

„Hast du schon aufgegessen, Dai?", fragte Colt.

Das kleine Mädchen nickte und schob ihren Teller beiseite.

„Du darfst jetzt gehen und malen."

„Okay, Daddy." Daisy rannte dorthin, wo ihr Malbuch und ihre Gelstifte in metallischen Farben vor dem Fernseher lagen.

Colt lehnte sich in seinem Stuhl zurück. „Reath sagte, dass dich jemand in deinem Labor angegriffen hat."

Frankie zappelte, und ich drückte unter dem Tisch meine Hand auf ihren Oberschenkel.

„Ja. Mein Projekt wird vom Militär finanziert ..."

Beau hob die Augenbrauen. „Militär?"

„DARPA", erklärte ich ihnen.

Dante pfiff.

„Es ist also ein wichtiges Projekt?", fragte Mila.

Frankie nickte.

„Ein Implantat, das Medizin herstellen kann, um auf jede Situation zu reagieren", erzählte ich. „Wie verunreinigtes Essen oder Wasser, Jetlag, Verletzungen."

„Das ist beeindruckend", meinte Kav.

Zweifellos rechnete mein Bruder bereits aus, wie viel Geld ein solches Projekt einbringen könnte.

„Es hat das Potenzial, vielen Menschen zu helfen." Als Frankie sprach, wurde sie hellwach. Sie beugte sich vor und erzählte mehr Details, und ich konnte den Blick nicht von ihrem Gesicht abwenden.

„Ich weiß, dass das Militär die erste Wahl ist. Und das ist wichtig." Sie schaute mich an. „Die Soldaten brauchen Hilfe, um es ihnen im Einsatz leichter zu machen. Aber dann will ich noch einen Schritt weitergehen. Krebspatienten können ihre Medikamente einnehmen, ohne einen Zugang gelegt zu bekommen oder an Maschinen angeschlossen zu werden. Diabetiker können ihr Insulin ohne tägliche Injektionen erhalten. Es gibt unendlich viele Möglichkeiten für Menschen mit chronischen Krankheiten."

Ich lächelte sie an und konnte mich kaum zurückhalten, mit ihrem Haar zu spielen.

Dann blickte ich auf und sah, dass Dante und Beau mich beobachteten. Sie grinsten beide. Ich zwang mich, meine Aufmerksamkeit wieder auf mein Essen zu richten.

„Reath, wirst du herausfinden, wer hinter Frankies Arbeit her ist?", fragte Dante.

„Ja." Ich hatte bereits meine Fühler ausgestreckt und wartete darauf, dass Donlon sich bei mir meldete.

Ich würde diese Arschlöcher finden und dafür sorgen, dass sie ihre Entscheidung bereuen würden.

„Frankie, komm und sieh dir mein Bild an!", rief Daisy.

Frankie erhob sich, und Macy schloss sich ihr an. Bald ertönte Kichern vom Teppich vor dem Fernseher.

„Also", sagte Dante leise. „Sie bleibt bei dir."

„Ich muss sie in Sicherheit wissen."

„Das letzte Mal, als bei einem von uns eine Frau eingezogen ist, ist sie nie wieder gegangen", sagte Beau.

„So ist das nicht."

„Wirklich?" Dante machte sich keine Mühe, seine Skepsis zu verbergen.

Ich nahm einen Schluck von meinem Drink. „Sie ist Jacks Schwester."

Meine Brüder tauschten alle einen Blick aus.

„Na und?", sagte Beau. „Sie ist eine Erwachsene. Und zwar eine attraktive."

Ich funkelte Beau an, denn ich wollte nicht, dass er bemerkte, dass Frankie attraktiv war. „Ich habe Jack versprochen, dass ich mich um sie kümmere. Er ist mein bester Freund, und ich schulde ihm was."

„Habt ihr irgendwelche Hinweise?", fragte Colt.

Ich nickte und schaute dann zu Frankie hinüber. Ich senkte meine Stimme. „Ein Informant hat mir gesagt, dass ein ausländisches Team in der Stadt ist. Sie sagen, sie haben ein streng geheimes Projekt zu verkaufen. Die Männer, die Frankie angegriffen haben, sprachen mit einem Akzent. Ich warte noch auf weitere Informationen, aber ich glaube, dieses Team ist hinter ihrer Arbeit her."

„Scheiße", murmelte Dante.

„Wenn du Hilfe brauchst, sag einfach Bescheid", sagte Colt.

Beau nickte. „Alles, was du willst. Sie ist süß und klug. Das hat sie nicht verdient."

„Sie ist zu klug für Reath", behauptete Kav.

Er stupste mich an, also zeigte ich ihm den Finger.

London beugte sich vor. „Solltest du die Behörden einschalten?"

„Wir haben die DARPA und die örtliche Polizei über den Angriff auf das Labor informiert. Was dieses ausländische Team angeht, habe ich noch nicht genug Informationen."

Kavs Frau musterte mich, ihre scharfe Intelligenz schimmerte in ihren dunklen Augen. „Und ihr Fury-Brüder kümmert euch lieber selbst um die Dinge."

„Sei vorsichtig", sagte Beau. „Nach dem, was Frankie gesagt hat, hat dieses Projekt großes Potenzial. Die Leute, die hinter ihm her sind, werden nicht gerade freundlich gesinnt sein."

„Du weißt, dass ich immer auf mich aufpasse." Das war eine Lektion, die ich gelernt hatte, bevor ich laufen konnte.

Frankie kehrte an den Tisch zurück, mit Daisy an ihrem Bein. Die beiden lachten.

Gott, dieses Lachen. Tief in meinem Inneren spürte ich es.

Ich konnte nicht zulassen, dass sie mir noch tiefer unter die Haut ging. Nein, ich musste alles streng geschäftlich halten.

So wie gestern Abend auf deiner Couch?

Mein Handy klingelte. Ich stand auf und entfernte mich vom Tisch. „Fury."

„Ich habe jemanden, der etwas weiß. Er will ein Treffen."

Es war Donlon.

„Wer?"

„Rabbit."

Ich widerstand dem Drang, zu fluchen. Rabbit war ein Taugenichts. Er spielte gern Informant, hatte aber selten etwas Brauchbares.

„Er hat deine Jungs gesehen", meinte Donlon.

Ich sah Frankie an. Verdammt, das war es wert, überprüft zu werden.

„Wo?"

„Pines Village. Der übliche Ort."

Eine der schlimmsten Gegenden der Stadt. „Sag ihm, in zwanzig Minuten." Ich legte auf.

„Musst du gehen?", fragte Frankie. „Ich wollte noch mal kurz ins Labor."

„Einer meiner Mitarbeiter wird dich hinbringen. Du bleibst die ganze Zeit bei ihm."

Sie nickte, aber ich sah die Frustration in ihrem Gesicht.

Wir verabschiedeten uns von den anderen. Daisy, Macy, London und Mila umarmten Frankie. Ich legte Frankie eine Hand auf den Rücken und führte sie die Treppe hinunter.

Wir traten hinaus in den Sonnenschein. Es war tatsächlich ein warmer, schöner Tag. Ich drückte auf den Schlüssel für mein Garagentor, und während wir darauf warteten, dass es sich öffnete, legte ich ihr die Hand auf den Kiefer.

„Vorsichtig sein zu müssen, wird nicht ewig andauern, Frankie. Ich werde diese Typen finden."

„Ich weiß. Es ist nur frustrierend, einen Leibwächter zu brauchen." Sie stieß einen Atemzug aus. „Ich gewöhne mich schon daran. Wen triffst du?"

„Einen Informanten. Er könnte Hinweise auf die Leute haben, die hinter deinem Projekt her sind."

„Okay, aber du musst auch vorsichtig sein, Reath."

„Nein, ich muss meinen Job machen. Um mich brauchst du dir keine Sorgen zu machen."

Ihr Kinn schob sich vor. „Das werde ich aber, also gewöhn dich besser daran."

18

REATH

M eine Schritte hallten in der Gasse zwischen den
Lagerhäusern wider. Auf der nahen Überführung donnerte der Verkehr. Der Gestank von verrottendem Müll drang in meine Nase.

Rabbit wählte immer einen guten Platz.

Ich war schon überall auf der Welt an solchen Orten
gewesen. Die gefährlichen Hinterhöfe, von denen die
meisten Menschen kaum wussten, dass es sie gab,
geschweige denn, dass sie sie je besucht hätten.

Ein klirrendes Geräusch erklang, eine Gestalt
bewegte sich in den Schatten.

Ich ließ meine Hände in die Taschen meiner Jeans
gleiten. „Komm raus, Rabbit.“

„Ah ... Fury.“ Der Mann schlurfte aus der
Dunkelheit.

Er war fast 1,80 m groß, trug fleckige Kleidung, und
sein blondes Haar musste dringend gebürstet werden.
Ihm fehlte ein Vorderzahn, und dem Geruch nach zu

urteilen, hatte er seit ein paar Tagen nicht mehr geduscht.

„Mir wurde gesagt, du hättest Informationen für mich."

Rabbit wippte von einem Fuß auf den anderen. „Er sagte, du würdest bezahlen."

Ich holte meine Brieftasche hervor und zog ein paar Hunderter heraus.

Rabbit schnappte sie und leckte sich die Lippen. „Also, da sind ein paar Typen in der Stadt. Sie benutzen ein Lagerhaus in Gentilly als Basis."

„Du hast sie gesehen?"

Er nickte. „Ich treibe mich dort manchmal auf der Straße herum. Diese Typen sind nicht sauber, Fury. Verdammt zwielichtig."

Das wollte etwas heißen, wenn es von Rabbit kam. „Beschreibungen?"

Rabbit wackelte mit dem Kopf. „Großer Typ. Riesig. Sieht aus, als würde er gern kämpfen. Ein anderer, der aussieht wie ... na ja, ganz normal. Braunes Haar."

Ich erstarrte. Sie passten zu den Beschreibungen von Frankies Angreifern – dem aus dem Labor und dem, der versucht hatte, sie zu entführen.

„Ein schlanker Blondschopf." Rabbit kratzte sich am Ohr. „Hat immer einen Laptop dabei. Und der Boss." Rabbit schluckte.

„Wie sieht der Boss aus?"

„Attraktiv. Ich meine, ich stehe nicht auf Männer oder so. Der Kerl, der das Sagen hat ... Ich habe gesehen, wie er sich mit einem seiner Männer gestritten hat. Hat ihm eine Waffe an den Kopf gehalten." Rabbit wischte sich mit einer Hand über den Mund. „Ich würde mich nicht mit ihm anlegen."

Ich bemerkte, wie Rabbit mit dem Handy in seiner Hand herumfuchtelte. „Hast du irgendwelche Bilder?"

„Vielleicht."

Ich holte mehr Geld heraus.

„Vielleicht habe ich welche gemacht." Er scrollte durchs Handy. „Ich war nah genug dran, um zu hören, wie sie über einen großen Zahltag sprachen. Sie wollen irgendein Projekt verkaufen. Der Chef ist ganz wild darauf. Er sagte, es wird seine Altersvorsorge." Rabbit hielt das Handy hoch.

Es war ihm gelungen, mehrere Fotos von hart aussehenden Typen zu machen. Vielleicht Osteuropäer. Als Rabbit zum letzten Bild scrollte, erstarrte ich.

„Das ist der Anführer", sagte er.

Verdammt. Ich biss die Zähne zusammen und riss ihm das Handy aus der Hand.

„Du kennst ihn?", fragte Rabbit.

Ich antwortete nicht, sondern schickte die Bilder auf mein Telefon, dann löschte ich sie von Rabbits Handy.

„Rabbit, halte dich eine Weile nicht mehr an diesem Lagerhaus auf."

Er zappelte. „Sind das wirklich schlimme Leute?"

„Die schlimmsten."

„Ja, okay. Aber ich habe sie weggehen sehen. Sie haben ihren ganzen Kram gepackt und sind gegangen."

Verdammte Scheiße. Natürlich konnte das nicht einfach sein. Trotzdem würde ich ein paar PSS-Leute zum Lagerhaus schicken, um es zu überprüfen.

„Danke, Rabbit."

Er lächelte ein zahnloses Lächeln. „Habe ich das gut gemacht?"

„Ja. Und jetzt verschwinde von hier."

Rabbit hob sein Kinn an. „Bis dann, Fury."

Der Mann schlenderte davon und verschwand in den Schatten. Ich holte mein Handy heraus und sah mir die Fotos an. Das Bild des Anführers fesselte meine Aufmerksamkeit.

Hugh Auclair.

Er war ein Franzose. Gut aussehend, klug und gefährlich. Er war mehr als ein einfacher Verbrecher. Der Mann war ein skrupelloser, kaltblütiger Killer. Unsere Wege hatten sich gekreuzt, als ich noch bei der CIA gewesen war.

Wenn Auclair Frankies Projekt wollte, würde er nicht aufhören, bis er es bekam. Ich musste ihn zu Fall bringen.

Ich ging zurück zu dem PSS-Chevy-Suburban, den ich gefahren war, und kämpfte gegen das ungute Gefühl an, das sich in meinem Bauch breit machte.

Sobald ich im Fahrzeug war, schickte ich die Fotos an Noah in meinem Büro.

Ich habe gerade ein paar Fotos durchgeschickt. Ich möchte, dass sie identifiziert werden.

NOAH ANTWORTETE.

. . .

BIN DABEI.

ICH WOLLTE WISSEN, wer diese Typen in Auclairs Team waren.

Ich fragte mich, was Frankie in ihrem Labor machte, und hasste es, dass ich sie aus den Augen gelassen hatte. Um bei zu ihr zu bleiben, hatte ich Lincoln beauftragt. Er war ein guter Kerl. Ein ehemaliger Navy SEAL. Ich wusste, dass ich mir keine Sorgen zu machen brauchte.

Trotzdem tippte ich Frankies Namen auf meinem Handy ein. Es klingelte und klingelte, ohne dass sie antwortete.

Ich runzelte die Stirn. Ein ungutes Gefühl machte sich in mir breit. Ich wählte erneut.

„*Reath.*" Sie stieß einen Atemzug aus.

„Frankie? Was ist denn los?"

„Wir werden von zwei Männern gejagt. Sie haben Lincoln angegriffen. Er sagte mir, ich solle weglaufen. Wir haben es in den Audubon Park geschafft. Er hat sie abgewehrt."

Verdammte Scheiße.

Ich startete den SUV und ließ den Motor aufheulen. „Wo seid ihr jetzt?"

„Wir sind an einem Picknickplatz vorbeigelaufen, Ähm, da sind Bäume und ein See. Warte, ich sehe eine kleine Insel."

Ich kannte den Park ziemlich gut. „Ich weiß, wo ihr seid."

„Lincoln ist verletzt, aber er will nicht anhalten."

„Siehst du die Männer, die dich verfolgen?" Meine Reifen quietschten, als ich losfuhr.

„Nein." Ich konnte hören, wie sie schnell und schwer atmete.

„Ich komme schon, Frankie."

„Okay. Gott, Reath."

„Bleib versteckt, Frankie. Bleib in Deckung." Ich berührte das Armaturenbrett, um eine Verbindung mit dem Büro herzustellen.

„Phoenix Sicherheitsdienst."

„Daniel, ich bins. Wer ist am nächsten am Audubon Park?"

„Wird gerade überprüft." Der Ton meines Mannes wurde schärfer. Er stellte keine überflüssigen Fragen, schließlich beschäftigte ich nur die Besten der Besten.

„Wir haben niemanden in der Nähe, Reath. Aber Dante ist nicht weit weg. Er hatte ein Treffen mit einigen Talenten für den Club dort drüben."

„Danke." Ich hielt das Handy wieder an mein Ohr. „Frankie?"

„Linc und ich verstecken uns in einem Gebüsch. Ich werde langsam sauer, Reath. Diese Leute versuchen, mein Projekt zu stehlen, und sie verletzen Menschen."

„Du versteckst dich, oder ich versohle dir den Hintern, bis du nicht mehr sitzen kannst."

Ihr scharfes Keuchen hallte durch die Leitung.

Ich berührte erneut die Konsole.

„Reath?" Dantes Stimme ertönte in meinem Auto.

„Frankie ist in Schwierigkeiten. Audubon Park. Sie ist in der Nähe des Bird Island Preserve. Du bist am nächsten dran."

„Bin schon auf dem Weg", sagte Dante.

Ohne zu zögern. Mein Bruder hielt mir den Rücken frei. Immer.

„Sie ist mit Linc zusammen, aber er ist verletzt. Sie werden von zwei Männern gejagt."

Dante fluchte. „Verstanden. Kommst du?"

„Ja, ich komme."

„Wir sehen uns bald. Ich kümmere mich um dein Mädchen."

„Danke, Dante."

Ich griff wieder zum Handy. „Frankie, Dante und ich sind auf dem Weg. Bleib dran."

„Reath ..." Angst schwang in ihrer Stimme mit.

„Versprich mir, dass du durchhältst."

„Ich verspreche es."

„K omm schon." Lincoln nahm meine Hand.
Der Mann stolperte. Er hatte mit beiden
Männern gekämpft und einen harten Schlag gegen den
Kopf bekommen. Natürlich hatte er Schmerzen.

Wir taumelten hinter einen Baum.

Ich versuchte, meinen Atem zu beruhigen. Lincoln
spähte um den Baumstamm herum.

„Siehst du sie?", flüsterte ich.

Er schüttelte den Kopf, dann zuckte er zusammen.

„Lass mich sehen." Ich stellte mich auf die Zehenspitzen und berührte seinen Kopf. „Du blutest stark." Er
hatte eine hässliche Wunde am Scheitel.

„Kopfwunden bluten. Das wird schon wieder." Seine
Stimme war schroff. „Ich muss dich in Sicherheit
bringen."

Mein Magen kribbelte. Diese Leute, die hinter
meinen Forschungen her waren, waren Monster. Es war
ihnen egal, wen sie verletzten. Sie hatten nicht gezögert,
Linc anzugreifen.

Ich hörte ein Rascheln, und mein Herz schlug mir bis zum Hals.

„Frankie, hör zu." Lincs Tonfall war eindringlich. Er packte mich an den Schultern. „Ich werde sie weglocken."

Ich begegnete seinem Blick. Als wir uns das erste Mal getroffen hatten, hatte ich gedacht, er sähe aus wie ein attraktiver, lässiger Surfer. Jetzt sah ich nur noch einen hoch konzentrierten SEAL.

„Du gehörst Reath", erklärte Linc, „und er hat mich gebeten, dich zu beschützen. Ich würde alles für ihn tun."

Diese Worte. Meine Brust verschloss sich. „Ich gehöre ihm nicht."

Linc warf mir einen vielsagenden Blick zu. „Ich werde in diese Richtung laufen." Er zeigte auf den See. „Du bleibst hier und hältst dich bedeckt. Sobald es ruhig ist, rennst du in die andere Richtung. Reath wird kommen."

Gott, mir war schlecht. „Sei vorsichtig."

Da blitzte ein freches Grinsen in seinem Gesicht auf. „Ich habe schon Schlimmeres überlebt als diese Mistkerle." Mit einem Nicken drehte er sich um und lief los.

Einen Moment später hörte ich Schritte und das Rascheln in den Büschen. Dann ertönten laute Rufe.

Ich ging in die Hocke, presste die Hände auf die Brust und versuchte, nicht durchzudrehen.

„Sie sind in diese Richtung gegangen!", rief eine tiefe Stimme.

„Los!", befahl eine andere.

Noch mehr Stiefelgeräusche.

Dann Stille. Ich hörte nur noch den Wind in den Bäumen und das Zwitschern einiger Vögel. Es war schwer, mich zum Warten zu zwingen. Ich lehnte mich mit dem Rücken gegen den Baumstamm und zählte bis zehn.

Reath war auf dem Weg. Linc war zäh. Er würde es schaffen.

Ich erhob mich und eilte los. Dabei versuchte ich, so leise wie möglich zu sein.

Während ich durch den Park rannte, erwartete ich, dass jemand schreien oder mich entdecken würde.

Raus aus dem Park. Verstecken. Auf Reath warten.

Es war ein vernünftiger Plan. Ich wollte diese Männer, diese Verbrecher, aufhalten. Plötzlich stolperte ich über einen Ast.

Konzentrier dich, Frankie.

„Ms. Parker?" Der Schrei hallte durch die Bäume, und ich erstarrte.

„Wir haben deinen Freund." Die Stimme hatte einen Akzent. Französisch. Der Typ klang, als wollte er freundlich sein.

Sie hatten Lincoln. *Nein.* Mein Puls raste.

„Wenn du nicht rauskommst, verpasse ich ihm eine Kugel direkt ins Hirn."

Ich schnappte nach Luft. Nein. Nein. *Nein.*

„Sein Tod wird auf deine Kappe gehen."

Wut explodierte in mir. Manipulativer Mistkerl. Er drohte, jemanden zu töten, und ich sollte daran schuld sein?

Mein Blick verengte sich, und ich ging leise in die

Richtung zurück, aus der ich gekommen war. Ich hielt mich an die dichteste Baumreihe.

Er rief wieder meinen Namen, und ich wusste, dass ich ihm näher gekommen war.

Wenn sie Linc hatten, konnte ich ihn nicht zurücklassen.

Also, was ist dein Plan, Frankie? Die Stimme hallte in meinem Kopf wider.

Ich hatte keinen blassen Schimmer, aber ich kroch näher.

Durch die Äste sah ich zwei Männer und ... verdammt. Ich biss mir auf die Lippe. Linc lag auf den Knien am Boden, den Kopf gesenkt. Er blutete jetzt noch stärker.

„Sie kommt nicht raus", sagte der größere Schläger.

Der andere Kerl drehte sich um. Er war schlank, hatte ein hübsches Gesicht und kurzes, dunkles Haar. Als er den Kopf hob, änderte ich augenblicklich meine Meinung.

Sein Blick war kalt und hart, seine Augen leer und gnadenlos. Er war ein Mann, der gern Menschen verletzte. Ein Mann, der schon getötet hatte.

Er war eindeutig der Mann, der das Sagen hatte. Das strahlte von ihm aus.

Denk nach, denk nach.

Ich drehte mich um. Natürlich wusste ich, dass Reath stinksauer sein würde, aber ich musste etwas tun, um Lincoln zu helfen.

Als ich einen dicken Ast im Gras entdeckte, schnappte ich ihn mir. Meine Hände krümmten sich um die raue Rinde. Ich hatte einen braunen Gürtel in Judo und war nicht hilflos. Aber ich war mir bewusst, dass ich in der Verteidigung besser war als in der Offensive. Vor allem, wenn meine Gegner größer und stärker waren. Andererseits war ich geschickt und klug.

Und verängstigt.

Ich schnappte mir einen Stein und zählte dann bis drei. Ich warf ihn so weit, wie ich konnte.

Die Männer drehten sich bei dem Geräusch um. Ich sah, wie der Anführer die Stirn runzelte.

Er ruckte mit dem Kopf. „Pass auf ihn auf. Ich sehe mir das mal an."

Der andere Typ nickte.

Der Anführer schritt davon und verschwand in den Bäumen.

Um mich zu beruhigen, atmete ich tief aus und hob dann den Stock. Ich hatte nur eine Chance, die Sache zu Ende zu bringen. Ich stützte mich hinter dem Baum ab und atmete noch mal tief ein.

Dann sah ich, wie der Schläger Lincoln trat und lachte. Der verletzte Mann stöhnte. Ich biss die Zähne zusammen und griff an.

So schnell ich konnte, näherte ich mich von hinten, schwang den Stock und schlug ihn gegen den Kopf des großen Kerls.

„Ah." Er stolperte und wäre fast gefallen. Als er aufschaute, war ich bereits wieder in Bewegung.

Erneut schlug ich zu, aber er packte meinen Stock und riss ihn mir aus der Hand. *Das ist nicht gut.*

Ich spreizte meine Füße und fand mein Gleichgewicht, dann ergriff ich seinen Arm und die Vorderseite seines Hemdes, machte einen Schritt und hakte mein

Bein um seins. Als ich mein Gewicht verlagerte, warf ich ihn zu Boden.

Er fiel hart auf seinen Rücken.

„Lincoln, steh auf", sagte ich.

Der Mann versuchte es, aber ich konnte sehen, dass er benommen war.

Der Angreifer rappelte sich auf, schwang einen Arm und schlug mir gegen den Oberkörper.

Aua! Mir blieb die Luft weg, und ich wäre fast umgefallen.

Er grinste und schwang eine riesige Handfläche nach mir. Seine Rückhand traf mich im Gesicht, und meine Ohren klingelten. Ich fiel auf den Boden.

Der Kerl lehnte sich über mich.

Verdammt!

Er grinste und kam einen Schritt näher.

„Noch einen Schritt, und du wirst es bereuen."

Ich zuckte zusammen, und der Bösewicht erstarrte.

Dante Fury, mit der Waffe in der Hand und einem eiskalten Gesichtsausdruck, tauchte aus den Bäumen auf. Seine Pistole war auf den großen Mann gerichtet.

Die Hand des Ganoven glitt zu dem Pistolenhalfter an seiner Hüfte.

„Ich würde auf ihn hören." Reath tauchte ebenfalls wie aus dem Nichts hinter dem Verbrecher auf. Er drückte dem Schläger den Lauf seiner Waffe an den Hals. „Ich wäre mehr als glücklich, dich auszuschalten." Reath hatte einen kalten, gefährlichen Ausdruck in seinen Augen. „Weil du sie geschlagen hast." Sein Tonfall war eisig.

Der Mann hob die Hände, aber dann sah ich, wie sich seine Oberschenkel anspannten.

Er wollte angreifen.

Ich stürzte nach oben und packte seinen Gürtel. Dann holte ich mit einem meiner Beine aus und fegte ihn mit einer schnellen Bewegung von den Füßen. Er knallte erneut auf den Boden.

20

REATH

Verdammt!

Mein Herz raste wie verrückt. Ich war zum Audubon Park gerast, so schnell ich konnte, und hatte mir höllische Sorgen gemacht.

Und Frankie hatte gerade einen Mann niedergeschlagen, der doppelt so groß war wie sie – *doppelt*. Aber aus der Ferne zu sehen, wie dieses Arschloch sie schlug ... Mein Kiefer krampfte sich zusammen. Das würde er büßen.

„Reath, da ist noch einer", sagte Frankie, und sprach viel zu schnell. „Der Anführer."

Ich erstarrte gerade, als Schüsse fielen.

Kugeln schlugen in die Bäume und den Boden um uns rum ein. Flink warf ich mich zu Boden und sah, wie Dante ebenfalls in Deckung ging. Eine weitere Salve von Schüssen ertönte auf der Lichtung.

Der Bösewicht kam auf die Beine, packte Frankie und rannte davon.

Sie schrie und wehrte sich.

Verdammt!

Ich wich aus, aber weitere Kugeln schlugen in der Nähe ein.

„Dante, ich brauche Feuerschutz!", rief ich.

„Bin schon dabei." Ich sah zu, wie mein Bruder hinter einen Baum kroch. Eine Sekunde später tauchte er auf und feuerte.

Das lenkte den Schützen ab, und ich rannte los wie ein Sprinter. Ich eilte durch die Bäume und konzentrierte mich darauf, Frankie zu erreichen.

Ihre Schreie hallten durch den Wald. Dann hörten sie auf.

Ich wurde langsamer. *Wenn er sie verletzt hat ...*

Meine Konzentration ließ nach. Normalerweise fiel es mir leicht, mich zu fokussieren. Das war es, was ich gut konnte.

Aber zu wissen, dass Frankie in Schwierigkeiten steckte ...

Ich schüttelte den Kopf. Sie brauchte mich.

Als ich zu Boden sah, entdeckte ich einen Teil eines Fußabdrucks. Einen Stiefel. Ziemlich groß. Ich folgte der Spur und entdeckte einen abgebrochenen Ast an einem Busch.

Dann sah ich den flachen Schuh einer Frau auf dem Boden liegen. Ich ging in die Hocke, und meine Sinne übernahmen das Kommando.

Vor mir hörte ich das Plätschern eines Brunnens. Und dann erblickte ich einen Mann, der sich hinter einer Steinmauer zusammengekauert hatte. Er bewegte sich, als ob er versuchte, jemanden zu bändigen, der sich wehrte.

Erwischt.

Ich änderte meine Richtung und schlich mich näher heran.

Plötzlich hörte ich Frankies wütende Stimme. „Du verdammtes Arschloch!"

Schnell sprang ich vorwärts.

Und sah, wie Frankie sich gegen seinen Rücken warf, ihn über die Schulter packte und dann auf die Knie sank. Mit einer beeindruckenden Bewegung riss sie ihn über ihren Kopf.

Das mit dem braunen Gürtel war kein Scherz gewesen.

Der Mann schlug mit dem Rücken auf den Boden und stöhnte auf.

Ich schritt zu ihnen, und sie sah auf. Ihr linkes Auge begann anzuschwellen. *Verdammt noch mal.*

Wütend beugte ich mich herunter und schlug den Mann. Er stöhnte auf. Ein weiterer Schlag, und diesmal sackte er bewusstlos zusammen.

Knurrend biss ich die Zähne zusammen. Er hatte so viel mehr verdient.

„Bist du in Ordnung?" Ich kniete mich neben Frankie, kramte ein paar Kabelbinder aus meiner Tasche, während ich die ganze Zeit über unsere Umgebung im Auge behielt.

Sie nickte, aber sie war blass. Schnell fesselte ich die Hände und Füße des Schlägers. Ich holte mein Handy heraus und schickte meinem Team eine Nachricht, dass sie den Typen und uns abholen sollten. Außerdem fügte ich hinzu, dass sie Detective Simon Broussard von der Polizei in New Orleans anrufen sollten. Broussard war ein guter Freund, und ich wollte alle Hilfe in Anspruch nehmen, die ich bekommen konnte, um Auclair zur Strecke zu bringen.

Ich half Frankie auf und umfasste ihr Gesicht.

„Mir geht es gut", sagte sie zittrig.

„Du bist einfach zu mutig, das ist es, was du bist."

Dann senkte ich meinen Kopf und küsste sie. Ich hielt es sanft, denn ich wollte ihr nicht wehtun. Aber sie klammerte sich an mich und küsste mich zurück.

Eine Sekunde später brachte mich ein Geräusch dazu, mich zurückzuziehen, mich umzudrehen und Frankie schützend hinter mich zu schubsen.

„Wir sinds nur." Dante erschien, seinen Arm um Lincoln gelegt. Mein Kumpel hatte eine gewaltige Tracht Prügel bezogen und eine üble Kopfwunde.

„Der zweite Typ ist abgehauen", erklärte Dante. „Ich habe ihn kurz gesehen."

Ich presste meine Lippen zusammen. Auclair konnte weglaufen, aber ich würde ihn finden. „Lincoln, alles in Ordnung?"

Mein Mann nickte und warf Frankie einen entschuldigenden Blick zu. „Mir gehts gut, Boss. Es tut mir leid, Reath. Sie haben uns überrumpelt."

„Sie sind gut trainiert."

Linc nickte mir erschöpft zu.

„Hoffentlich bekommen wir unsere Antworten von unserem Freund hier." Ich stieß den gefesselten Schläger zu meinen Füßen an.

„Ich habe Frankie gesagt, sie soll rennen", sagte Linc. „Ich habe sie dazu gebracht, mich zu jagen, damit sie entkommen konnte."

Ich runzelte die Stirn.

Neben mir sah Frankie meinen Mann finster an und stemmte die Hände in die Hüften. „Petze."

„Dann kam Frankie zurück und griff den Kerl an. Und hat mich so befreit."

Ich drehte mich um, und die Wut in meinen Adern verwandelte sich in Eis.

Sie hatte sich selbst in Gefahr gebracht. Schon wieder.

Frankie hob ihr Kinn, Trotz in ihrem Gesicht. „Ich musste *etwas* tun. Sie sagten, sie würden ihn erschießen."

Ich versuchte, meine Gefühle in den Griff zu bekommen, und packte ihren Arm. „Wir werden das später besprechen. Mein Team ist auf dem Weg."

In der Nähe versuchte Dante, nicht zu lächeln. *Arschloch.*

Gemeinsam gingen wir zurück zu meinem Auto. Die ganze Zeit über war ich auf der Hut vor jeder Art von ungebetener Gesellschaft.

Als ich den schwarzen SUV von Phoenix Security Services vorfahren sah, fühlte ich mich erleichtert. Meine Männer stiegen aus.

„Linc braucht medizinische Hilfe", befahl ich. „Er muss durchgecheckt werden." Ich warf meinem Mann einen strengen Blick zu. „Du hast Schreibtischdienst, bis du wieder gesund bist."

Linc nickte, aber er sah nicht glücklich aus. Keiner meiner Jungs mochte die langweilige Büroarbeit.

„Frankie bleibt bei mir. Ich werde sie untersuchen lassen."

„Soll ich Dr. Hamilton anrufen?", fragte Dante.

Sie war die Ärztin, die wir unter Vertrag genommen hatten.

Ich nickte. „Das wäre gut."

„Ich kann sie bitten, euch in eurer Wohnung zu treffen."

„Mir gehts gut", beharrte Frankie. „Ich brauche nur einen Eisbeutel. Ich habe beim Judotraining schon Schlimmeres abbekommen."

Ich warf ihr einen vernichtenden Blick zu. „Du lässt dich untersuchen."

Sie beugte sich vor und flüsterte: „Ich mag diese Herrschsucht nicht, Fury."

Ebenfalls meine Stimme senkend, lehnte ich mich näher zu ihr. „Gewöhn dich dran."

„Bitte, kein Arzt", sagte sie. „Mir geht es wirklich gut. Ich mag weder Ärzte noch Krankenhäuser. Es bringt zu viele Erinnerungen an den Tod meines Dads zurück."

Ich starrte in flehende blaue Augen. Natürlich wusste ich, dass ihr Vater im Dienst dreimal angeschossen worden war. Er war mit seiner Familie an seiner Seite gestorben.

Und ich tat etwas, was ich noch nie zuvor getan hatte. Ich gab nach.

„Na gut, aber der Eisbeutel ist nicht verhandelbar."

21

FRANKIE

Ich folgte Reath in seine Wohnung. Mein Gesicht war angespannt und pochte. Außerdem konnte ich sehen, wie verkrampft sein Rücken war.

„Setz dich." Er deutete mit einem Finger auf die Couch.

„Reath, es geht mir gut. Gibt es etwas Neues von Lincoln?"

Reath schlich zum Kühlschrank und öffnete das Gefrierfach. Dann schlenderte er zurück zu mir. Er vibrierte geradezu vor gebändigter Energie.

Sein Anblick ließ mich mein wundes Gesicht vergessen. Er erinnerte mich daran, wie diese Brust aussah. Und wie sie sich anfühlte.

Dann drückte Kälte gegen meine Wange, und ich zuckte zusammen.

Er saß neben mir und presste den Eisbeutel an mein Gesicht. „Es gibt noch nichts Neues, aber Linc ist aus hartem Holz geschnitzt. Er wird es schon schaffen."

Reaths dunkler Blick richtete sich auf mich. „Du magst keine Krankenhäuser, hm?"

Ich schüttelte den Kopf. „Ich war noch sehr jung, als Dad erschossen wurde, aber ich habe immer noch Flashbacks." Ich begegnete seinem Blick. „Und manchmal auch Albträume. Ein wirklich langer Flur in einem hässlichen Grün, meine Schuhe quietschen auf dem Boden, das Piepen von Maschinen, der Geruch von Reinigungschemikalien." Ich schluckte. „Mein Dad in einem Bett, das meiste seines Gesichts bandagiert. Er wurde zweimal in die Brust und einmal in den Kopf geschossen. Zuerst habe ich nicht geglaubt, dass es mein Dad war. Er schien immer überlebensgroß, unbesiegbar. Ich erinnere mich vor allem an das Schluchzen meiner Mom."

„Hey." Reaths Hand schloss sich um meine. „Ich bin hier."

„Er stürzte sich in ein Feuergefecht, ohne auf Verstärkung zu warten. Das war nicht nach Vorschrift. Dadurch, dass er sich in den Überfall auf den Lebensmittelladen eingemischt hatte, wurden noch mehr Menschen verletzt und getötet." Unter meiner Trauer steckte immer noch ein kleiner Funken Wut. „Aber so war Dad, er rannte immer mitten ins Geschehen. Jack ist genauso." Sie kümmerten sich nicht um die Menschen, die sich um sie sorgten.

Warme Finger strichen über meine Wange, und ich blickte in herzliche, braune Augen.

„Es tut mir leid, dass du deinen Dad verloren hast", sagte Reath.

„Es tut mir leid, dass du nie einen hattest."

„Ich war wahrscheinlich besser dran."

„Das weißt du doch gar nicht."

„Frankie, ich wurde als Neugeborenes ausgesetzt. Ich wurde in einer Kiste in der Nähe einer Kirche abgeladen. Fast wäre ich an Unterkühlung gestorben."

Ich schnappte nach Luft. Was waren das für Eltern, die ihr Baby so aussetzten?

„Es hat sich nie jemand gemeldet." Er zuckte mit einer Schulter. „Ich habe keine Ahnung, wer meine Mom oder mein Dad waren."

Reath sagte die Worte so ausdruckslos, als ob es wirklich keine Rolle spielen würde.

„Es tut mir leid", flüsterte ich.

„Das liegt in der Vergangenheit." Dann sah er auf mein Gesicht, auf die Schwellung, und seine Züge strafften sich. „Du bist direkt auf den Bösewicht zugelaufen. Linc hat dir gesagt, du sollst weglaufen und –"

„Sie haben gedroht, ihn *zu töten*. Der Typ, der das Sagen hat, meinte es ernst. Ich konnte nicht einfach dasitzen und einen Mann meinetwegen sterben lassen." Ich schüttelte den Kopf und ließ den Eisbeutel sinken. „Er hat es wirklich ernst gemeint, Reath."

„Ich weiß das." Reath drückte den Eisbeutel wieder auf mein Gesicht.

Ich legte den Kopf schief. „Du weißt, wer er ist?"

Reath nickte knapp. „Er ist kein netter Kerl. Sein Name ist Hugh Auclair."

„Du hast ... schon mal mit ihm zu tun gehabt?" Das konnte ich an seinem Tonfall erkennen.

„Als ich bei der CIA war." Ein Muskel kribbelte in seinem Kiefer.

„Ah, du warst also ein Spion. Ich wusste es." Ich winkte ihm mit dem Eisbeutel zu.

Er drückte ihn wieder an mein Gesicht, seine Hand lag warm auf der meinen. Sein Blick wanderte über mein Gesicht. „Sieht aus, als wäre die Schwellung nicht allzu schlimm."

„Es war ein leichter Schlag."

„Irgendwelche anderen Verletzungen?"

„Mir geht es gut."

„Das habe ich nicht gefragt, Frankie."

Ich seufzte. „Er hat mir in den Magen geschlagen."

Reaths Kiefer straffte sich, und in seinen Augen blitzte etwas Gefährliches auf. „Zeig es mir."

Ich lehnte mich zurück und zog den Saum meines Hemds hoch. Na ja, eigentlich seines Hemds. Auf meinem Bauch waren ein paar blaue Flecken, aber sie waren nicht schlimm.

Reath berührte meine Haut, und ich biss mir auf die Lippe. Er tastete sanft meine Mitte ab, und meine Haut fühlte sich plötzlich ganz warm an. Es kribbelte überall.

Ich erinnerte mich nur zu gut an seinen Mund auf mir, der mich verrückt gemacht hatte. Ich zappelte.

„Tut das weh?", fragte er.

„Ähm, nein. Nicht wirklich."

Sein Blick huschte zu meinem Gesicht, dann veränderte sich sein Ausdruck. Von Besorgnis zu Verlangen.

„Frankie ... *Verdammt*. Sieh mich nicht so an."

„Du berührst mich, und es fühlt sich gut an. Ich kann nicht anders."

Er gab ein leises Stöhnen von sich.

„Ich bin mir nicht sicher, ob ich bei dir bleiben soll.

Ich meine, das ..." Ich machte eine vage Geste zwischen uns. „Das ist ein Problem."

„Du bleibst bei mir." Er betonte jedes Wort. Dann zog er mich nach vorn und der Eisbeutel glitt mir aus den Fingern. Ich nahm kaum wahr, wie er auf den Boden knallte.

Dann rutschte ich auf seinen Schoß, und Reath küsste mich.

Oh. So gut. Er vergeudete keine Zeit und schob seine Zunge zwischen meine Lippen. Ich verlor mich in dem Kuss. Seine Lippen und seine Zunge spielten mit meinem Mund und brachten mich zum Stöhnen.

Als er den Kuss beendete, drückte er seine Stirn an meine. Wir atmeten beide schwer.

„Das muss kein Problem sein", meinte er. „Anziehung und Sex müssen nicht kompliziert sein."

Ich fuhr mit der Zunge über meine Zähne. „Du willst einfach nur Sex haben? Keine Gefühle, keine Verstrickungen?"

Er nickte.

Etwa hundert verschiedene Gedanken und Gefühle durchströmten mich, und ich legte nachdenklich den Kopf schief. Aber an erster Stelle stand die Vorstellung, Reath Fury nackt im Bett zu sehen. „Ich bin dabei. Das ADAPT-Projekt wird meine ganze Zeit in Anspruch nehmen, erst recht mit diesen Verzögerungen. Ich will und brauche keine Beziehung." Ich lächelte. „Aber ich bin sehr für Orgasmen."

Er schenkte mir eines seiner umwerfenden Lächeln und streichelte meine Wange. „Das mit den Orgasmen sehen wir später, wenn dein Gesicht nicht mehr geschwollen ist." Dann berührte er sanft den Rand meines wunden Auges. „Danke, dass du Lincoln gerettet hast."

Wärme breitete sich in meiner Brust aus. „Gern geschehen."

Seine großen Handflächen umfassten meinen Hintern und drückten zu. „Aber wenn du dich *noch* einmal so in Gefahr begibst, werde ich dich bestrafen."

„Mich bestrafen?" Ich war ein wenig sauer, aber auch sehr erregt. „Ich bin eine erwachsene Frau, Reath. Ich treffe meine eigenen Entscheidungen."

Er drückte erneut meinen Hintern. So fest, dass es ein wenig brannte.

„Ich habe dich gewarnt", knurrte er halb.

Ich stieß einen Atemzug aus. „Ich werde *nie* jemanden zum Sterben zurücklassen. So bin ich nicht."

Plötzlich warf er mir einen einfühlsamen Blick zu. „Ich weiß. Ich werde mich wohl mehr anstrengen müssen, um dich zu beschützen."

Mein Herz verkrampfte sich vor Sorge. Er sagte das, als würde er sich vor eine Kugel stellen oder sein eigenes Leben riskieren, um meines zu retten. „Aber du musst auch in Sicherheit sein, Reath."

Seine Stirn legte sich in Falten. „Du machst dir Sorgen um mich?"

„Ja. Du und dieser Auclair, ihr habt eine gemeinsame Vergangenheit."

Er verstummte und warf mir einen seltsamen Blick zu.

„Hat sich noch nie jemand Sorgen um dich gemacht?", fragte ich.

„Natürlich, meine Brüder."

„Aber sie vertrauen darauf, dass du auf dich selbst aufpasst. Es gab noch nie jemanden, der sich nur um dich gekümmert hat?"

„Das habe ich nicht nötig. Ich bin gut darin, auf mich selbst aufzupassen. Und ich bin sehr gut in meinem Job."

Reath hatte weder eine Mutter noch einen Vater gehabt. Vielleicht hatte es irgendwann einmal eine wohlmeinende Pflegefamilie gegeben, aber das war nur vorübergehend gewesen. Niemand, der sich um ihn gekümmert hätte, als er ein kleiner Junge gewesen war, oder ein wilder Teenager, oder jetzt als Mann.

„Ich werde mir Sorgen machen", sagte ich leise.

Er stand abrupt auf, griff nach dem Eisbeutel und drückte ihn wieder auf mein Gesicht. „Ich muss mich bei meinem Team melden."

„Sie verfolgen diesen Auclair?"

Er nickte. „Und seine Komplizen. Außerdem möchte ich den Mann befragen, den wir im Park erwischt haben. Mal sehen, ob er etwas Nützliches zu erzählen hat."

Ich rieb mir die Arme. „In Ordnung. Und ich soll hierbleiben?"

Wieder ein Nicken. „Colt kommt und bleibt bei dir."

„Als mein Leibwächter." Ich seufzte, denn ich wollte wirklich, dass das alles vorbei war. „Ich wünschte, ich könnte meine Arbeit machen."

Reath sah mich an. „Bald." Dann streckte er die Hand aus und berührte mein Haar. „Halte dich aus Ärger raus, solange ich weg bin."

„Ich werde es versuchen, aber ich kann nichts versprechen."

Jetzt lächelte er, und wieder war es ein heißes Lächeln. Wusste er, wie unerträglich attraktiv er damit aussah?

Schwere Schritte ertönten auf der Treppe, und Colt erschien. Der Kopfgeldjäger hatte seinen gewohnt finsteren Blick aufgesetzt. Ein Glück, dass ihm der mürrische Look stand.

Reath trat einen Schritt zurück. „Wir sehen uns später."

22

REATH

Ich starrte den Kerl aus dem Park durch die Glasscheibe an. Er saß in Handschellen an einem leeren Tisch im Vernehmungsraum und sah nicht gerade glücklich aus.

Der Mann, der ihm gegenübersaß, regte sich.

Detective Simon Broussard war ein guter Freund und ein guter Polizist. Er war groß und hatte zotteliges, braunes Haar, das mit goldenen Strähnen durchsetzt war. Seine Dienstmarke war an seinem Gürtel befestigt.

Er verließ das Zimmer.

„Fury, sagst du mir, was zum Teufel hier los ist?" Sein Akzent war unverkennbar Cajun.

Ich nickte. „Dieser Typ ist mit einem Team in die Stadt gekommen. Sie sind hier, um ein streng geheimes Militärprojekt zu stehlen, das in Tulane durchgeführt wird."

Simon seufzte. „Mit dir kann es nie einfach sein."

„Die leitende Wissenschaftlerin ist die Schwester

meines besten Freundes. Ich habe versprochen, sie im Auge zu behalten."

Simon nickte. „Francesca Parker. Geht es ihr gut?"

Ich steckte meine Hände in die Taschen. „Ein paar blaue Flecken." Ich starrte durchs Glas. „Sie hat sich selbst in Gefahr gebracht, um das Leben eines meiner Leute zu retten."

„Mutig." Simon hielt inne. „Tut mir leid, mein Freund, ich kann nicht zulassen, dass du ihn tötest. Er hat nicht viel gesagt."

„Ich vermute, dass er zu viel Angst vor seinem Boss hat."

Simon legte den Kopf schief. „Wer ist ...?"

„Ein Franzose mit dem Namen Hugh Auclair."

„Ich vermute, wenn ich ihn überprüfe, werde ich noch mehr Dinge herausfinden, die mir nicht gefallen."

„Der Kerl ist rücksichtslos, Simon. *Nichts* hält ihn auf. Er spielt gern Spielchen, und wenn es sein muss, tötet er Frauen und Kinder."

Das Gesicht meines Freundes verhärtete sich. „Ein Soziopath?"

„Wahrscheinlich. Ich bin ihm schon einmal begegnet. Ich habe eine seiner Operationen verhindert, als ich bei der CIA war. Ein Bombenanschlag auf die US-Botschaft in Deutschland. Einige aus seinem Team starben."

Simon fuhr sich mit der Hand durchs Haar. „Weißt du, wo er ist?"

Ich schüttelte den Kopf. „Ich hatte gehofft, unser Freund hier würde es uns sagen."

„Ich lasse dich ihn befragen, aber nicht anfassen. Reath, du hast vor, Auclair aufzuhalten, oder?"

„Ja. Er wird nicht aufhören, Frankie zu jagen. Sie ist der Schlüssel zu diesem Projekt."

Der Detective nickte. „Tu nichts, wofür ich dich verhaften müsste."

Ich hob nur eine Augenbraue.

Er schüttelte den Kopf. „Gut. Lass dich nicht *dabei erwischen*, wie du etwas tust, wofür ich dich verhaften müsste."

„Auclair ist gefährlich. Wir müssen ihn aufhalten und aus New Orleans entfernen."

„Darauf können wir uns einigen." Simon deutete mit einer Hand zum Verhörraum.

Ich öffnete die Tür und ging hinein.

Der Mann sah mich, und seine blassen Augen weiteten sich leicht. Ich zog meine Jacke aus und hängte sie an die Rückenlehne des Stuhls.

„Zeit für eine kleine Unterhaltung."

„Ich habe nichts zu sagen."

Ich drückte meine Hände auf den Tisch und senkte meine Stimme. „Du hast meine Frau geschlagen."

Jetzt wurde der Trottel endlich nervös.

„Fangen wir damit an, wo ich Auclair finden kann."

ICH FUHR zu meinem Lagerhaus und schaute mir die Umgebung an. Auf der Rückseite vom Ember befand sich ein Mitarbeiterparkplatz, der fast leer war. Ich fuhr in meine Garage, parkte und stellte den Motor des Eletre ab ... und saß dann einfach da.

Nichts. Ich hatte nichts.

Der festgenommene Mann hatte geredet. Er hatte uns eine andere Adresse für ein Haus gegeben, das Auclair und sein Team benutzten.

Ein kleines Team meiner PSS-Leute ist dorthin gefahren.

Nur um das Haus verlassen vorzufinden. Ich klappte meinen Kiefer zusammen und lockerte ihn dann.

Auclair war nicht dumm. Er hatte sich aus dem Staub gemacht, nachdem sein Mann gefasst worden war. Wahrscheinlich hatte er mehrere Standorte in der Stadt.

Der Rest der Informationen war nicht viel wert. Auclair hatte eine Vorliebe für die feineren Dinge. Er hatte offenbar ein paar Flaschen *18* Jahre alten *Sazerac* Rye Whiskey in die Hände bekommen. Das Zeug war teuer und schwer zu finden. Anscheinend teilte Auclair nicht gern, was seine Männer nicht zu schätzen wussten.

„Ich werde dich finden", flüsterte ich eindringlich.

Mein Team arbeitete bereits daran. Sie hatten mehrere Mitglieder von Auclairs Team identifiziert. Alle waren ehemalige Militärs aus verschiedenen Ländern. Die meisten von ihnen waren unehrenhaft entlassen worden.

Keiner von ihnen würde Frankie auch nur ein Haar krümmen.

Plötzlich fühlte ich mich mit unbändiger Energie erfüllt. Ich stürmte aus dem Auto. Die schlimmste Nachricht war, dass Donlon angerufen hatte. Auclair wollte das Projekt immer noch unbedingt verkaufen.

Er würde nicht aufgeben.

Ich gab den Code für das Türschloss ein und ging

nach oben. Musik lief, und dann ertönte Frankies leises Lachen.

Auf der Treppe blieb ich stehen, um ihm zu lauschen, und schloss die Augen. So viel Glück, so viel Freude. Selbst in den schlimmsten Momenten. Dieser Klang füllte Räume in mir. Räume, die oft leer waren, außer, wenn ich mit meinen Brüdern zusammen war. Ich wusste, dass meine Kindheit sie geschaffen hatte. Die dunklen Narben der Einsamkeit und des Verlassenwerdens.

Aber ich hatte sie überwunden. Meine Finger krallten sich in meine Handfläche. Ich würde nicht zulassen, dass sie eine Schwäche waren.

Frankies Lachen berührte Dinge, die es nicht berühren sollte.

Ich schüttelte den Kopf und ging die Treppe hinauf.

Colt saß auf einem Hocker an der Kücheninsel, während Frankie auf der anderen Seite stand. Auf der Arbeitsplatte standen mehrere braune Papiertüten, die sie gerade auspackte.

„Hey." Sie lächelte, als sie mich sah. „Geht es dir gut?"

Wieder war sie besorgt um mich. Das war so fremd. „Mir gehts gut."

Ihr Lächeln verflüchtigte sich. „Auclair?"

Ich schüttelte den Kopf. „Wir haben einen neuen Standort durchsucht, aber er war nicht da."

Colt nickte nachdenklich. „Er wird sofort abgehauen sein, als sein Typ verhaftet wurde. Ich werde mit deinen Leuten reden und die Details herausfinden. Danach werde ich sehen, ob einer meiner lokalen Kontakte helfen kann."

Colt war verdammt gut darin, Leute zu finden. „Danke."

„Ich habe Lebensmittel bestellt, die geliefert wurden", sagte Frankie. „Ich werde das Abendessen kochen." Diese Worte sprach sie mit einem grimmigen Blick.

„Okay."

Sie ließ die Schultern hängen. „Ich bin scheiße darin, schon vergessen?"

„Ich bin sicher, du wirst uns nicht umbringen." Ich sah meinen Bruder an und wusste, dass er es kaum erwarten konnte, zu Macy und Daisy zurückzukehren. „Danke, Colt."

Mein Bruder ging auf die Treppe zu. „Jederzeit wieder." Er warf einen Blick in die Küche und senkte seine Stimme. „Ich mag dein Mädchen. Sie ist lustig und witzig, ganz zu schweigen von ihrer Intelligenz. Genau das, was du brauchst."

Ich rollte mit den Augen. „Geh einfach heim zu deiner Frau."

Er lächelte und erhob seine Stimme. „Bye, Frankie."

„Bye, Colt. Danke, dass du mein Leibwächter warst."

„Jederzeit wieder."

Als Colt die Treppe hinunterging, blickte ich zurück. Frankie tanzte ein wenig, während sie Gemüse aus den Tüten holte.

Ich spürte wieder dieses Gefühl – warm und voll.

Knurrend biss ich die Zähne zusammen. Wir hatten

uns auf Sex ohne Verpflichtungen geeinigt. Merkwürdige Empfindungen und seltsame Gefühle waren nicht erlaubt.

23

FRANKIE

„Ich bin gut im Schneiden." Flink schnippelte ich mit dem Messer die Karotte. „Du magst Rindfleisch, richtig?"

„Ja." Reath hatte gerade eine Flasche Rotwein geöffnet. Er schenkte zwei Gläser ein und reichte mir eins.

„Danke. Ich betrachte das Kochen gern als ein Experiment. Die Zutaten, das Rezept, die Schritte, die ich befolgen muss." Ich richtete meine Schultern. „Ich schaffe das schon."

„Entspann dich", murmelte er.

Ich verzog das Gesicht und nippte an meinem Wein. „Ich lasse immer etwas anbrennen, selbst wenn ich mich ans Rezept halte. Immer geht irgendwas schief."

Er sah amüsiert aus. „Ich glaube, daran bist du nicht gewöhnt."

„Nein. In der Schule war ich eine Streberin. Ich wollte gute Noten bekommen und meiner Mom keine zusätzlichen Probleme bereiten." Ich nahm wieder einen Schluck. „Sie musste nach Dads Tod wieder arbeiten gehen, und es hat ihr das Herz gebrochen, ihn zu verlieren." Wieder warf ich einen Blick auf das Rezept. „Ich kann doch sicher eine einfache Mahlzeit kochen."

„Was kann ich tun, um zu helfen?"

Ich erstarrte. „Du tust schon so viel. Ich werde dir nie danken können."

Eine Furche erschien auf seiner Stirn. „Ich will deinen Dank nicht, Frankie."

„Ich weiß, deshalb versuche ich stattdessen, dir ein Abendessen zu kochen. Kannst du das Rindfleisch in Scheiben schneiden?"

Reath krempelte die Ärmel seines Hemds hoch, was mich sabbern ließ. Ich nippte eilig an meinem Wein und wandte mich wieder dem Rezept zu.

„Es gibt eine cremige Soße dazu. Sieht knifflig aus." Stirnrunzelnd studierte ich die Anleitung.

Ich befolgte sorgfältig die Anweisungen und rührte Sahne, Knoblauch und einige andere Gewürze ein. Während ich umrührte, betrachtete ich den Inhalt argwöhnisch. Es roch gut.

„Sieht aus, als ob du das gut hinbekommst."

„Danke." Ich steckte mir ein Stück gehackte Paprika in den Mund. „Als Nächstes werde ich ein paar klassische New-Orleans-Rezepte ausprobieren."

„Ich wette, Lola könnte dir ein paar Lektionen geben."

„Meinst du?" Das Gumbo beim Mittagessen war fantastisch gewesen.

„Ich werde sie fragen."

„Danke." Erneut schwang ich den Löffel durch die Soße. „Willst du über Auclair reden?"

„Eigentlich nicht." Reath seufzte. „Er wird nicht aufgeben."

„Und ich werde *nicht* zulassen, dass er mein Projekt bekommt."

Reath lächelte, und mein Herz setzte einen Schlag aus.

Dann roch ich etwas Verbranntes.

„O nein." Ich rettete den Topf vom Herd und rührte hektisch um. „Ich glaube, es ist alles in Ordnung. Ich bin wirklich eine absolute Niete im Kochen."

Eine Hand strich über mein Haar. „Atme tief durch. Du machst das gut. Ich glaube, du strengst dich zu sehr an."

Ich liebte es, wenn er mich so berührte, und lehnte mich gegen seine Handfläche.

„Frankie", murmelte er. Sein Körper presste sich hinter mich und drückte mich an den Tresen.

„Du solltest meinen Namen nicht so sagen", flüsterte ich.

Er schob mein Haar zur Seite, und dann war sein Mund an meinem Ohr. „Warum?"

„Das bringt mich auf Ideen."

Seine Zähne kratzten sanft an meinem Hals. „Was für Ideen?"

Ich erschauderte. „Dein Mund auf mir. Deine Hände, die mich berühren."

„Wo?"

O Gott. Ich war dabei, komplett die Beherrschung zu verlieren. Langsam leckte ich mir über die Lippen. „An meinem Hals. An meinen Brüsten. Meinem Bauch." Ich ließ den Holzlöffel in den Topf fallen und hielt mich an der Theke fest. „Das ist alles, woran ich denken kann. An dich."

Er drückte sein Gesicht in mein Haar. „Ich denke daran, dich zu beschützen. Dich nah bei mir zu haben."

„Reath ..."

„Ich will, dass du diese sexy Geräusche machst, die ich auf der Couch von dir gehört habe. Und ich will dich berühren, damit ich dich seufzen, keuchen und meinen Namen schreien lassen kann."

Ich stöhnte.

Er packte meine Hüften, drehte mich um und hob mich auf die Insel.

Dann begann er, mein Hemd aufzuknöpfen.

„Nur Sex?", keuchte ich.

Braune Augen trafen meine. „Nur Sex."

„Gut. Sex ist gut."

Er schob mich zurück, bis ich flach auf dem Tresen lag. Dann öffnete er den vorderen Verschluss meines BHs und gab meine Brüste frei.

Reath beugte sich über mich, sein Mund fuhr über mein Schlüsselbein und zwischen meinen Brüsten entlang. Eine heiße, feurige Spur zarter Küsse.

Ich krallte meine Hände in sein Haar und krümmte mich. Dann schloss er seine Lippen um eine Brust. Seine Zunge strich über meine Brustwarze, und ich biss mir auf die Lippe. Er ließ sich Zeit, neckte meine Nippel und streichelte die Rundungen meiner Brüste so lange, dass ich den Verstand zu verlieren drohte.

Schließlich richtete er sich auf und tauchte seine Finger in den Topf mit der Soße. „Mmm, die ist schön abgekühlt."

Er tropfte die cremige Soße über meine Brüste und meinen nackten Bauch.

Ich sog den Atem ein. Sie war immer noch warm und alles, was sie berührte, fühlte sich superempfindlich an.

Reath senkte seinen dunklen Schopf und begann, sie abzulecken. Erneut saugte er an meinem Nippel.

„Gott, *Reath*." Es war schwer, stillzuhalten.

„Ich kann nicht genug von dir bekommen. Von deinem Geschmack, deiner Berührung, deinem Geruch."

„Nimm, was du willst. *Bitte*."

Sein Mund wanderte tiefer, seine Hände waren an meinem Hosenbund. Dann riss er mir die Jeans und den Slip von den Beinen.

Ich lag nackt auf Reaths Arbeitsplatte. Ein heißes Flattern breitete sich in meinem Bauch aus.

Er drückte meine Schenkel auseinander, und ich spürte seinen Atem auf meiner sensiblen Haut. Schnell biss ich mir auf die Lippen, dann war sein Mund auf mir.

Ich wölbte mich ihm entgegen und schrie auf.

Es war *so gut. So heiß.*

Reath verwöhnte mich mit seiner Zunge und seinen Lippen. Er nahm sich Zeit, mich zu erforschen, zu necken, zu quälen. Jedes Lecken trieb mich höher. Seine großen Hände umfassten meinen Hintern, zogen mich näher zu diesem viel zu geschickten Mund.

Ein heiserer Laut entrang sich mir. Okay, mehr als einer.

„Flehe mich an, Frankie. Sag mir, was du willst."

„Bitte ... mach, dass ich komme. Bitte leck und saug mich, bis ich komme."

„Mit Vergnügen." Er zog mich näher an den Rand, sein Kopf vergrub sich zwischen meinen Schenkeln.

Reath leckte mich mit wilden, langen Zungenstrichen, gefolgt von kleinen, federleichten Küssen. Anschließend umkreiste seine Zunge meinen Kitzler, und ich stieß einen verzweifelten Schrei aus. Mit Nachdruck saugte er an ihm.

Ich spürte, wie meine Erlösung immer näher kam und versuchte, dagegen anzukämpfen, aber die Welle aus glühender Lust war zu stark, um sie zurückzuhalten.

Mit einem Schenkel um seinen Kopf gewickelt, kam ich hart und schrie seinen Namen.

„Ich liebe es, wie du für mich kommst, Frankie. Meine süße, sexy Wissenschaftlerin." Er drückte einen Kuss auf meinen bebenden Bauch. „Das Schärfste, was ich je gesehen habe."

Es war schwer, sich das vorzustellen, während ich ein nacktes, zitterndes Chaos auf seiner Kücheninsel war, aber die Art, wie sein Blick über meine nackten Brüste wanderte, sagte etwas anderes.

„Du bist das Schärfste, was ich je gesehen habe." Vor allem, weil seine Lippen feucht glänzten, weil er sich hingebungsvoll meiner Pussy gewidmet hatte. „Ich will mehr."

Er fuhr mit einer Hand meinen Oberschenkel hinauf. „So anspruchsvoll."

„Ich will dich." Ich wölbte meinen Rücken, und sein Blick fiel wieder auf meine Brüste. „Ich will dich in mir spüren, Reath."

Lust schoss durch seine dunklen Augen.

24

REATH

Ich war Feuer und Flamme für sie.

Das Verlangen pochte durch meine Adern.

In diesem Moment war es mir egal, wessen Schwester sie war. Hier und jetzt gab es nur mich und Frankie.

Sie sah zu mir auf, mit gerötetem Gesicht und Augen voller glühendem Verlangen.

„Schlafzimmer." Ich hob sie von der Theke.

„Nein, das ist zu weit." Sie brachte ihren Mund an mein Ohr. „Ich brauche dich, Reath. *Jetzt.*"

Die Worte vibrierten in mir.

Frankie brauchte mich.

Nicht, damit ich ihr den Rücken stärkte, nicht für ihre Sicherheit, ihren Schutz.

Nur mich.

Mit einem Knurren ging ich einige Schritte. Sie hatte recht, das Schlafzimmer war zu weit weg.

Ich schaffte es bis zum Teppich im Wohnbereich und

ließ mich auf die Knie sinken. Sanft legte ich sie vor mich.

Sie war etwas Besonderes – glatte Haut, volle Brüste, üppige Kurven.

„Sieh dich an", murmelte ich, als ich mich zwischen ihre Beine kniete. Ich fuhr mit meiner Hand ihren Körper hinauf, und sie erbebte. „So verdammt sexy, Frankie."

Ich ließ meine Hand zwischen ihre Beine gleiten und streichelte sie. Sie krümmte sich für mich. „Schön feucht und bereit, meinen Schwanz zu nehmen."

Ihre Augen leuchteten auf. „Ja."

„Du willst meinen großen Schwanz in dir spüren?"

Ihr Atem ging stoßweise. „Ja. Jetzt."

Mit einer Hand zog ich mein Shirt aus. Ihr Blick war überall auf mir.

„Ich liebe deine Brust", hauchte sie. Frankie hob eine Hand und strich damit über meinen Brustmuskel. Meine Narbensammlung schien sie nicht abzuschrecken.

Ich öffnete meine Hose, schob sie nach unten und gab meinen schmerzenden, harten Ständer frei.

Ihre Lippen öffneten sich. „Oh. Du bist so groß."

„Das bin ich." Ich holte mein Portemonnaie aus der Tasche und fand ein Kondom. Es dauerte eine Sekunde, bis ich es aufgerissen und übergestreift hatte.

Ich bewegte mich über sie, packte meinen Schwanz und ließ ihn dann gegen ihre Nässe gleiten.

Sie stöhnte auf.

„Gefällt dir das?" Ich kraulte ihren Hals. „Ich kann dich riechen." Sie roch verführerisch nach Frau und Sex.

„Gott, ich hätte nicht gedacht, dass du so viel reden würdest."

Das tat ich normalerweise auch nicht. Ich ließ meinen Schwanz durch ihre Schamlippen gleiten und traf ihren Kitzler. Sie zuckte zusammen, und ihre Hände umklammerten meine Arme.

„Bist du bereit, Frankie?"

„Ja." Sie keuchte schnell.

„Sieh mich an. Sieh nicht weg." Die Worte, die ich nie zuvor gesagt hatte, sprudelten aus mir heraus. Ihr Blick blieb auf meinem Gesicht haften.

Ich presste meine Hüften gegen ihre Schenkel und drückte sie weiter auseinander. Dann stieß ich meinen Schwanz in sie. Ihre Nägel krallten sich in meine Haut.

Langsam drang ich tiefer in sie ein, ließ mir Zeit und sorgte dafür, dass sie jeden Zentimeter von mir spürte. Sie fühlte sich gut an. „Spürst du mich?"

„Ich spüre dich."

Frankie war eng. „Ist es schon eine Weile her?"

Ihre Augenlider flatterten auf. „Ja. Ich war ein bisschen beschäftigt."

„Gut." Das gefiel mir.

Ich zog mich zurück und stieß sofort tiefer vor.

„Oh, oh ...", wimmerte sie.

Schnell drang ich bis zu den Eiern in sie ein.

„Ja!", schrie sie.

Ich fühlte, wie ihre Pussy sich an meinem Schwanz festklammerte, und schluckte ein Stöhnen hinunter. Meine Kontrolle entglitt mir. „Ich mag es, wie du meinen Schwanz nimmst, Frankie."

„*Reath*." Sie leckte sich über die Lippen. „Beweg dich. Ich will, dass du dich bewegst."

Wieder fing ich an, in sie zu stoßen. Sie klammerte ihre Beine um meine Hüften, und unsere Körper prallten gegeneinander.

Ja, verdammt. Ich war tief in Frankie vergraben, und es fühlte sich so gut an.

Der Raum füllte sich mit meinem und Frankies Stöhnen.

„Ich kann es nicht erwarten, in dir zu kommen", stieß ich hervor.

„*Ja.*"

„Aber zuerst kommst du noch einmal."

Ich griff zwischen unseren schweißnassen Körpern nach unten und streichelte ihren Kitzler. Mit jedem Stoß meines Schwanzes zog sich ihre Pussy um mich zusammen.

„Du magst es, wenn ich tief in dir drin bin?"

„Ja", keuchte sie. „Hör nicht auf."

Ich war nahe dran, der Druck in mir wuchs.

„Ich bin nicht sicher, ob ich noch einmal kommen kann", keuchte sie. „Ich bin so nah dran, aber ... ich bin die Königin des Überdenkens und brauche zu lange."

„Du sollst nicht nachdenken, nur fühlen."

Um mein Gleichgewicht zu halten, spreizte ich die Knie und legte meine Hände um ihre Taille. Dann hob ich sie vom Boden hoch.

Sie quiekte, und ihre Beine und Arme umschlangen mich.

Wir standen uns gegenüber, und ich ließ sie auf meinem Schwanz auf- und abgleiten. „Fühl einfach."

Ihr Kopf fiel zurück, und sie stöhnte.

Ich stieß schneller zu. „Komm für mich, Frankie."

Frankie schrie auf, ihr Körper klammerte sich an meinen Schwanz. Verdammt, sie war so schön.

Als sie kam, biss ich die Zähne zusammen und stand kurz vor meinem eigenen Orgasmus. Ich legte sie zurück auf den Teppich und drückte ihre Knie an ihre Brust.

„Genau hier." Ich stieß heftig in sie hinein. „Ich bin dazu bestimmt, genau hier zu sein."

Sie sah zu mir auf, benommen, rot im Gesicht. „Komm, Reath. Fülle mich aus und komm in mir."

Ein Brüllen erfüllte meinen Kopf. Meine Stöße wurden heftiger, wilder.

„*Scheiße*, Frankie. Ich komme." Ich stieß ein animalisches Grunzen aus und füllte sie mit meinem Sperma. Alles explodierte in mir, und die Lust überkam mich in einem gewaltigen Rausch.

25

REATH

M ein Handy vibrierte, und ich riss die Augen auf. Das Licht aus dem Badezimmer drang herein. Frankie hatte sich wie ein Kätzchen an meine Seite geschmiegt und schnarchte leise. Ich wollte ihre weiche Wange streicheln, aber stattdessen griff ich nach dem Smartphone.

Vorsichtig schlüpfte ich aus dem Bett, um sie nicht zu wecken.

„Colt", murmelte ich, während ich mir meine Pyjamahose schnappte und sie anzog. Ich ging nach oben ins Wohnzimmer und schaute auf meine Uhr. Es war kurz nach halb zwölf.

„Reath, tut mir leid, dass ich so spät anrufe. Ich habe eine Nachricht von einem Bekannten bekommen. Er hat deinen Typen gesehen."

Ich erstarrte. „Wo?"

„Im French Quarter. Er trinkt einen Cocktail mit einer schlanken Brünetten in der Carousel Bar."

Die bekannte Bar im Hotel Monteleone.

„Ich wette, er wohnt im Hotel." Er trank und vögelte, während sich seine Männer wahrscheinlich in einem Drecksloch verkriechen, Fastfood essen und in Schlafsäcken schlafen mussten. „Colt, kann ich dich um einen Gefallen bitten?"

„Alles, was du willst."

„Komm und bleib bei Frankie, während ich Auclair schnappe." Wenn ich ihn in die Enge treiben und schnell ausschalten würde, wäre alles vorbei. Frankie wäre in Sicherheit.

„Lass mich mit Macy reden, dann komme ich."

Während ich auf Colt wartete, eilte ich in mein Büro. Schnell hackte ich mich in die Reservierungsdaten des Hotel Monteleone und fand die Informationen, die ich brauchte. Dann machte ich mich auf den Weg in mein Schlafzimmer.

Ich konzentrierte mich auf das, was ich bei einer Mission immer tat, und holte alles, was ich brauchte, aus meinem Schrank, ging ins Bad und schloss leise die Tür.

Gerade als ich mir einen dünnen, falschen Schnurrbart ins Gesicht gezaubert hatte, vibrierte mein Handy, um mir mitzuteilen, dass Colt durch die Vordertür gekommen war. Ich warf einen Blick in den Spiegel und setzte mir dann eine dunkel gerahmte Brille auf.

Die Verkleidung würde ihren Zweck erfüllen. Meine Fähigkeiten waren zwar ein wenig eingerostet, aber ich hatte es noch drauf.

Ich verließ das Badezimmer und schaute kurz nach Frankie. Sie lag in meinem Bett und schlief tief und fest.

Für eine Minute beobachtete ich sie und versprach ihr im Stillen, dass sie bald vor Auclair in Sicherheit sein würde.

Anschließend machte ich mich auf den Weg in den Wohnbereich. Colt wartete schon auf mich.

Er blickte auf und zuckte zusammen. „Verdammt, du siehst so anders aus. Ich hatte ganz vergessen, wie gut du das kannst."

Zusätzlich zu dem Schnurrbart und der Brille trug ich eine Perücke – etwas länger und lockiger als mein natürliches Haar. Ich hatte mir die Wangen voller geschminkt und die Form meines Kinns mit Knete und Make-up verändert.

In diesem Moment sah ich nicht aus wie Reath Fury.

Ich trug einen teuren Anzug, italienische Schuhe und hatte eine schwarze Aktentasche, die mit der Ausrüstung gefüllt war, die ich brauchte. Tatsächlich sah ich aus wie ein wohlhabender Geschäftsmann.

„Ich habe die Reservierungen des Hotels Monteleone gehackt. Es war niemand unter dem Namen Auclair gebucht, aber ich habe seine alten Pseudonyme überprüft."

„Du hast ihn gefunden?"

Ich nickte. „Der Mistkerl hat eine Suite gebucht." Ich fragte mich, was seine Männer wohl denken würden, wenn sie wüssten, dass ihr Boss mit einer Frau ausging, hochwertigen Alkohol trank und in einem luxuriösen Doppelbett schlief.

„Sei vorsichtig", sagte Colt mit ernster Miene.

Ich reckte mein Kinn in die Höhe. „Pass auf Frankie auf."

Es war eine kurze Fahrt zum French Quarter. Wie immer war der Ort voller Menschen. Partygänger versperrten die Bürgersteige, lachten und sangen. Aus den Bars dröhnte Jazzmusik.

Ich fand einen Parkplatz einige Blocks entfernt und ging dann zurück zum Monteleone. Es war das älteste Hotel im French Quarter, mit einer verzierten, cremefarbenen Fassade. Das Hotel war berühmt für all die bekannten Autoren, die dort im Laufe seiner langen Geschichte abgestiegen waren.

Als ich mich näherte, rückte ich mein Jackett zurecht und umklammerte meine Aktentasche fester.

Mit einem Nicken zum uniformierten Portier betrat ich das Hotel. Die Lobby war großartig, mit polierten Böden und Kronleuchtern. Es gab eine große, verschnörkelte Standuhr, und eine riesige Vase mit Blumen verströmte ihren Duft in der Luft. Ich ging an der berühmten rotierenden Carousel Bar vorbei, und ein kurzer Blick verriet mir, dass Auclair nicht mehr dort war.

Ich schritt zügig weiter. Nur ein viel beschäftigter Geschäftsmann, der etwas zu erledigen hatte. Keiner schenkte mir besondere Aufmerksamkeit.

Schnell ging ich zum Aufzug, trat ein und drückte den Knopf für die Dachterrasse, wo sich der Pool befand.

Als ich hinaustrat, wehte mir eine steife Brise um die Nase. Es war zu kühl, um zu schwimmen, und der Pool war leer. Ich schritt an dem blauen Wasser vorbei, bog um die Ecke und hielt mich in den Schatten.

Ich hatte mir den Grundriss des gesamten Hotels eingeprägt, warf einen Blick über das Geländer und wandte mich der Suite zu, von der ich wusste, dass Auclair sie gebucht hatte.

Erst stellte ich den Aktenkoffer hin, dann legte ich die Brille und das Jackett ab. Anschließend öffnete ich den Koffer.

Zielstrebig zog ich ein schwarzes Auto-Belay-Gerät heraus. Es wurde zum Klettern verwendet, aber dieses hatte ein paar besondere Eigenschaften. Ich befestigte das Gerät am Geländer und prüfte, ob es sicher war.

Als Nächstes zog ich meine Glock heraus und brachte einen Schalldämpfer an, bevor ich die Waffe in den Hosenbund steckte. Dann zog ich eine dünne, schwarze Skimaske an, die nur meine Augen freiließ.

Ich hakte den Karabiner, der am Seil des Selbstsicherungsgeräts befestigt war, an meinem Gürtel ein und kletterte vorsichtig über das Geländer.

Der Wind zerrte an meiner Kleidung, aber ich sah nicht nach unten. Ich drückte auf den Knopf, dann sauste ich an der Seite des Hotels hinunter. Aufregung durchflutete mich. Das weckte Erinnerungen an alte, gefährliche Missionen. Obwohl ich keine Lust hatte, zu dieser Arbeit zurückzukehren, musste ich zugeben, dass sie spannend gewesen war.

Ich landete einige Stockwerke tiefer auf einem schmalen Balkon und wich einem runden Metalltisch aus, der von zwei Stühlen flankiert wurde.

Vorsichtig spähte ich durch die Glastüren.

Der Raum hatte einen gehobenen, altmodischen Flair. Es gab schwere Vorhänge an den Fenstern, einen üppigen Teppich, edle Holzmöbel und Stoff, der über dem Kopfende des großen Bettes drapiert war.

Eine Frau in schwarzen Dessous lag auf dem Bett. Sie war allein.

Das Mädchen war schlank und hatte schwarzes, elfenhaft geschnittenes Haar, das sein Gesicht umspielte. Es sah Auclairs toter Frau sehr ähnlich.

Ich runzelte die Stirn. *Wo ist Auclair?*

Die Frau hob ein Glas Champagner und nippte daran. Ich sah die Flasche in einem Weinkübel auf dem Nachttisch stehen, zusammen mit einem weiteren Glas.

„Der Wein wird warm, Hugh!", rief die Frau zur geschlossenen Badezimmertür.

Mein Puls schlug schneller. Er war hier.

Ich löste den Karabiner und holte meinen Satz Dietriche heraus. Schnell machte ich mich an der Tür zu schaffen, wobei ich darauf achtete, dass die Frau mich nicht sehen konnte.

Gerade als das Schloss einrastete, sah ich Auclair aus dem Bad schlendern. Er trug eine Anzughose und hatte sein Hemd aufgeknöpft. Schmierig lächelte er die Frau an.

Mein Mund verzog sich.

Schnell öffnete ich die Tür und hob meinen Arm, meine Glock direkt auf den Mann gerichtet, der hinter Frankie her war.

Die Frau auf dem Bett schrie auf. Sie schleuderte das Glas durch die Luft, das auf den Teppich fiel und wegrollte. Verängstigt drückte sie sich gegen das Kopfteil.

Auclair lächelte mich an. „Ah, ich habe mich schon gefragt, wann du auftauchen würdest."

„Es ist vorbei, Auclair", erklärte ich.

„Das wäre nicht sehr lustig." Auclair wich zur Seite aus.

Ich schoss.

Die Kugel streifte seine Schulter, und ich sah Blut spritzen. Er stürzte sich auf mich, und ich schoss erneut. Die zweite Kugel schlug in der Wand ein.

Auclair schlang seine Arme um meine Beine und packte mich. Meine Waffe flog mir aus der Hand und rutschte über den Teppich. Wir rangen miteinander und knallten gegen das Bett.

„O scheiße!", schrie die Frau.

Ich sah noch kurz, wie sie vom Bett rutschte und sich duckte.

Auclair rammte mir einen Ellbogen gegen den Kiefer, und ich schlug ihm meine Faust in die Rippen. Er war sehr geübt und gut trainiert. Wir wälzten uns und kämpften darum, uns gegenseitig festzuhalten. Ich packte seine verletzte Schulter und drückte zu.

Er fluchte wüst auf Französisch.

Plötzlich klopfte es an der Tür. „Zimmerservice", sagte eine gedämpfte Frauenstimme.

Verdammt!

Auclair hob ein Bein und trat mir gegen den Oberschenkel. Ich grunzte, und er rollte weg, gerade als ein uniformiertes Zimmermädchen einen Putzwagen ins Zimmer schob.

Er sprang auf die Beine und rammte sie. Sie schrie auf und knallte gegen die Wand.

„Bleiben Sie liegen!", schrie ich sie an und ging in die Hocke.

Auclair machte zwei Schritte auf die Tür zu und zog

ein Messer aus seiner Tasche. Er richtete es auf das Dienstmädchen.

Sie erstarrte und blickte ihn mit weit aufgerissenen Augen an.

Ich hatte nicht genug Zeit, um nach meiner Waffe zu greifen.

Verdammt noch mal!

Schnell stürzte ich mich aufs Zimmermädchen und warf sie zu Boden. Das Messer zischte über unsere Köpfe hinweg und schlug mit einem *Wumms* in einen verzierten Sessel ein.

Ich hob den Kopf und sah Auclair aus der Tür rennen.

Mist!

Das Dienstmädchen starrte erschrocken zu mir hoch. Sie schaute mich an, dann das Messer, dann wieder mich. Die Frau neben dem Bett stieß ein Wimmern aus.

Es war Zeit zu gehen.

Ich stand auf, schlich durch den Raum und nahm meine Waffe. Zurück auf dem Balkon klickte ich den Karabiner ein und drückte den Knopf.

Schnell sauste ich nach oben.

Zurück auf der Dachterrasse nahm ich in aller Ruhe die Skimaske ab und legte sie in meine Aktentasche, zusammen mit dem Selbstsicherungsgerät und meiner Waffe. Als ich alles wieder verstaut hatte, schloss ich den Koffer. Ich schlüpfte wieder in mein Jackett und setzte die Brille auf.

Seelenruhig betrat ich den Aufzug. Zurück in der Lobby schlenderte ich aus dem Hotel Monteleone, als ob ich mir keine Sorgen machen müsste.

Aber innerlich kochte ich vor Wut.

Ich hatte ihn *gehabt*.

Ich hätte das alles beenden können.

Stattdessen war er mir entwischt.

Und ich wusste, dass Auclair sich nicht noch einmal so leicht erwischen lassen würde.

26

FRANKIE

Reaths Dusche war riesig und luxuriös. Die Fliesen waren kühl dunkelblau und in einem Chevron-Muster verlegt, und über der Dusche befand sich ein massiver kupferfarbener Duschkopf. Ich massierte etwas Shampoo in mein Haar ein, sang meinen Lieblingssong von TayTay und wackelte mit den Hüften.

Ich hatte eine schreckliche Stimme, aber wenn ich gute Laune hatte, sang ich gern.

Anschließend summte ich eine meiner anderen Lieblingsmelodien. Meine Stimmung war definitiv gut.

Mehrere Orgasmen machten das mit einem Menschen. Nach unserer wilden Zeit auf der Theke und dem Wohnzimmerboden hatte mich Reath zu seinem Bett getragen. Es war ein schlankes, niedriges Bett in seinem fantastischen Schlafzimmer. Der Raum war in grauen und marineblauen Tönen gehalten. Dort hatte er wieder begonnen, mich mit seinem großen Schwanz zu ficken.

Ich lächelte und tauchte meinen Kopf unter Wasser.

Er hatte Dinge mit mir angestellt, die ich nicht für möglich gehalten hatte. Geile, wunderbare Dinge.

Der Mann war sehr konzentriert und ausdauernd.

Ich war eingeschlafen, als er sich an mich geschmiegt hatte, sein Gesicht in meinem Haar vergraben und ein muskulöses Bein um mich geschlungen. Ich hatte warm, sicher und zufrieden geschlafen.

Mein Lächeln verschwand, und ich starrte ausdruckslos auf die blauen Fliesen.

Sicher.

Ich hatte in seinen Armen gelegen, und in diesem Moment hatte ich nirgendwo anders sein wollen.

Bei dem Anflug von Angst in meinem Herzen schluckte ich.

Ich durfte mich nicht in ihn verlieben. Das wäre ein dummer Fehler. *Wirklich dumm.*

Aber ich könnte es. Ich könnte mich leicht in Reath Fury verlieben.

Nein. Das war gegen die Regeln. Seine, meine, unsere.

Das Geräusch der Duschkabine, die sich öffnete, ließ mich zusammenzucken. Reath trat ein. Ich hatte nicht gehört, dass er ins Bad gekommen war.

„Hey." Seine große Hand glitt um meine Hüften. „Schläfst du hier drin?"

„Haha, nein." Gott, dieser Körper. Wunderschöne bronzene Haut und all diese Muskeln. Sofort spürte ich ein feuchtes Ziehen zwischen meinen Beinen.

Ich sollte etwas Abstand zwischen uns bringen. Mir einen klaren Kopf verschaffen. Aber als seine Finger über meine Haut glitten, hörte mein Gehirn einfach auf, zu funktionieren.

Meine Hände glitten über seine Brust. Dann strichen meine Finger über die Narbe einer Schusswunde und fuhren eine ausgefranste Linie hinunter. Die Narben waren um Nuancen blasser als seine dunkle Haut.

„Das muss weh getan haben", murmelte ich.

„Es ist schon lange her."

Aber ich wusste, dass all diese Narben wahrscheinlich Teil der Dämonen waren, die ihn im Schlaf verfolgten. Ich beugte mich vor und drückte einen Kuss auf eine Narbe, dann auf die nächste.

„Frankie." Er gab einen leisen Laut von sich.

Schließlich entdeckte ich eine Schürfwunde und einen blauen Fleck entlang seines Kiefers. Ich runzelte die Stirn. Die waren gestern Abend noch nicht da gewesen.

„Wann ist das passiert?"

Er starrte mich einen Moment lang an.

„Lüg mich nicht an."

„Ich habe gestern Nacht eine Spur zu Auclair gefunden."

„Du bist ihm nachgegangen?" Mein Herz klopfte wie wild. Ich hatte nicht einmal gewusst, dass er das Bett verlassen hatte, geschweige denn das Lagerhaus.

Reath nickte. „Colt blieb bei dir. Du warst in Sicherheit."

Natürlich war ich das. Sanft fuhr ich mit den Fingern über seine Kieferpartie. „Was ist passiert?"

Ein Muskel kribbelte in Reaths Kiefer. „Er ist entkommen."

Das schien alles zu sein, was er mir sagen wollte. Dennoch, er hatte sich geöffnet und war in Sicherheit. Das war alles, was zählte. Ich stellte mich auf die Zehenspitzen und küsste seinen blauen Fleck.

Alle möglichen Gefühle durchzuckten mich, und ich konnte nicht mehr lügen. Sie machten mir Angst. Ich hatte mir doch gerade erst eine Standpauke gehalten, dass ich mich nicht in diesen Mann verlieben sollte.

Dann hob er mein Gesicht an und küsste mich.

Ich küsste ihn wild zurück und drückte mich an ihn.

Meine Lust brannte lichterloh.

Lust war in Ordnung, also konzentrierte ich mich auf sie.

Mit einem Brummen drückte er mich gegen die Fliesen. Ich senkte meine Hände und fand seinen Schwanz, streichelte ihn.

„Wozu die Eile?", murmelte er.

„Ich will dich." Ich wollte es nicht langsam, oder mit Gefühl. Nein, keine Gefühle.

Als ich ihm einen runterholte, schob er die Hüften vor.

Anschließend ließ ich mich auf die Knie sinken.

„Frankie ..."

Während ich eine Hand um seine beeindruckende Erektion legte, drückte ich die andere auf seinen harten Oberschenkel. Ich spürte, wie sich die Muskeln unter meiner Handfläche anspannten. Dann öffnete ich meinen Mund und leckte über die Spitze seines Schwanzes. Er murmelte einen scharfen Fluch und schlug mit einer Hand gegen die Fliesen. Ich saugte ihn zwischen meinen Lippen. Sein Schwanz war glatt, hart und warm. Reath vergrub eine Hand in meinem nassen Haar.

„Du magst meinen Schwanz in deinem Mund, nicht wahr?" Seine Stimme war ein leises Röcheln. „Du liebst es, mich verrückt zu machen."

Ich saugte fester an ihm und genoss es, diese tiefe Stimme voller Erregung zu hören. Er stieß vor, und sein Schwanz drang tief in meine Kehle ein. Ich grub meine Finger in seinen harten Oberschenkel, atmete durch die Nase und bewegte mich auf und ab, wobei ich vor Vergnügen summte.

„Ich mag es, wenn du ihn tief saugst, als könntest du nicht genug bekommen." Seine Stimme klang knirschend. „Aber ich werde nicht in deinem Mund kommen, Frankie." Er zog mich weg und hob mich hoch. „Ich muss in dir sein."

Unsere Blicke trafen sich, während ich mir über die Lippen leckte. Ich sah ein Verlangen, das sich mit meinem eigenen deckte. Da er merkte, dass ich zitterte, hob er seine Hand und stellte das Wasser ab.

„Wir haben kein Kondom", murmelte ich.

Er zog mich hoch und schritt dann hinaus. „Das lässt sich lösen."

Obwohl wir beide nass waren, setzte er mich aufs Bett.

Gott, er war so attraktiv. Ich wollte, dass er sich in mir bewegte. Ich wollte ihn kommen sehen, während wir miteinander verbunden waren.

Nein, Frankie. Das ist nur Sex.

Auf dem Bett ging ich auf meine Hände und Knie. Das würde weniger persönlich, weniger intim sein. Ich spürte, wie sein Blick auf meinen Hintern fiel, und schaute über meine Schulter.

Genau da. Brennende Hitze floss durch mich.

„Beeil dich", befahl ich.

Er rollte das Kondom über und war dann hinter mir. Seine Hand strich über meinen Hintern und fuhr zwischen meine Beine.

Ich stöhnte auf und drückte mich gegen seine Finger. Zwei glitten in mich hinein, und sein Daumen strich über meinen Kitzler.

„Reath, *Gott* –"

Er bearbeitete mich weiter. Herrje, er kannte meinen Körper schon so gut nach nur einer gemeinsamen Nacht. Seine Hand nutzte genau den richtigen Druck, um mich zum Wimmern zu bringen.

„Ich liebe es zu sehen, wie deine Haut errötet und wie sich deine Pussy um meine Finger zusammenzieht." Er fügte einen weiteren Finger hinzu, und ich genoss das Gefühl der Dehnung.

Ich war verloren. Und ich wollte nicht gefunden werden.

Dann zog er seine Hand weg.

„Nein ..."

Er packte meine Hüften. „Festhalten, meine sexy Wissenschaftlerin. Das wird hart."

Scheiße, ich wolle ihn so sehr. Ich drückte mich zurück und spürte, wie sein Schwanz an meinem Hintern rieb.

„*Bitte*", murmelte ich.

Reath platzierte die Spitze seines Schwanzes in der richtigen Position, dann stieß er zu und füllte mich aus.

Bis zum Anschlag, ganz und gar. Ich drückte meine Wange an die Decke, meine Hände krallten sich in sie.

Ich war noch ein wenig empfindlich von unseren früheren Sessions, und ich spürte jeden Zentimeter. Als ich zurückblickte, merkte ich, dass er seine Augen nach unten gerichtet hatte. Er sah auf die Stelle, an der wir vereint waren, wo sein Schwanz in mir steckte.

Reaths Brust hob sich. Die Lust war deutlich auf seinen Zügen zu sehen.

Seine Hüften zogen sich zurück, dann stieß er zu.

Mit einem Schrei flog mein Kopf zurück. *„Ja."* Ich spürte ihn überall.

Reath packte meine Hüften. „Ja, verdammt, Frankie."

Er stieß in mich, tief und schnell. Ich schaukelte bei jedem Stoß zurück.

Seine Hand glitt unter meinen Körper und fand meinen Kitzler. Er fickte mich härter und fingerte mich gleichzeitig. Unsere Bewegungen wurden wild und verzweifelt.

„Babe, ja. Reath ..." Ich konnte nicht aufhören, zu stammeln.

Dann kam ich hart, und meine Sicht verschwamm.

Ich wäre nach vorn gefallen, wenn er mich nicht gehalten hätte. Diese starken, muskulösen Arme wiegten mich in Sicherheit. Sein Körper beugte sich über mich, seine Lippen waren heiß an meinem Hals.

„Du passt genau zu mir." Seine Stimme war ein leises Knurren.

„Ich liebe es, deinen Schwanz zu nehmen", hauchte ich.

Das brachte ihn zum Ausrasten. Reath stieß ein gedämpftes Brüllen aus und stieß ein letztes Mal in mich. Sein Schwanz spannte sich in mir an, als sein Orgasmus über ihn hereinbrach.

Langsam wurde die Welt wieder klarer. Ich konnte seinen schweren Atem über meinem eigenen leisen Keuchen hören.

Ich drehte meinen Kopf und lächelte gegen seinen Arm. „Guten Morgen."

„Das ist er definitiv." Er zog sich zurück, dann glitt er träge wieder in mich hinein. Ich biss mir auf die Lippe. „Ich glaube, wir brauchen noch eine Dusche."

27

REATH

Ich zog mich fertig an und knöpfte mein blaues Hemd zu. Frankie sang wieder im Badezimmer. Sie war keineswegs gut.

Lächelnd schlenderte ich zur Tür, und mein Magen verkrampfte sich. Sie trug einen schwarzen Spitzen-BH mit passendem Höschen und schminkte sich.

Ich fand es nicht schlimm, dass sie da war, in meinem Bereich. Eigentlich gefiel es mir sogar.

Verdammt.

Ich räusperte mich. „Ich mache uns Frühstück."

Sie begegnete meinem Blick im Spiegel und grinste. „Ich mag Eier."

Ich konnte kein Wort herausbringen. Meine Hände ballten sich zu Fäusten, und ich nickte, dann schritt ich die Treppe hinauf und ging in die Küche.

An der Kochinsel drückte ich meine Hände auf die Arbeitsplatte, der Stein war kühl unter meinen Handflächen.

Frankie war Jacks Schwester. *Verdammt.* Ich steckte zu tief drin.

Ich hätte sie nie anfassen dürfen. Hätte ihr nie ein unverbindliches Angebot machen sollen. Ich hätte sie nie ficken dürfen.

Ich holte tief Luft. Tatsächlich musste ich mich auf Auclair konzentrieren und den Wichser aufhalten. Je eher ich das tat, desto eher war Frankie in Sicherheit und konnte zurück in ihr Labor.

Dann würde ich mich wieder normal fühlen. Ausgeglichen und beherrscht.

Ich machte mich an die Arbeit, und schon bald brutzelte das Rührei in der Pfanne und der Toast war im Toaster. Als Frankie erschien, trug sie Jeans und ein rotes, langärmeliges T-Shirt. Es betonte ihre Brüste.

Brüste, die ich sehr gut kannte.

„Mmm. Das riecht gut. Du bist ein hervorragender Gastgeber, Reath. Heißer Sex, guter Schlaf und ein morgendlicher Orgasmus, gefolgt von Rührei."

Ich verstummte. „Es ist nur Sex, Frankie."

Ihr Lächeln verschwand, und ihr Mund wurde schmaler. „Ich weiß."

„Mach dir keine falschen Vorstellungen. Wenn du anfängst, Gefühle zu entwickeln und mehr zu wollen –" Ich schüttelte den Kopf. „Daran habe ich kein Interesse. Ich glaube nicht an romantische Liebe, und ich habe kein Herz, das ich jemandem schenken könnte."

In meinem Leben hatte ich keine Liebe, keine Zärtlichkeit erfahren. Niemals. Und ich brauchte das auch jetzt nicht.

Ich hatte über Kinder in europäischen Waisenhäusern gelesen. Kinder, die als Babys keine Liebe oder Zuneigung erfahren hatten, und die mit einer ganzen Reihe von Problemen aufgewachsen waren. Es überraschte mich nicht, dass ich nicht die Fähigkeit besaß, eine Frau zu lieben.

Frankie starrte mich einen Moment lang an, dann umrundete sie die Insel. Als sie näher kam, versuchte ich, mich nicht zu verkrampfen.

Sie griff nach oben und fummelte an den Knöpfen meines Hemdes herum. „Ich weiß, Reath. Ich habe den Regeln zugestimmt. Das ist auch mein Wunsch." Frankie hob ihr Gesicht an. „Aber du hast doch ein Herz." Sie drückte eine Handfläche darüber. „Ich sehe, wie sehr du deine Familie liebst. Wie sehr du dich um Jack sorgst. Du solltest dich nicht unter Wert verkaufen." Dann lächelte sie. „Wegen dieser Eier ...?"

Als sie weggegangen war, konnte ich wieder aufatmen. Ich servierte das Frühstück. „Wir werden auf der Terrasse essen." Die frische Luft würde guttun.

Ich öffnete die Schiebetüren und trug die Teller zu meinem Tisch im Freien.

„Na, das ist doch schön." Frankie betrachtete die Terrasse und den Blick auf die Stadt. Sie schob einen Holzstuhl zurück und setzte sich.

„Ich benutze sie nicht so oft." Ich setzte mich ihr gegenüber. „Normalerweise essen wir bei Dante oder im Gemeinschaftshaus."

Sie schaufelte eine Gabel voll Eier in sich hinein. „Ich schätze, ins Labor zu gehen, kommt heute nicht in Betracht?"

Ich nickte. „Es ist zu gefährlich."

„Mist. Ich *hasse* Auclair und diese Typen. Sie unterbrechen meine Arbeit." Frankie stocherte in ihren Eiern herum, als würde sie sich Auclairs Gesicht vorstellen. Während sie aß, wirkte sie in Gedanken versunken.

„Du kannst mit in mein Büro kommen. Ich kann dir einen sicheren Laptop besorgen, falls du damit arbeiten kannst."

Ein Nicken. „Ich kann ein paar Analysen und Planungen machen." Sie legte einen Ellbogen auf den Tisch. „Ich werde mir deinen Bereich ansehen können. Die Reath-Fury-Batcave."

Ich warf ihr einen Blick zu. „Es ist nur ein Büro."

„Das Büro der größten Sicherheitsfirma in New Orleans. Ich wette, es ist beeindruckend."

„Du hast dich über mich informiert?"

„Ich kann eine Onlinesuche durchführen, vielen Dank. Ich habe gesehen, dass du und deine Brüder eine Menge Geld für wohltätige Zwecke spenden."

„Wir haben viel erreicht, und wir geben gern etwas zurück. Es war eine Menge harte Arbeit, aber auch eine Portion Glück. Wir haben es geschafft, aber das tun nicht alle Kinder. Deshalb helfen wir gern anderen, einen besseren Start ins Leben zu bekommen."

Sie setzte ihre Gabel ab. „Das ist bewundernswert, Reath."

Ich fühlte mich unwohl. „Es ist einfach das Richtige. Mach dich fertig. Es ist nur ein kurzer Weg ins Büro."

Nachdem wir aufgeräumt und das Geschirr in die Spülmaschine gestellt hatten, putzten wir uns beide die Zähne. Ich ließ nicht zu, dass ich darüber nachdachte, wie es sich anfühlte, wenn sie neben mir stand.

Wir gingen den Bürgersteig entlang zu PSS.

Als wir das Büro erreichten, studierte sie den Schriftzug Phoenix Security Services, der zusammen mit dem aufsteigenden Phönix-Logo in die Fensterscheibe geätzt war. Drinnen nickte ich Daniel zu, der an der Rezeption saß. Als wir die Treppe hinaufgingen, versuchte Frankie, alles in sich aufzunehmen.

„Es sieht wirklich wie ein Büro aus", erklärte sie. „Ein schickes Büro."

Ihre flachen Schuhe machten kein Geräusch auf dem polierten Betonboden. Sie spähte durch die Glaswand in den Konferenzraum.

Ich blieb vor der Tür stehen, die zum Computerraum führte, und richtete mein Auge zum Netzhautscanner aus. Das Schloss piepte, und die Tür öffnete sich. Ich legte meine Handfläche auf Frankies unteren Rücken und führte sie in den schwach beleuchteten Computerraum.

Ihr blieb der Mund offenstehen. „Du hast wirklich eine Batcave."

Zwei aus meinem Team saßen an den geschwungenen Schreibtischreihen vor unseren Hightech-Computern. Bildschirme säumten die Wand.

Sie entdeckte Lincoln, dessen Kopf bandagiert war.

„Hey, Linc, geht es dir gut?", fragte Frankie.

Mein Mann nickte. „Ja. Dank dir."

Sie ergriff seine Hand auf der anderen Seite des Schreibtischs und drückte sie. „Ich bin nur froh, dass es dir gut geht."

„Ich habe einen harten Kopf." Er begegnete meinem

Blick und nickte mir kurz zu. In seinem Gesichtsausdruck war Respekt zu erkennen.

„Frankie, das ist Keiko." Ich wies mit einer Geste auf mein anderes Teammitglied.

Frankie hob eine Hand. „Hi."

Die dunkelhaarige Keiko nickte. „Freut mich, dich kennenzulernen."

„Wir sind in meinem Büro, falls ihr mich braucht." Ich nahm Frankies Hand und führte sie in mein Büro.

Sie drehte sich im Kreis. „Das passt zu dir."

Die Wände waren dunkelgrau, bis auf eine, an der ein riesiger Bildschirm hing. Darauf war eine Weltkarte zu sehen, mit mehreren leuchtenden Punkten an verschiedenen Stellen. Sie zeigten an, wo ich Männer oder Teams für Aufträge einsetzte.

Mein Schreibtisch war eine große Holzplatte mit einem gewölbten Computerbildschirm. Ich umrundete den Tisch und tippte auf meine Sprechanlage.

„Daniel, kannst du einen Schreibtisch und einen sicheren Laptop für Frankie finden? Richte alles in der Ecke meines Büros ein." Ich wollte sie nicht aus den Augen lassen.

„Wird gemacht, Boss."

In der Mitte meines Schreibtischs sah ich mehrere Nachrichten und eine Notiz, dass ich in einer Stunde eine Telefonkonferenz hatte. Schnell sah ich mir alle an.

Einen Moment später erschien Daniel mit einem meiner anderen Männer. Sie trugen einen kleinen Schreibtisch herein und stellten ihn an die Wand. Dann stellte Daniel einen Laptop auf und richtete ihn ein. Er lächelte Frankie an und ging dann.

Sie setzte sich auf den Stuhl und klappte den Laptop auf. „Meine Daten sind alle hier!"

„Mein Team ist das beste."

„Geh." Sie schob mich weg. „Ich weiß, du hast viel zu tun. Geh an die Arbeit. Du wirst gar nicht merken, dass ich hier bin."

Ich wusste, dass das unmöglich war.

28

FRANKIE

W ir hielten Händchen, als wir das Smokehouse durch eine Reihe kühler, abgenutzter Holztüren betraten.

Ich hatte schon viel von Dantes Club Ember gehört, dem angesagtesten Nachtclub in New Orleans. Montags war er jedoch geschlossen. Heute Abend, so hatte er mir gesagt, würden wir uns mit den anderen im Smokehouse treffen.

Die Bar hatte eine entspanntere, familienfreundlichere Atmosphäre. Der Holzboden erinnerte mich an Reaths Wohnung – zerkratzt und mit Kerben übersät von seinem früheren Leben, aber jetzt mit einer glänzenden Politur versehen. Die Wände waren in einem warmen Creme- und Backsteinton gehalten. Im hinteren Teil gab es eine grüne Wand voller Pflanzen und viele Metallregale mit Andenken aus New Orleans – bunte Perlen und Masken, Whiskeyflaschen, Fotos der berühmtesten Wahrzeichen der Stadt. Eine quadratische, hölzerne Bar stand in der Mitte des Raumes, und der Rest war mit Ständen und Tischen bestückt.

An einigen der Tische saßen ein paar Leute. Eine Kellnerin – in Jeanshemd und beigefarbenem Rock – ging an uns vorbei, in der einen Hand ein saftiges Steak auf einem Holzbrett, in der anderen ein Tablett mit Getränken.

„Wir hätten nicht kommen müssen", sagte ich.

Er blickte auf mich herab. „Du bist schon den ganzen Tag eingesperrt. Ich dachte, du hättest eine Pause verdient. Hier bist du sicher."

Ich hatte den Tag bei PSS verbracht. Es war interessant gewesen. Vor allem hatte es mir gefallen, Reath in seinem Element zu sehen. Er wusste genau, was er tat, und war ein guter Chef. Alle in seinem Team respektierten ihn.

Allerdings musste ich zugeben, dass es gegen Ende des Tages etwas langweilig geworden war, als ich keine Arbeit mehr zu erledigen gehabt hatte. Tatsächlich wollte ich zurück in mein Labor. Es wäre schön, einen Drink zu nehmen und einfach zu entspannen. Zu vergessen, dass ein schrecklicher, böser Mann hinter mir her war, um meine Arbeit an den Höchstbietenden zu verkaufen.

„Ich bin nicht wirklich für diesen Ort gekleidet." Eine Frau in einem engen schwarzen Rock und einem seidigen roten Tank-Top ging an uns vorbei. Sie musterte Reath und schenkte ihm ein kokettes Lächeln.

Meine Augen wurden schmaler, und ich warf ihr einen bösen Blick zu.

Ich hatte bei unserem kurzen Ausflug zu meinem Haus nichts Ausgefallenes eingepackt. Tatsächlich hatte ich nicht gedacht, dass ich etwas zum Ausgehen brauchen würde. Ich trug mein bestes Paar Jeans und ein smaragdgrünes Shirt, das ich liebte.

„Du siehst toll aus." Er sah mir in die Augen.

Sein Blick ließ mein Herz höherschlagen. Dieser Ausdruck verriet mir, dass er sich mich nackt vorstellte. Ich biss mir auf die Lippe.

Hmm, vielleicht wäre ich lieber wieder bei ihm und würde ...

„Da seid ihr ja."

Mila erschien und lächelte uns an.

Die Frau schob ihren Arm durch meinen. „Komm. Ich habe einen besonderen Cocktail nur für dich, Frankie."

„Cocktails sind irgendwie Milas Ding", erklärte Reath.

„Als ich auf der Flucht vor ein paar üblen Typen war, habe ich undercover im Ember als Barfrau gearbeitet. Ich habe alles über das Mixen von Drinks gelernt. Ich liebe es, neue Cocktails zu kreieren." Ihr Blick schweifte über mich. „Und du siehst aus, als könntest du einen gebrauchen."

Ich lächelte. Es war schön, dass jemand verstand, was ich gerade durchmachte. „Sehr gern."

Wir gingen hinüber zur Theke. Ich entdeckte Macy und London, die auf Hockern saßen. Colt, Beau und Kavner waren bei ihnen.

„Kein Dante?", fragte ich.

Mila zeigte nach oben. „Er ist da oben im Büro, trifft sich mit dem Manager und erledigt Papierkram." Sie lächelte. „Ich wette, er hasst es, dass er uns nicht sehen kann. Im Ember hat sein Büro ein riesiges, einseitiges Glasfenster, durch das er sein ganzes Reich überblicken kann."

„Früher hat er dich ständig durch dieses Fenster beobachtet und es vehement geleugnet", meinte Reath.

Milas Lächeln wurde breiter.

Sie sah so glücklich aus. So verliebt. Sie hatte einen Job, den sie liebte, und einen Mann, der nicht genug von ihr bekommen konnte.

Ich spürte einen Anflug von Neid.

Schnell schaute ich weg. Unabhängigkeit und meine Arbeit waren die Dinge, die mir wichtig waren. Und die waren viel sicherer als die Liebe. Ich dachte an meine Mutter, die immer noch in meinen Vater verliebt war, nie eine neue Beziehung eingegangen war und mit dem Schatten eines Geistes lebte.

Wenn es mit Dante nicht klappte, wusste ich, dass Mila am Boden zerstört sein würde.

Die Liebe war das Risiko einfach nicht wert.

Ich warf einen Blick auf Reath und sah, wie er mit Beau sprach. Mein Herz machte einen Hüpfer.

War es das Risiko doch wert?

„Hier, bitte." Mila reichte mir ein hohes Glas, das mit einem blauen Getränk gefüllt war. Flammen leckten an der Oberseite des Glases. „Ein *Hot Scientist*."

Ich lachte und pustete die Flammen aus. „Danke."

„Trink aus." Macy lehnte sich auf ihrem Hocker vor. „Heute Abend gibt es keine Probleme und keine bösen Jungs. Du bist hier, um dich zu entspannen und Spaß zu haben. Du musst dich erholen."

Ich legte den Kopf schief. „Hast du auch deine eigenen Erfahrungen gemacht?"

„Ja." Macy saugte an dem Strohhalm ihres Cocktails und schlürfte kurz. „Ein verrückter Stalker, der mir quer durchs Land gefolgt ist. Colt war nicht erfreut."

„Kann ich mir vorstellen."

„Das war es, was uns zusammengebracht hat. Er ist sofort in den Beschützermodus übergegangen und hat mir das Leben gerettet."

London nickte. „Bei mir war es genauso. Gut, meine Probleme hatten mit meiner Arbeit beim Finanzministerium zu tun …"

„Und damit, dass du entschlossen warst, Kavner zu verhaften", fügte Mila hinzu.

Ich schnappte nach Luft. „Wirklich?"

„Das ist eine lange Geschichte", erwiderte London.

Ich lehnte mich vor und nippte an meinem Drink. „Erzähl mir alles."

Mila, Macy und London waren alle so unterschiedlich, aber lustig und freundlich. Bald lachte und schnaubte ich mit ihnen, als sie mir ihre Geschichten erzählten.

„Reath und Beau kamen beide aus dem Wasser?"

Macy nickte. „Wie Superhelden." Sie sah Colt an. „Sie sind alle gute Männer."

Ich nickte. „Mein Bruder verehrt Reath. Er sagt, er ist der Beste der Besten. Der beste Kerl, den er kennt."

„Sieht so aus, als würdest du das auch so sehen", vermutete Macy.

Das Blut in meinen Adern fühlte sich warm an, in

meinem Bauch kribbelte es, und ich war angenehm ange-
heitert. „Es ist nur Sex."

Milas Augenbrauen hoben sich, Macy kicherte, und
London lächelte.

„Ich wusste es", sagte Mila. „Schon in dem Moment,
als ich euch beiden neulich morgens begegnet bin."

„Es ist nichts Ernstes", beharrte ich eisern. „Keiner
von uns beiden will das."

„Mmm." Mila zog eine Augenbraue in die Höhe.

„Wir   haben   Regeln.   Keine   Gefühle,   keine
Verpflichtungen."

Die Frauen tauschten einen Blick aus.

„Ich bin mir nicht sicher, ob diese Idee jemals funktionieren wird", sagte Macy. „Besonders, wenn man es
mit einem Fury-Bruder zu tun hat."

„Ich will keine Beziehung. Mein Dad war mit seinem
Job als Polizist verheiratet." Ich wusste, ich sollte
aufhören zu reden, aber mein Mund wollte nicht gehor-
chen. „Als er starb, starb auch ein Teil von meiner Mom.
Es hat sie zerstört."

Mila drückte meinen Arm. „Es muss nicht so sein,
Frankie."

„Reath sagt, er braucht oder will keine Liebe."

Mila rollte mit den Augen. „Der Mann weiß doch gar
nicht, was er braucht."

„Wir alle brauchen Liebe", sagte London leise.

Macy nickte. „Es spielt keine Rolle, wo wir gewesen
sind oder was wir getan haben."

Plötzlich konnte ich nicht mehr hier sein, bei diesen
drei Frauen, die alle so glücklich mit den Männern
waren, die sie beansprucht hatten.

Ich rutschte von meinem Hocker. „Ich muss mal auf die Damentoilette."

„Da entlang", zeigte Mila. „Übrigens, wir kaufen dir deine Blödsinnsgeschichte nicht ab."

„Es ist wahr." Ich runzelte die Stirn. „Glaube ich. Ich versuche, es dabei zu belassen."

„Du hast noch mehr Fragen zu beantworten, wenn du zurückkommst", erklärte London.

Reath tauchte auf. „Alles in Ordnung?"

Ja, er war ein guter Kerl. „Ich bin auf dem Weg zur Damentoilette."

Er nickte.

Die Toilette war genauso schön wie der Rest der Bar. Nachdem ich fertig war, wusch ich mir die Hände und prüfte mein Spiegelbild in den großen, holzgerahmten Spiegeln. Als ich herauskam, entdeckte mich eine Frau in einem blauen Jeanshemd. Es sah aus wie die Uniform, die ich bei den Kellnern gesehen hatte.

„Frankie? Ich habe einen Cocktail für dich." Sie reichte mir ein hohes Glas.

„Von Mila?", fragte ich.

Die Frau nickte.

„Danke." Als ich einen Schluck nahm, verschwand die Frau zwischen den Tischen, und ich fragte mich, wo ihr Tablett war. Sie hatte nur mein Getränk getragen.

Ich trank einen weiteren Schluck. Eine Sekunde später wurde mir schwindelig, und der Raum drehte sich.

O Mann. Vielleicht hatte ich doch mehr getrunken, als mir bewusst war? Ich stellte das Glas auf einem leeren Tisch ab, bevor ich es fallen ließ, und drückte eine Hand gegen die Wand.

Alles drehte sich.

Ich brauchte Reath. Mein Magen gluckerte unbehaglich. Nein, ich hatte *nicht* vor, mich in der coolsten Bar von New Orleans zu übergeben.

„Hey, ist alles in Ordnung?"

Der texanische Akzent ließ mich zu einem Mann vor mir aufblicken. Er hatte ein nettes, besorgtes Gesicht, auch wenn es ein wenig verschwommen war.

„Ich muss Reath finden."

Der Mann legte einen Arm um mich. „Ganz ruhig. Ich halte dich fest."

„Können Sie mir helfen, ihn zu finden?"

„Klar. Gehen wir hier lang."

Wir machten uns auf den Weg, und eine weitere Welle von Schwindelgefühlen überkam mich. Da merkte ich, dass wir auf den hinteren Teil der Bar zusteuerten. Ich runzelte die Stirn.

„Das ist nicht der richtige Weg."

„Doch, ist er." Sein Griff wurde fester. „Es wird alles gut."

Ein schrecklicher Verdacht beschlich mich. Ich war nicht betrunken.

Man hatte mir etwas ins Getränk gemischt.

Ein Adrenalinstoß durchfuhr meinen Körper, und ich versuchte, mich von dem Mann wegzudrücken.

„Lassen Sie mich los." Meine Bewegungen waren unbeholfen und unkoordiniert.

Der Mann fluchte. Wir kämpften und wirbelten herum. Ich stieß gegen einen Tisch, und einer der Stühle kippte um und fiel auf den Boden.

Ich konnte mich befreien und versuchte, mich zu bewegen, aber ich schwankte.

Reath. Ich brauchte Reath. Alles war verschwommen.

„Nein, das wirst du nicht tun." Als der Mann mich wieder packte, war sein texanischer Akzent verschwunden und ein europäischer drang durch. „Du kommst mit mir mit."

Ich hörte das Krachen und wusste, dass Frankie in Schwierigkeiten war.

Flink wirbelte ich herum und stürmte durchs Smoke-house, wobei ich den Tischen auswich. Ich spürte, dass meine Brüder hinter mir waren.

„Bleib an der Theke, Macy!", hörte ich Colt schreien. „Bleib bei London."

Eilig rannte ich zur Rückseite der Bar und sah, dass ein Stuhl umgekippt war.

Als ich mich umdrehte, entdeckte ich eine Bewegung und sah, wie Frankie mit einem Mann im hinteren Gang kämpfte. Sie sah aus, als hätte sie das Gleichgewicht verloren.

Was hatte er mit ihr gemacht?

Ich gab keinen Laut von mir, gab keine Warnung. Ich stürzte einfach rein und riss sie los.

„Reath?" Sie blinzelte mich an, ihre Augen waren unscharf. Ich stieß sie zu Colt. Beau und Kavner flankierten mich.

Der Mann, der sie angegriffen hatte, taumelte zurück und hielt die Handflächen nach oben. Er war in Jeans und Hemd gekleidet, wie alle anderen im Smokehouse, damit er nicht auffiel.

„Sie war krank und stolperte", sagte der Mann mit einem übertriebenen texanischen Akzent. „Ich habe nur versucht, ihr zu helfen."

„Nein." Frankie zitterte in Colts Armen. „Nein ..." Eine Furche erschien auf ihrer Stirn. „Er hat versucht, mich ... zu entführen."

Mein Blick konzentrierte sich auf den Mann. Plötzlich wich er nach links aus und rannte davon.

Ich packte ihn, und wir fielen zu Boden.

Mit gerade so viel Druck, dass es für ihn unangenehm wurde, kletterte ich auf ihn und drückte meinen Unterarm gegen seinen Hals.

„Wer bist du?"

„Ich bin nur ...", keuchte er und griff nach meinem Arm.

Ich drückte ein wenig fester. „Du hast sie angefasst. Du wolltest sie mir wegnehmen." *Mir.* „Du bist einer von Auclairs Schlägern."

Er schnappte nach Luft. „Nein, hör zu, Mann ..."

„Und lass den scheiß Akzent weg." Diesmal schlug ich zu.

Er grunzte, aber als er dieses Mal zu mir aufblickte, grinste er. Seine Zähne waren mit Blut verschmiert. „Fick dich."

Sein echter Akzent klang weniger amerikanisch und eher europäisch.

Ich schlug ihn erneut.

„Genug." Als ich meine Faust wieder zurückzog, packte Beau sie. „Es ist besser, ihn einzubuchten und ihm ein paar Fragen zu stellen."

Ich biss die Zähne zusammen und kämpfte um meine Kontrolle.

„Und Frankie braucht dich", murmelte Kavner.

Ich sah zu ihr hinüber. Sie zitterte, war blass und lehnte sich an Colts Seite.

Langsam stand ich auf. „Bring ihn zu PSS und in eine Arrestzelle." Diesmal keine Polizei. „Ich will alles wissen, was er weiß. Wenn er nicht reden will, zwing ihn."

Beau lächelte. „Ist mir ein Vergnügen."

„Du kannst Auclair nicht besiegen", meinte der Mann.

„O doch." Ich ließ meine Entschlossenheit in meine Stimme einfließen. „Ich bin Reath Fury, und ich habe Auclair schon einmal aufgehalten."

Beau hob den Mann hoch.

Die Augen des Mannes weiteten sich. „Du bist es."

Ich wusste genau, wovon er sprach.

„Er hasst dich."

„Das Gefühl beruht auf Gegenseitigkeit." Ich drehte mich um und ging auf Colt zu.

Frankie versuchte, sich auf mein Gesicht zu konzentrieren.

„Reath ..." Ihre Stimme war undeutlich. „Ich wusste, du würdest kommen."

Ich zog sie in meine Arme und hob sie von den Füßen. Ihr Kopf sackte auf meine Schulter.

„Sie wurde unter Drogen gesetzt." Wut schoss mir in die Glieder.

„Da war eine Frau ... Sie hat mir einen Cocktail gegeben." Sie leckte sich über die Lippen. „Sie sagte, er sei von Mila."

Colt wies mit dem Kopf in Richtung von Auclairs Mann. „Er muss eine Komplizin gehabt oder jemanden dafür bezahlt haben, ihr den Drink zu geben."

Beau schüttelte den Mann. „Was zum Teufel hast du ihr gegeben, Arschloch?"

Der Mund des Mannes verzog sich. „GHB. Aber es war nicht so viel."

Ich starrte ihn an und wollte ihn wieder schlagen.

Kav nahm den anderen Arm des Mannes. Beau nickte mir zu. „Geh und kümmere dich um dein Mädchen. Wir werden diesen Abschaum hier rausbringen."

Um Auclairs Handlanger würde ich mich später kümmern. Im Moment hatte Beau recht. Frankie war meine oberste Priorität. „Ich bringe sie zu mir nach Hause. Colt, ruf Dr. Hamilton an."

Mein Bruder nickte.

Dante und Mila tauchten auf. Dantes Augen blitzten, und auf Milas Gesicht stand die Sorge geschrieben.

„Geht es ihr gut?", fragte Mila.

„Sie wird schon wieder."

Dante öffnete die Hintertür der Bar. „Mila, bleib drinnen. Ich bin gleich wieder da."

Sie drückte seinen Arm. „Pass auf sie auf, Reath."

Mein Bruder begleitete uns über den Parkplatz zu

meinem Lagerhaus. Gerade als wir die Eingangstür erreichten, piepte Dantes Handy. Blaues Licht erhellte sein Gesicht, als er die Nachricht überprüfte. „Colt sagte, die Ärztin ist nicht weit weg. Sie wird nicht lange brauchen."

„Danke, Dante."

Er öffnete mir die Tür und sah mich finster an. „Es tut mir echt leid, dass das passiert ist. Besonders in meinem Laden. Sie hat schon genug durchgemacht."

„Sie wird schon wieder gesund." Mit einem Nicken ging ich hinein. Ich trug Frankie die Treppe hinauf und direkt in mein Schlafzimmer.

„Reath ..." Sie drückte eine Hand an meine Wange und lächelte. „Gott, du bist so hübsch."

Ich legte sie aufs Bett und strich ihr das Haar aus dem Gesicht. „Er hat dich unter Drogen gesetzt. Die Ärztin wird dich durchchecken."

Frankie verzog das Gesicht.

„Ich verspreche dir, dass Doc Hamilton nett ist."

„Kein Arzt ist nett. Sie pieksen und stechen." Frankie kuschelte sich ins Kissen. „Mmm, das riecht nach dir. Ich mag dein Bett, Reath."

Und ich mochte sie darin. Mein Bauch zog sich zusammen. Verdammt, das war nicht gut.

Ihre dunklen Wimpern flatterten auf. „Dich mag ich auch. Aber ich kann es dir nicht sagen, weil es nur um Sex geht." Sie legte einen Finger auf ihre Lippe und gab ein *Pssst* von sich.

„Verdammt, Frankie." Ich strich ihr über die Wangen. Ich war verdammt froh, wieder etwas Farbe in ihnen zu sehen.

Dann schlossen sich ihre Augenlider, und sie schlief ein.

Ich saß da, beobachtete sie und lauschte ihrem leisen Schnarchen. Ich wagte nicht, sie zu verlassen, falls die Droge ihre Atmung beeinträchtigte.

Es klopfte an der Schlafzimmertür.

Ich schaute über meine Schulter und sah Dr. Hamilton. Die ältere dunkelhäutige Frau trug ein lilafarbenes Abendkleid, ihr dunkles Haar war stilvoll geschnitten, umrahmte ihr hübsches Gesicht und umspielte ihre Kieferpartie.

„Ich habe mich selbst hereingelassen", erklärte die Ärztin.

„Danke, dass Sie gekommen sind. Tut mir leid, dass ich Sie gestört habe."

Sie winkte mit einer Hand ab. „Das Stück war außerordentlich langweilig, aber meine Verabredung hat darauf bestanden, dass wir hingehen. Sie haben mir einen Gefallen getan." Ihr Blick wanderte zum Bett. „Sie haben also eine Frau gefunden. Ich dachte, Beauden wäre der Nächste."

„Es ist nur vorübergehend."

„Aha." Sie stellte ihre schwarze Tasche neben dem Bett ab und musterte Frankie. „Colt sagte, sie sei unter Drogen gesetzt worden."

Ich nickte. „GHB. Jemand hat versucht, sie zu entführen."

„Hier wird es nie langweilig. Hat sie viel getrunken?"

„Nein. Sie hat das Getränk nicht ausgetrunken, aber sie war instabil und schläfrig."

Die Ärztin untersuchte Frankie und überprüfte all ihre Vitalwerte. Frankie rührte sich kaum.

„Sie wird wieder gesund, Reath." Die Ärztin schob ihr Stethoskop vom Hals. „Sie muss viel trinken und soll ihren Rausch ausschlafen."

Ich streichelte wieder über Frankies Haar. „Sind Sie sicher?"

Dr. Hamilton legte mir eine Hand auf die Schulter und drückte sie. „Ich bin sicher." Sie packte ihre Tasche zusammen und hob sie hoch. „Kümmern Sie sich um Ihr Mädchen. Ich finde selbst hinaus."

Ich würde mich um Frankie kümmern. „Was auch immer es kostet."

Eine ganze Weile saß ich einfach da und beobachtete die schlafende Frau in meinem Bett.

30

FRANKIE

Ich wachte groggy auf.

Blinzelnd rollte ich mich auf den Rücken. Normalerweise sprang ich morgens aus dem Bett, bereit, meinen Tag zu beginnen.

Heute kuschelte ich mich ins Kissen und versuchte, die Morgensonne zu ignorieren.

Ich roch Reath. *Mmh.* Dieser Duft wurde schnell zu meinem Lieblingsduft.

Reath.

Meine Augen sprangen auf.

Ich war in seinem sexy Schlafzimmer. Vorsichtig zupfte ich an dem T-Shirt, das ich trug. Es war seins, und ich hatte nur ein Höschen darunter an. Ich konnte mich nicht erinnern, mich umgezogen zu haben.

Meine Augenbrauen huschten in die Höhe, denn ich konnte mich auch nicht daran erinnern, ins Bett gegangen zu sein.

Ich biss mir auf die Lippe und versuchte, an das zu denken, woran ich mich erinnern konnte.

Wir waren ins Smokehouse gegangen, hatten uns mit den anderen auf Cocktails getroffen …

Ein Wirrwarr von Bildern füllte meinen Kopf. Ich setzte mich auf und schlug eine Hand auf mein rasendes Herz. *O Gott!* Ich war *unter Drogen* gesetzt worden. Ein Typ, an den ich mich kaum erinnern konnte, hatte versucht, mich zu entführen.

„Dir geht es gut", flüsterte ich. „Du bist bei Reath. Du bist in Sicherheit, Frankie."

Ich erinnerte mich, dass Reath diese Worte zu mir gesagt hatte.

Und ich hatte noch eine andere Erinnerung. Reath trug mich in seinen starken Armen nach Hause und flüsterte mir beruhigende Worte zu.

Er hatte mich gerettet.

Jetzt lag ich allein in seinem Bett und fragte mich, wo er war. Ich stieß einen Atemzug aus. Ob er es wohl irgendwann satthatte, mich immer wieder retten zu müssen?

Als ich auf dem Laken herumrutschte, hörte ich das Knistern von Papier. In diesem Moment sah ich den Zettel auf dem Kissen neben mir.

Er war in einer männlichen Handschrift geschrieben.

Frankie –

Ich hoffe, es geht dir gut. Ich arbeite heute im Homeoffice.

– R

Ich dachte an mein Projekt und die ganze Laborarbeit, die ich erledigen wollte.

Herrje. Bis Auclair gestoppt wurde, war es einfach nicht sicher. Die DARPA hatte mir per E-Mail mitgeteilt, dass ihre Sicherheitsbewertung ergeben hatte, dass die Arbeit in Tulane nicht das richtige Maß an Sicherheit bot. Sie würden andere Möglichkeiten in Betracht ziehen. Ich seufzte, denn ich hatte keine Ahnung, wie lange das dauern würde.

Ich stieg aus dem Bett und zog meinen Bademantel an. Er war weiß und seidig. Mein Lieblingsstück.

Langsam ging ich in die obere Etage. In der Küche schüttete ich mir eine Schüssel Müsli in eine Schale und aß, während ich die Aussicht betrachtete. Wenn ich irgendwo untertauchen musste, war dies ein guter Ort dafür.

Als ich fertig war, räumte ich meine Schüssel in die Spülmaschine und beschloss dann, meinen Beschützer zu suchen.

Den Mann, an den ich immerzu denken musste.

Ich ging den kurzen Flur entlang und hörte das Klopfen von Tasten auf einer Tastatur. Dann hörte ich Reaths tiefe Stimme.

„Okay, danke. Halte mich auf dem Laufenden."

In der Tür blieb ich stehen.

Er stand mit dem Rücken zu mir, eine starke Silhouette vor zwei gebogenen Bildschirmen auf seinem Schreibtisch. Die Wände seines Büros waren hellgrau, und es gab nichts, was der Dekoration diente. Dieses Büro war für geschäftliche Zwecke eingerichtet.

Er rief auf dem einen Bildschirm einige Daten auf und begann sie zu scannen. Schließlich sagte er: „Morgen, Frankie."

„Du wusstest, dass ich hier bin?", fragte ich und ging auf ihn zu.

„Ja." Er schwenkte den Stuhl, sein dunkler Blick musterte mich sorgfältig.

Das lag wohl an seinen Super-Spionagefähigkeiten.

„Wie fühlst du dich?"

„Ich fühle mich gut. Zuerst war ich ein bisschen groggy, aber das ging vorbei."

„Gut."

Er zog mich auf seinen Schoß. Ich legte einen Arm um seine starken Schultern und sog seine Wärme in mich auf.

„Hast du mit streng geheimen Sicherheitsfragen zu tun?"

Seine Lippen schürzten sich. „So etwas in der Art."

Auf einem Bildschirm sah ich eine Karte von New Orleans. Mein Inneres zog sich zusammen. Es waren mehrere Punkte darauf zu sehen. „Du suchst nach Auclair."

Reath nickte. „Wir haben den Kerl befragt, der gestern Abend versucht hat, dich zu entführen. Er hat uns ein paar Orte genannt, die wir überprüfen sollten."

Ich vermutete, dass der Mann sie nicht so einfach preisgegeben hatte. „Ihr habt ihn nicht an die Polizei ausgeliefert?"

„Noch nicht."

Ich hob eine seiner Hände und sah, dass seine Fingerknöchel aufgerissen waren.

Meinetwegen. Er hatte das für mich getan.

Mit geneigtem Kopf küsste ich sanft seinen Handrücken.

„Frankie." Er fuhr mit einer Hand an meinem Körper hinunter und öffnete meinen Morgenmantel. Als er sah, dass ich bis auf meinen Slip praktisch nackt war, wurden seine Augen glühend heiß.

„Bist du sicher, dass es dir besser geht?", fragte er heiser.

Ich nickte.

„Ich muss es selbst sehen." Sanft streichelte er meine Brustwarze und spielte mit ihr, bis sie hart war.

Ich gab einen leisen Laut von mir und wölbte mich gegen seine Berührung.

Seine Hand wanderte träge nach unten, über meine Rippen und meinen Bauch. Mein Atem ging stoßweise. Anschließend wanderte seine Hand tiefer. Seine Finger glitten unter mein Höschen und streichelten zwischen meinen Schenkeln.

„Oh." Ich hob meine Hüften an, um ihm besseren Zugang zu gewähren.

„Weich und feucht." Er ließ zwei Finger in mich gleiten. Ich konnte den Blick nicht von seinem intensiven Gesichtsausdruck abwenden, während er mich fingerte. Dann fand sein Daumen meinen Kitzler.

Ich zuckte zusammen. „*Reath.*"

„Ich liebe es, wenn du meinen Namen so sagst. Gehaucht, voller Verlangen."

Bald konnte ich kaum noch still sitzen. Mein Orgasmus rückte näher, und ich wollte ihn so sehr. Ich krümmte mich auf seinem Schoß und verlangte verzweifelt, dass er mir mehr gab.

Es war klar, dass Reath mich kommen sehen wollte. Er setzte seine rücksichtslosen Stöße fort und stieß seine Finger in mich hinein. Ich war kurz davor, als das Handy auf seinem Schreibtisch klingelte.

„Ignoriere es", befahl er, sein Tonfall war tief und kehlig.

Ich dachte, er wolle es auch ignorieren, aber als er die andere Hand ausstreckte und auf den Lautsprecher drückte, schluckte ich einen Atemzug hinunter.

„Hier ist Fury", meldete sich Reath.

„Boss", sagte eine männliche Stimme, die ich nicht erkannte. „Wir haben vielleicht einen Ort gefunden, der gut aussieht."

Ich drückte meine Schenkel zusammen, doch Reath drängte sie wieder auseinander.

„Ein besorgter Nachbar hat Auclair identifiziert und es gemeldet. Broussard hat es weitergegeben."

Gott, Reath hatte das Gespräch auf Lautsprecher gestellt, während seine Finger in meiner Pussy steckten. Ich biss mir auf die Lippe, um nicht aufzuschreien.

Seine Finger hörten nicht auf, sich zu bewegen.

„Gut. Stell ein kleines Team zusammen, um das zu überprüfen. Ruf Colt und Beauden an. Ich will, dass sie mit uns kommen."

Ich konnte mich nicht länger zurückhalten und biss mir noch fester auf die Lippe.

Diese glitzernden braunen Augen waren auf mich gerichtet, und er rieb meinen Kitzler mit mehr Druck. Ich griff nach seinem Handgelenk, unsicher, ob ich ihn aufhalten oder anspornen wollte.

„Ich bin gleich im Büro", verkündete Reath.

Mein Höhepunkt kam – ein warmer, sexy Rausch. Ich drehte meinen Kopf und biss Reath durch sein Hemd in den Bizeps, um meine Schreie zu dämpfen. Die Lust ließ mich erschaudern, und Reath hielt mich fest.

„Danke, Warwick." Reath beendete das Gespräch.

Ich ließ mich an seine Brust zurücksinken und zog die Luft ein. „Du bist böse."

„Ich weiß nur, was ich will." Er zog seine Finger aus meinem Körper, hob sie dann zu seinem Mund und leckte sie sauber.

Mein Herz machte einen Sprung.

Mit seiner anderen Hand berührte er mein Haar. „Ich muss gehen."

Ich seufzte. „Ich weiß."

„Ich habe Dante bereits eine Nachricht geschickt. Er kommt und bleibt bei dir. Geh *nicht* weg."

Mit mir in seinen Armen stand er auf und ließ mich dann hinunter. Meine Beine fühlten sich an wie Wackelpudding.

Ich schloss meinen Morgenmantel. „Ich werde nicht rausgehen." Dann streckte ich meine Hand aus und berührte seine Wange. „Versprichst du mir eine Sache?"

Er nickte.

„Schnapp dir das Arschloch, aber komm danach wohlbehalten zu mir zurück."

Als er seinen Kopf senkte, um mich zu küssen, war es viel schneller vorbei, als ich wollte. Er strich mit dem Daumen über meine Wange, dann ging er hinaus.

Und ich wusste, dass ich mir jede Minute Sorgen machen würde, bis er zurückkam.

I ch hielt den Suburban an und ließ meinen Blick zum Haus am Ende der Straße schweifen.

Wir befanden uns in einer älteren Gegend am Rande der Stadt. Die Häuserblocks waren größer, und das zweistöckige Haus vor uns wirkte ziemlich abgenutzt. Die weiße Farbe blätterte von den Seiten ab, der Garten war zugewachsen, und es gab keine Anzeichen von Fahrzeugen oder Bewegung.

„Los gehts", befahl ich. „Passt auf."

Wir stiegen aus. Alle trugen ballistische Schutzwesten und waren bewaffnet. Ich beobachtete, wie Colt und Beau ihre Gewehre mit geübter Leichtigkeit überprüften. Ich hielt mein eigenes M16 an meiner Seite.

Sean und Jock – zwei meiner besten Männer – waren bei uns. Sean war früher bei den Deltas gewesen und war klein, kompakt und tödlich mit einem Messer. Jock hatte als Navy SEAL gearbeitet und war groß und kräftig gebaut. Sein Bizeps spannte sein Oberteil.

Auf der anderen Straßenseite sah ich eine Frau mittleren Alters, die auf ihre Veranda trat. Sie zog sich eine Strickjacke eng um ihren dünnen Körper. Unsere Informantin.

Ich ruckte mit dem Kopf zu ihrem Haus, und sie nickte und ging wieder hinein.

„Colt und Jock, ihr kommt mit mir. Wir nehmen die Vorderseite. Beau und Sean, die Rückseite."

„Wird gemacht", antwortete Beau.

Ich tippte auf meinen Ohrhörer. „Bleibt in Kontakt und seid auf alles gefasst. Auclair und seine Männer sind gut ausgebildet. Denkt daran, nur festnehmen."

Aufgrund meines guten Verhältnisses zur Polizei von New Orleans wollte ich ihren guten Willen nicht durch eine Schießerei strapazieren.

Als wir auf das Haus zusteuerten, dachte ich an Frankie. Ich dachte daran, wie ich sie in meinen Armen gehalten hatte, als ich sie aus dem Smokehouse getragen hatte. Sie war verletzlich gewesen, betäubt. Und ich erinnerte mich daran, wie sie in meinem Bett geschlafen hatte.

Mein Kiefer spannte sich an. Auclair hatte sie fast in die Finger bekommen.

Das würde nicht noch einmal passieren. Ich musste ihn aufhalten.

Beau und Sean verschwanden an der Seite des Hauses.

Ich schlich mich die kaputte Veranda hinauf. Colt begegnete meinem Blick und nickte. Jock war direkt hinter mir.

„Wir sind an der Hintertür in Position." Beaus Stimme drang durch den Funk.

„Achtet auf Sprengfallen", warnte ich. „Auclair ist dafür bekannt, dass er einige davon legt. Brecht auf mein Zeichen durch." Ich hielt inne. *„Los!"* Ich trat die Tür ein und ging leise hinein, die Waffe im Anschlag.

Der Eingang war leer. Ich ging in den Wohnbereich und betrachtete die spärlichen, abgenutzten Möbel. Es war niemand drin.

In der Nähe entdeckte ich einen Schimmer auf dem Boden. „Halt." Ich hob meine geschlossene Faust, dann ging ich in die Hocke. Ein Kabel verlief quer vor der Tür zur Küche.

„Beau, ich habe einen Stolperdraht gefunden."

„Verstanden."

„Jock?", sagte ich.

Der ehemalige Bombenexperte bewegte sich vorwärts und folgte dann dem Draht zur Wand. Er spähte in die Küche und fluchte. „C4. Gib mir eine Sekunde." Er zog einige Werkzeuge aus seinem Gürtel.

„Wir haben einen Stolperdraht im hinteren Flur entdeckt", sagte Beau. „Sean entschärft ihn gerade."

Eine Minute später nickte Jock mir zu, dann erschienen Sean und Beau in der Küche.

„Sean und Jock, sichert die Treppe", befahl ich.

Meine Männer verschwanden – schweigend und wachsam.

Colt, Beau und ich durchsuchten die Küche. Ich zog den Schrank unter der Spüle auf. Darin befand sich ein Mülleimer mit Essensresten und Verpackungen.

„Sie waren hier."

„Jetzt sind sie es nicht mehr", sagte Beau. „Hinten

gibt es eine Garage, aber die ist leer. Da sind frische Reifenspuren. Mehrere Fahrzeuge waren hier."

Scheiß Auclair. Er spielte mit uns.

Sean und Jock kamen zurück.

„Die Luft ist rein", sagte Sean.

Die Wut war wie ein kleiner Samen in der Mitte meiner Brust, der anschwoll und wuchs.

Colt ging an einem alten Holztisch vorbei. Die Stühle waren wahllos hingestellt, und ich konnte mir vorstellen, wie Auclair und seine Männer dort saßen und ihre Pläne schmiedeten.

„Reath?"

Ich folgte dem Klang von Colts Stimme. Sein Tonfall gefiel mir nicht.

Im Wohnzimmer stand mein Bruder am Kamin. Er zeigte mit dem Kopf zum Kaminsims.

Als ich aufsah, entdeckte ich ein Bild von Frankie.

Es sah aus, als wäre es aus der Ferne aufgenommen worden, ihr Gesicht im Profil. Sie überquerte gerade eine Straße.

Mein Mund verzog sich. Ja, das Arschloch verhöhnte mich.

Der harte Samen explodierte und wurde immer größer. Ich drehte mich um und rammte meine Faust in die Wand. Die Trockenmauer bekam einen Riss und ein Loch.

Dadurch fühlte ich mich allerdings kein bisschen besser.

„Ich will, dass er gefunden wird." Mein Kommentar war schneidend. „Ich habe genug von diesem verdammten Katz-und-Maus-Spiel."

Colt nahm das Foto in die Hand. „Das ist etwas Persönliches, Reath."

Ich atmete tief durch. „Als ich seinen Anschlag auf die Botschaft in Deutschland verhindert habe, wurden einige seiner Leute getötet."

„Okay", sagte Colt.

„Eine von ihnen war seine Frau."

„Scheiße", stellte Beau fest.

„Sie legte eine Bombe und plante, unschuldige Menschen zu töten. Ich hatte nicht viel mit ihm zu tun, aber sie war die beste Lügnerin, die mir je begegnet ist. Sie hatte sich einen Job in der US-Botschaft in Deutschland erschlichen."

„Und Auclair hat sie geliebt?", fragte Colt.

„Wenn er überhaupt fähig ist, Liebe zu empfinden. Er schien besessen von ihr zu sein. Sie waren beide gerissen und wollten unbedingt viel Geld machen. Ich glaube, er sah sich selbst in ihr."

„Und jetzt, wo er weiß, dass du in diese Situation verwickelt bist", bemerkte Beau, „geht es ihm um mehr als nur darum, Frankies Projekt in die Finger zu bekommen."

„Er weiß es", sagte Colt.

Stirnrunzelnd sah ich meinen Bruder an. „Was weiß er?"

„Dass du Gefühle für Frankie hast."

Ich schüttelte den Kopf.

„Hör auf, dich selbst zu belügen, Reath. Wir können es alle sehen."

„Ich *will* keine Frau. Ich brauche keine Liebe. Bisher bin ich gut ohne sie zurechtgekommen."

Colt begegnete meinem Blick. „Du brauchst sie. Mehr, als dir klar ist. Wir alle brauchen sie. Und vor allem hast du sie verdient. Du musst deinen Kopf aus deinem Arsch ziehen, denn Frankies Leben steht hier auf dem Spiel."

„Dessen bin ich mir sehr wohl bewusst. Meine Gefühle sind hier nicht das Wichtigste. Und Auclair wird sie niemals in die Finger bekommen."

Ich drehte mich um und stürmte hinaus.

32

FRANKIE

Ich ging auf und ab.

Das tat ich schon eine ganze Weile.

„Frankie."

Ich sah nicht zu Dante – meinem Bodyguard du jour – der auf Reaths Couch saß, sondern hob nur meine Hand in seine Richtung. „Ich muss meine Nervosität in den Griff bekommen."

Ich konnte nicht still sitzen. Selbst wenn ich es wollte, könnte ich es nicht.

Meine Hand ballte sich in meinem hübschen, luftigen, meerschaumgrünen Rock. Es war einer, den ich an meinen freien Tagen gern trug. Ich hatte ihn mit einem schlichten, weißen T-Shirt kombiniert.

„Reath wird das schon schaffen", meinte Dante. „Er ist verdammt zäh. Er versteckt es gut hinter seinem hübschen Gesicht, aber glaub mir, er ist der Gefährlichste von uns allen."

„Du siehst am gefährlichsten aus." Ich drehte mich um und sah ihn an. „Beau kommt knapp dahinter." Ich hielt inne. „Colt sieht aus, als könnte er auf sich selbst aufpassen, und ich wette, Kavner ist im Konferenzraum tödlich."

„Ja, wir können alle auf uns aufpassen, aber am gefährlichsten ist der, den man nicht kommen sieht."

Ich schritt in seine Richtung, innerlich ganz aufgewühlt. Reath war da draußen und kämpfte mit Auclair. Einem Mann, der ihn eindeutig hasste. Ich fragte mich, was hinter dem bösen Blut zwischen den beiden steckte.

Schließlich setzte ich mich auf den Couchtisch. Aus der Nähe war die Ausstrahlung von Dante nicht zu übersehen – markant, mit einer rauen, unaufdringlichen Anziehungskraft.

„Reath und Auclair haben eine gemeinsame Vergangenheit", stellte ich fest.

„Das stimmt, aber das gibt Reath einen Vorteil. Er kennt den Kerl und seine Taktik. Und Reath wird nicht unüberlegt handeln. Reath wird nicht überemotional. Er hat einen kühlen Kopf."

Ich biss mir auf die Lippe. Das hörte ich nicht gern. Reath hatte mich gewarnt, keine Gefühle zuzulassen.

Dass er kein Herz zu verschenken hat.

So ein Mist. Es war ein mieses Gefühl, als mir klar wurde, wie viel ich für ihn empfand, und dass er mir das Herz brechen würde.

In diesem Moment hörte ich die Tür im Erdgeschoss. Ich schoss auf die Beine.

Einen Moment später stolperte Reath herein, eine dunkle Wolke schwebte über ihm. Er ließ ein paar Sachen auf den Küchentisch fallen.

„Wie ist es gelaufen?" Dante beugte sich vor.

Reath hob den Kopf, und ich sog den Atem ein. Er warf uns beiden einen stechenden Blick zu.

„Der Wichser war nicht da." Dann sah er mich an.

Ich fühlte mich ausgebrannt. Reath war wirklich nicht glücklich.

„Danke, Dante", sagte Reath in einem knappen Ton. „Ich bin dann in meinem Fitnessstudio." Er verschwand wieder die Treppe hinunter.

Dante starrte ihm eine Sekunde lang hinterher. „Vielleicht habe ich mich geirrt, was den kühlen Kopf angeht. Ich haue jetzt ab. Alles gut bei dir?"

Ich nickte.

Nachdem Dante gegangen war, kaute ich auf dem Ende eines Nagels. Offensichtlich war Reath verärgert. Ich konnte ihn nicht einfach im Stich lassen.

Zögerlich ging ich zur Treppe. Als ich im Erdgeschoss ankam, passierte ich Reaths Fahrzeuge und steuerte auf sein Fitnessstudio zu. Die Tür stand offen, und das *Poltern* von Gewichten drang nach draußen.

Im Türrahmen blieb ich stehen und beobachtete ihn.

Er hatte sein Hemd ausgezogen und trug nur eine schwarze Cargohose. Er lag auf einer Bank, drückte die Brust hoch und hob wahnsinnig schwere Gewichte. Jedes Mal, wenn er die Stange hochstieß, atmete er scharf aus. Die Muskeln in seinen Armen wölbten sich.

Ich schlenderte herein. Er machte noch ein paar Sets, dann hielt er inne und legte die Hantel in die Halterung.

Als ich ihn erreichte, setzte er sich auf die Bank.

„Es tut mir leid, dass du ihn nicht gefunden hast", begann ich.

Reath nickte mir kurz zu.

Ich trat einen Schritt vor, und im selben Moment schnellten seine Arme hervor und packten mich. Mein Puls beschleunigte sich. Er zog mich an sich und drückte sein Gesicht gegen meinen Bauch.

Ich strich mit einer Hand über sein dunkles Haar. „Was ist passiert?"

„Ich wollte ihn finden. Ich wollte ihn *heute* aufhalten. Dafür sorgen, dass du in Sicherheit bist."

Das war mehr als bloße Frustration. „Was noch?"

Er schwieg, und ich dachte, er würde mir nicht antworten.

„Reath?"

„Er hat ein Foto von dir hinterlassen."

Oh? Das gefiel mir nicht. Wie lange hatten Auclair und seine Leute mich schon beobachtet?

„Er verhöhnt mich." Reath hob den Kopf, und ich sah das grimmige Funkeln in seinen Augen. „Ich werde nicht zulassen, dass er dich anfasst."

„Ich weiß." Ich senkte meinen Kopf und küsste ihn.

Ich erwartete, dass all die aufgestauten Emotionen, die in ihm kochten, unser Verlangen zum Explodieren bringen würden. Dass er mich herunterziehen und nehmen würde.

Aber obwohl der Kuss kraftvoll und voller Emotionen war, blieb er ruhig.

In diesem Moment wurde mir klar, dass Reath besänftigt werden musste. Er brauchte nicht noch mehr Aggression. Er brauchte etwas Weicheres, Süßeres.

Ich schwang mich auf seinen Schoß und küsste ihn weiter. Der Mann schmeckte süchtig machend. Er war die beste Art von Droge.

„Ich will dich", murmelte er.

„Ich will dich auch." Ich fuhr mit meinen Lippen über seinen Kiefer.

Er stand auf und hielt mich fest, während ich meine Beine um seine Hüften schlang.

„Ich will dich in meinem Bett ficken."

Ich biss in sein Ohrläppchen. „Keine Einwände."

Reath trug mich die Treppe hinauf. In seinem Schlafzimmer entledigten wir uns gegenseitig unserer Kleidung.

Er saß am Kopfende des Bettes, streichelte seinen dicken Schwanz und beobachtete mich. Ich krabbelte über das Bett und schwang mich wieder auf ihn.

„Warum verschwindet der ganze Scheiß, wenn ich bei dir bin?", murmelte er.

Seine Worte trafen mich tief. Meine Brust fühlte sich voll und warm an. Ich hatte darauf keine Antwort, also presste ich einfach meinen Mund auf seinen.

Wir küssten uns lange, und bald umfassten seine Handflächen meine Brüste. Ich schmiegte mich an ihn und rieb mich an dem harten Schwanz unter mir.

„Bitte", flüsterte ich. „Ich brauche dich in mir."

Reath holte ein Kondom vom Nachttisch, und ich hob meine Hüften und sah zu, wie er es überzog. Er hielt seinen Schwanz an Ort und Stelle und ich ging auf die Knie. Ich spürte, wie seine dicke Eichel gegen mich stieß, dann ließ ich mich nach unten sinken.

Als seine Länge mich ausfüllte, stöhnte ich auf. Unsere Blicke trafen sich, und ich versuchte, nicht zusammenzuzucken. Das fühlte sich ... so intim an. Verdammt, ich fühlte mich ihm unendlich verbunden.

Dann begann ich, ihn zu reiten. „*Reath.*"

Seine Hände packten meine Hüften. „Genau so, Frankie."

Bald bewegten wir uns schneller. Er trieb mich an, drang tiefer ein.

„Du fühlst dich so gut an", knurrte er.

Nichts in meinem Leben hatte sich je so richtig angefühlt.

Als wir kamen, kamen wir gemeinsam.

33

REATH

Ich wachte auf, als Frankie sich umdrehte, ein Bein über mich legte und sich an mich kuschelte. Es war noch Nacht, das Zimmer dunkel bis auf den Lichtschimmer aus dem Badezimmer.

Sie liebte engen Kontakt, wenn sie schlief. Ich strich mit einer Hand über ihren nackten Rücken, und sie stieß einen süßen, leisen Seufzer aus.

Mir hatte der enge Kontakt mit einer Frau noch nie gefallen. Ich war ohne ihn aufgewachsen, war stolz darauf, in mir selbst zu ruhen.

Das hatte mich zu einem guten Soldaten, einem guten Delta-Force-Operator und einem hervorragenden CIA-Agenten gemacht.

Aber ich mochte Frankie genau da, wo sie war.

Scheiße. Meine Brüder hatten recht. Ich hatte Gefühle für diese Frau.

Für die Schwester meines besten Freundes.

Ich starrte an die Decke. Mir wurde klar, dass ich in den letzten Tagen nicht mehr an Jack gedacht hatte.

Frankie hatte aufgehört, Jacks Schwester zu sein, und war einfach ein Teil *meines* Lebens geworden.

Und verdammt, das erschreckte mich doch ein wenig.

Ich schob Frankie sanft beiseite und schlüpfte aus dem Bett.

Im Badezimmer umklammerte ich das Waschbecken. Ich konnte im Moment nicht an Gefühle und Emotionen denken. Mein Blick wanderte zum Spiegel. Mein Fokus musste völlig bei Auclair liegen.

Darauf, Frankie in Sicherheit zu bringen.

Ich zupfte an meiner Pyjamahose, zu wach und aufgedreht, um wieder ins Bett zu gehen.

In der Küche fand ich mich in der vertrauten Dunkelheit zurecht und schenkte mir ein Glas Whiskey ein. Während ich nippte, schaute ich aus dem Fenster.

Du kannst nicht ewig davonlaufen, Auclair.

Dies war meine Stadt, mein Zuhause.

Und Frankie gehörte jetzt mir.

Ich brauchte einen Weg, um meinen Feind aufzuspüren, ein für alle Mal. Es war an der Zeit, das zu beenden.

Ich wusste, dass Frankie es kaum erwarten konnte, wieder ins Labor zu kommen. Mir war auch klar, dass ich sie nicht ewig davon abhalten konnte. Sie hatte mir erzählt, dass sie mit einigen ihrer DARPA-Kontakte im Austausch war. Auch sie wollten unbedingt, dass sie wieder an die Arbeit ging. Sie sprachen davon, ein vorübergehendes, gesichertes Labor für sie einzurichten.

Meiner Meinung nach war es nirgendwo sicher genug für sie.

Ich wollte sie dort haben, wo ich sie im Auge behalten konnte.

Unruhig machte ich mich auf den Weg in mein Büro. Ich ließ das Licht ausgeschaltet und setzte mich in meinen Stuhl. Es war an der Zeit, ein paar meiner ... dunkleren Kontakte ins Spiel zu bringen.

Was auch immer nötig war.

Ich loggte mich ins Dark Web ein und schickte ein paar Nachrichten ab. Bei diesen Leuten wusste man nie, ob sie in Stunden oder Wochen antworten würden.

Aber sie waren einige der besten Hacker und Informationssammler in der Branche. Wenn jemand Auclair in New Orleans aufspüren konnte, dann diese Leute.

Ich brauchte einen Standort. Und zwar sofort.

Als mein Handy vibrierte, hob ich die Augenbrauen. Es war mitten in der Nacht, also bedeutete ein Anruf zu später Stunde normalerweise ein Problem.

Ich holte das Mobiltelefon heraus und sah, dass der Anruf nicht von PSS kam.

Es war eine unterdrückte Nummer.

Ich runzelte die Stirn. Solche Anrufe dürften gar nicht durchgehen. Alle Handys von PSS waren gesichert, und nur sehr wenige Leute hatten diese Nummer.

Das Handy an mein Ohr drückend, nahm ich den Anruf entgegen. „Fury."

„Ah, Reath Fury."

Auclairs Stimme mit ihrem französischen Akzent drang durch die Leitung.

Mein Kiefer spannte sich an. „Auclair."

„Es tut mir leid, dass wir uns neulich im Hotel

Monteleone nicht unterhalten konnten. Es war so schön, dich nach all den Jahren wiederzusehen."

Ich antwortete nicht, denn ich hatte kein Interesse daran, sein Spiel mitzuspielen.

„Typisch", meinte Auclair. „Keine Forderungen, keine Beschimpfungen. Du warst immer ein cooler Typ, Fury. Verdammt enttäuschend."

„Ich werde dich finden, Auclair. Ich hoffe, du bist bereit."

Schnell tippte ich auf die Tastatur und aktivierte mein Ortungsprogramm.

„Oh, ich bin bereit, aber wir amüsieren uns doch so sehr."

„Ich werde dich finden. Und ich werde dich töten. Ich werde all deine Männer in den Knast bringen. Du bekommst das ADAPT-Projekt *nicht*."

Ein leises Lachen. „Wir wissen beide, dass es längst nicht mehr nur um das Projekt geht."

Meine Muskeln spannten sich an. „Schwachsinn. Dir ging es schon immer ums Geld."

„Vielleicht, aber inzwischen geht es mir um mehr als das."

Eine dunkle Ahnung kroch in meine Adern.

„Es hat eine Weile gedauert, bis ich das Puzzle zusammengesetzt habe. Zuerst dachte ich, es sei nur ein Zufall, dass du darin verwickelt bist. Dann habe ich dich mit Francesca Parker gesehen. Ich fand heraus, dass sie die Schwester deines besten Freundes aus der Army ist."

Ich starrte auf den Bildschirm. Das Signal war über die ganze Welt verstreut. Er hatte seinen Standort gut verschlüsselt.

„Aber mehr noch, ich habe gesehen, wie du sie aus der Bar deines Bruders getragen hast."

Meine Hand verkrampfte sich ums Handy. Er war dort gewesen und hatte zugesehen.

„Und ich habe gesehen, wie du heute gegen die Wand geschlagen hast, als du ihr Foto gesehen hast."

Verdammte Scheiße. Er hatte eindeutig eine Kamera installiert und hatte uns beobachtet, als wir sein letztes Versteck durchsucht hatten.

„Also, das ist jetzt etwas sehr Persönliches, Reath. Ich werde meinen Lohn bekommen, wenn ich ADAPT an den Höchstbietenden verkaufe. Und ich werde es genießen, Frankie Parker leiden zu sehen, und im Gegenzug auch dich."

„Fick dich, Arschloch", stieß ich hervor.

Auclair lachte. „Ah, jetzt bist du nicht mehr so cool." Das Lachen verflog und hinterließ Eis. „Du hast den einzigen Menschen getötet, der mir je etwas bedeutet hat. Vor Maurelle habe ich nie etwas gefühlt. Ich habe das immer als einen Vorteil betrachtet."

Ich überprüfte die Ortung erneut und hoffte, dass ich seinen Standort aufspüren konnte.

„Dann habe ich Maurelle getroffen. Meine brillante, gerissene Maurelle." Seine Stimme veränderte sich. „Aber du hast sie getötet. Du hast meine Liebste getötet." Er hielt inne. „Und jetzt werde ich dich zusehen lassen, wie ich deine töte."

Dann war die Leitung tot.

Verärgert, da ich noch immer keine Spur hatte, trat ich gegen das Tischbein.

Ich war nicht in Frankie verliebt. Meine Brust fühlte

sich verdammt eng an, und ich rieb sie mit einer Faust. Aber das änderte nichts.

Auclair hatte davon gesprochen, nichts zu fühlen, sich um niemanden zu sorgen.

So hätte ich werden können, dank meiner Erziehung.

„Nein."

Ich war kein Soziopath, und ich war nicht Auclair.

Ich hatte meine Brüder. Ich hatte Daisy. Ich hatte die Frauen, die meine Brüder liebten.

Und ich hatte Frankie.

34

FRANKIE

Als sich das Bett bewegte, wachte ich auf.

Ich öffnete die Augen und kämpfte gegen meine Müdigkeit an. Das Erste, was ich wahrnahm, war das Licht, das aus dem Badezimmer drang.

Dann bemerkte ich, dass Reath sich auf dem Bett wälzte.

„Nein, *nein*", stöhnte er.

Das heisere Geräusch ließ mir eine Gänsehaut über den Nacken laufen. Mein Mann verbarg so viel Schmerz.

„Reath?" Ich war vorsichtig, um ihn nicht durch eine Berührung aufzuschrecken. „Reath?"

Er wurde ganz still. „Frankie?"

„Ja. Es ist alles in Ordnung. Du hattest einen Albtraum."

Reath setzte sich auf und holte tief Luft. Ich wusste, dass es ihm wahrscheinlich lieber wäre, wenn ich das ignorieren würde, aber ich konnte seinen Schmerz förmlich spüren.

Langsam richtete ich mich ebenfalls auf und schob mich hinter ihn. Ich schlang meine Arme um ihn und drückte meine Lippen auf seine Schulter. Seine Haut war feucht.

Er erschauderte. Dann schoss seine Hand nach oben und griff nach meiner. Ich verschränkte unsere Finger miteinander.

Wir saßen da in der Dunkelheit, atmeten leise und hielten einander fest. Ich drängte nicht, stellte keine Frage.

„Du bringst mich dazu, Dinge erzählen zu wollen, die ich noch nie mit jemandem geteilt habe." Seine Stimme war tief und rau.

Ich drückte einen weiteren Kuss auf seine Schulter.

Er stieß einen rauen Atemzug aus. „Meine Albträume ergeben nie einen Sinn. Sie sind nur ein Sammelsurium von Mist, den ich im Laufe meines Lebens angesammelt habe. Es fängt immer damit an, dass ich sehe, wie meine Eltern mich in dieser Kiste abladen. Ich weiß nicht einmal, wie sie aussahen, aber in meinen Träumen sieht mein Dad aus wie ich. Sie lachen, während sie mich wie Abfall wegwerfen."

„Das ist ihre Schuld, Reath, nicht deine. Du warst ein unschuldiges Baby."

„Ich erlebe Teile von Einsätzen aus meiner Zeit bei der Army wieder. Ich landete für ein paar Jahre bei der Delta Force. Einige der Missionen waren ... hart."

Ich drückte meine Wange an seinen warmen Rücken. „Nur, weil Männer wie du dienen, können wir frei und unbeschwert in unseren Betten schlafen. Danke, dass du die schwierigen Dinge tust."

Er stieß ein kleines Lachen aus. „Woher weißt du genau, was du sagen sollst?"

„Ich weiß es nicht immer."

„Die schlimmsten Albträume habe ich von der letzten Pflegefamilie, in der ich war. Da habe ich meine Brüder kennengelernt."

Ich hasste den flachen Klang, der sich in seine Stimme schlich, versuchte aber, entspannt zu bleiben. „Erzähl es mir."

„Es war ein älteres Ehepaar. Die Tuckers. Sie behaupteten, sie hätten sich auf die Betreuung und Disziplinierung von widerspenstigen Teenagern speziali-siert." Er schluckte. „Was sie meinten, war, dass sie uns gern wie Scheiße behandelten. Und Harvey Tucker mochte es besonders, uns ordentlich zu verprügeln."

Ich schnappte nach Luft. „Die sollten sich doch um euch kümmern!"

„Dort habe ich Dante, Beau, Kav und Colt kennenge-lernt. Ich bin der Jüngste von uns fünf. Wir haben uns in diesem Haus zusammengeschlossen, um gemeinsam zu überleben." Er hielt inne. „Tucker hat mich am meisten gehasst. Er nutzte jede Gelegenheit, um mich zu schla-gen. Er war ein rassistischer Mistkerl, und manchmal, wenn er mich ansah ... bekam ich eine Gänsehaut."

„Du meinst sexuell?" Meine Wut wurde größer. „Hat er dich missbraucht?"

Reath drückte meine Finger. „Beruhige dich, Tigerin. Er hat es nie getan, aber wer weiß, vielleicht hätte er es eines Tages."

„Wie bist du rausgekommen?"

„Tucker hat mich eines Nachts schwer verprügelt. Die anderen haben die Tür aufgebrochen und ihn niedergeschlagen. Wir haben ihn alle fertig gemacht. Dann sind wir gegangen."

Ich konnte mir kaum vorstellen, wie fünf traumatisierte Jungs, die einen so schweren Start ins Leben gehabt hatten, als Teenager auf eigenen Beinen stehen mussten.

„Wir waren entschlossen, etwas aus uns zu machen. Und in dieser Nacht beschlossen wir, Brüder zu werden. Nicht weil wir das gleiche Blut hatten, sondern weil wir es gemeinsam vergossen hatten. Wir waren alle so wütend, deswegen haben wir unseren Namen gewählt. Fury. Wir wurden die Fury-Brüder."

Ich umarmte ihn fester. „Es tut mir so leid, dass du das durchmachen musstest, Reath. Aber ich bin froh, dass du deine Brüder gefunden hast."

Er tätschelte meine Hand. „Ich auch."

„Ihr habt euch alle zu unglaublichen Männern entwickelt. Danke, dass du mir das erzählt hast." Ich hielt inne. „Was hat den Albtraum heute Nacht heraufbeschworen? Gibt es einen Auslöser?"

Er zuckte mit einer Schulter. „Nicht immer, aber heute Nacht hat Auclair mich angerufen. Hat Scheiße erzählt."

Über mich, um Reath zu ködern. „Ich habe das Gefühl, es geht dabei gar nicht mehr um mich", meinte ich vorsichtig.

„Nein. Er will sich rächen."

„Warum?"

Reath drehte sich zu mir um, sein Gesicht war in Schatten gehüllt. „Erinnerst du dich, dass ich sagte, dass ich ihm begegnet bin, als ich bei der CIA war?"

Ich nickte.

„Sein Team plante, die US-Botschaft in Berlin zu sprengen. Ich habe dort undercover gearbeitet. Ich vereitelte den Plan, indem ich die Frau tötete, die die Bombe legte."

„Du hast Leben gerettet. Wie viele wären gestorben, wenn die Bombe explodiert wäre?"

„Eine Menge." Er holte tief Luft. „Frankie, es war Auclairs Frau."

Mein Herz setzte aus. „O Gott."

„Ja, genau. Er gibt mir die Schuld an ihrem Tod und er wird alles tun, um sich zu rächen. Es geht nicht mehr um dein Projekt, es geht um mich."

Ich legte ihm meine Hände an die Wangen und sah ihn an. „Wir werden ihn nicht gewinnen lassen. Er wird *weder* mein Projekt stehlen *noch* einen von uns verletzen."

Reaths Lippen schürzten sich. „Du bist so kämpferisch."

„Das stimmt."

Sanft streichelte er mir über die Wange. „Ich werde für deine Sicherheit sorgen, Frankie."

„Ich weiß." Und ich würde alles tun, was ich konnte, um ihn ebenfalls zu schützen.

„Wir sollten versuchen, noch etwas zu schlafen."

Ich wusste, dass er so schnell nicht wieder einschlafen würde. „Könntest du mir vielleicht etwas von deiner leckeren heißen Schokolade mit Whiskey machen?"

Er strich mir mit dem Daumen über die Lippen. „Ja, das könnte ich."

35

FRANKIE

„O kay, danke. Ja, das wäre *wunderbar*." Als ich das Gespräch beendete, drehte ich mich zu Reath um und klatschte in die Hände. „Tolle Neuigkeiten!"

Er nippte an seinem Kaffee. „Das hätte ich nie gedacht."

Ich streckte ihm die Zunge raus. Er saß am Ende des Tisches, ganz in Schwarz gekleidet, und sah viel zu umwerfend aus.

Ein Schimmer von ... etwas, das ich nicht zu genau betrachten wollte, durchfuhr mich. Für den Moment gehörte Reath Fury mir. Nur ich durfte ihn berühren, und das wollte ich ausnutzen.

Ich stellte mich hinter ihn und legte meine Arme um seine Schultern, dann knabberte ich an seinem Ohr. „Die DARPA wird ein sicheres Labor für mich organisieren."

Sein Gesichtsausdruck veränderte sich nicht. Ich umrundete ihn und setzte mich neben ihn. „Bist du unglücklich?"

„Ich möchte, dass du wieder an die Arbeit gehst ..."

„Aber? Ich höre ein Aber."

„Ich möchte dich lieber in Sicherheit wissen. Damit Auclair nicht an dich rankommt."

„Das ist die DARPA, Reath. Das Labor, das sie vorschlagen, ist ein ehemaliges CDC-Labor hier in New Orleans, das nicht mehr genutzt wird. Sie werden für die Sicherheit sorgen."

Reath grunzte.

Ich ergriff seine Hand. „Komm mit und überprüfe selbst, ob es sicher ist."

Er musterte mich. „Ich hatte nicht vor, dich allein gehen zu lassen. Außerdem werde ich auch einen meiner Männer dort positionieren."

„Okay. Abgemacht." Ich würde alles tun, um wieder an die Arbeit zu gehen. Flink sprang ich auf die Beine. „Ich werde duschen und mich umziehen. Das Labor ist in der Nähe des Marinestützpunkts Belle Chasse, in einem Sicherheitsgebäude."

Er schenkte mir ein schwaches Lächeln. Langsam färbte meine Aufregung wohl auf ihn ab.

Ich beugte mich herunter und drückte ihm einen Kuss auf die Lippen. Als ich mich von ihm lösen wollte, zog er mich näher an sich heran und gab mir einen viel längeren und intensiveren Kuss.

Beim Aufrichten war mir ein wenig schwindelig. Diese Fury-Brüder hatten es wirklich in sich.

Sein Lächeln wirkte jetzt ziemlich selbstzufrieden. „Geh. Wenn du fertig bist, fahre ich mit dir zum Labor."

36

FRANKIE

Ich saß auf dem Beifahrersitz von Reaths schickem Elektro-SUV, als wir aus New Orleans herausfuhren.

Wir hatten die Crescent-City-Connection-Brücke überquert, die den Mississippi überspannte. Die Stadt war weniger besiedelten Gebieten gewichen, dann schließlich Feuchtgebieten und Buschland.

„Wir sind weiter draußen, als mir lieb ist", brummte Reath vom Fahrersitz aus.

„Aber es ist sicher." Ich berührte seinen Oberschenkel. „Und ich habe einen braunen Gürtel in Judo, schon vergessen?"

„Und zu viel Courage für dein eigenes Wohl." Er legte seine Hand auf meine.

„Ich habe auch meine Glücksnadel." Ich zeigte auf den Affen, der an meinem Oberteil befestigt war.

Reath sah nicht überzeugt aus.

Schließlich bog er in eine unmarkierte Einfahrt ein, und einen Moment später sah ich ein Tor. Zwei Männer in Jeans, die sehr lässig und entspannt aussahen, standen vor dem Tor.

„Gut", meinte Reath. „Sie ziehen keine Aufmerksamkeit auf sich oder die Einrichtung."

Er hielt an und kurbelte sein Fenster herunter.

„Wir möchten Ihren Ausweis sehen, Sir", sagte eine Wache.

Reath hielt seinen Personalausweis hoch, und ich fischte meinen Führerschein heraus.

Der Mann nickte. „Willkommen, Ms. Parker, Mr. Fury. Sie werden schon erwartet."

Die Wachmänner öffneten das Tor, und wir fuhren die Einfahrt hinunter. Bald kam ein hässliches, gedrungenes Betongebäude in Sicht.

„Wow, das sieht aus, als wäre es dafür gemacht, einer Bombenexplosion standzuhalten", bemerkte ich.

Als wir aus dem Auto stiegen, scannte Reath das Gebiet. Ich folgte seinem Beispiel und lauschte den Vögeln, die in den Bäumen zwitscherten. Das Gebäude war wirklich hässlich.

Ich sah Reath an und war mir sicher, dass er sich den Ort bereits eingeprägt hatte.

Zwei Männer verließen das Gebäude und warteten auf uns. Als wir uns näherten, trat einer von ihnen mit einem strahlenden Lächeln auf dem Gesicht vor. Er war etwa so groß wie ich, wahrscheinlich in den Fünfzigern, mit schütterem Haar.

„Ms. Parker, es ist mir eine Freude, Sie kennenzulernen. Ich bin Dr. Donald Croft."

Wir hatten schon viele E-Mails über mein Projekt

ausgetauscht. „Oh, es ist toll, Sie persönlich kennenzulernen." Wir schüttelten uns die Hände.

„Ihr Projekt ... inspiriert." Enthusiasmus sprudelte aus ihm heraus. „Ich bin *so* aufgeregt wegen all der möglichen Anwendungen."

„Das bin ich auch. Wenn ich meine Experimente tatsächlich durchführen kann."

„Deshalb sind wir ja hier. Darf ich Sie Francesca nennen?"

„Frankie würde ausreichen."

„Gut. Frankie. Und ich bin Don. Das ist Trent Weare. Er wird für die Sicherheit zuständig sein. Er ist schon lange bei der DARPA."

Der andere Mann war groß und fit, mit einem strengen Gesicht und einem Kurzhaarschnitt. Er nickte mir höflich zu.

„Und das ist mein ... Freund, Reath Fury."

„Ihr Ruf eilt Ihnen voraus, Mr. Fury", sagte Don. „Nun, ich bin sicher, du möchtest dich gern umsehen. Frankie, bitte sieh nach, ob das Labor alles hat, was du brauchst. Falls etwas fehlt, lass es mich einfach wissen. Mr. Fury, Sie können Trent hier alle Fragen zur Sicherheit stellen."

Wir gingen auf die Tür zu.

Dann zückte Trent eine Schlüsselkarte. „Wir haben ein erstklassiges Sicherheitssystem, verstärkte Türen und keine Fenster."

„Biometrische Schlösser?", fragte Reath.

Trent legte den Kopf schief. „Nur an den Außentüren." Er ließ seine Karte durch ein Lesegerät gleiten und drückte dann seine Handfläche auf einen Scanner.

„Diese Einrichtung wurde für die CDC gebaut, und sie wollten nicht, dass Unbefugte Zugang zu gefährlichen biologischen Stoffen haben."

Wir betraten das Gebäude und gingen einen sehr grauen Flur entlang. Der Raum war ein Labyrinth und wurde ausschließlich von Leuchtstoffröhren beleuchtet.

Ich versuchte, nicht das Gesicht zu verziehen. Es war nicht meine erste Wahl, in einer Betonkiste eingesperrt zu sein, aber hey, es würde nicht für immer sein.

Trent zog seine Karte durch ein weiteres Lesegerät und eine Tür öffnete sich. „Nach Ihnen."

Ich trat ein, und mir blieb der Mund offenstehen. Das Labor war riesig, und auf den Werkbänken lagen unzählige Geräte.

„Das ist perfekt." Ich katalogisierte im Geiste alles, was ich sehen konnte.

„Ich werde Mr. Fury unsere anderen Sicherheitspro-tokolle zeigen", meinte Trent. „Wir haben ein gut ausge-stattetes Sicherheitsbüro am Ende des Flurs."

Ich nahm vage wahr, wie sie das Labor verließen, aber ich war zu sehr damit beschäftigt, mir alles anzusehen.

„Passt alles?", fragte Don mit einem Lächeln.

„Mehr als das. Diese Ausrüstung ist die beste, die es gibt. Wann kann ich anfangen?"

„Jetzt, wenn du willst."

Draußen auf dem Flur sah ich Reath, der in meine Richtung zurückging. Sein Handy klingelte, und er drückte es an sein Ohr. Ich konnte nicht hören, was er sagte, aber ich konnte erkennen, dass es ein knappes

Gespräch war. Als er das Labor betrat, war sein Kiefer angespannt.

„Was ist los?", fragte ich.

Er hielt das Handy hoch, damit ich das Display sehen konnte.

Dort war ein Video zu sehen. Ich tippte es an und sah, wie ein Bürgersteig aufflackerte. Dann erschien ein Mann und schaute in die Kamera. Er lächelte.

Ich holte tief Luft.

Auclair.

„Ich muss gehen", sagte Reath.

„Na gut. Ich würde gern hierbleiben und anfangen."

Seine Brust hob sich, als er tief einatmete. „Die Sicherheit ist gut. Ich habe Noah eine Nachricht geschickt, und er hat Croft und Weare kurz überprüft. Sie sind beide schon lange bei der DARPA. Bleib drinnen und verlasse das Gebäude nicht, bis ich zurück-komme, um dich abzuholen. Ich schicke einen Mann rüber. Sein Name ist Ben Axelson. Wir nennen ihn Axe. Weare hat es genehmigt."

Ich nickte, dann senkte er seinen Kopf und küsste mich.

„Sei vorsichtig", flüsterte ich.

Dem gefährlichen Funkeln in seinen Augen nach zu urteilen, glaubte ich nicht, dass er auf meinen Rat hören würde.

„Halte du dich von Schwierigkeiten fern."

„Hey, ich feiere nur eine Party mit ein paar Bakte-rien. Was kann da schon schiefgehen?"

ENDLICH WIEDER IM Laborkittel gekleidet beugte ich mich über einen Tisch und kritzelte ein paar Notizen auf ein Stück Papier. Dann warf ich einen Blick auf die Becher und Petrischalen vor mir und lächelte.

Es fühlte sich *so* gut an, wieder zu arbeiten. Ich war zur Wissenschaftlerin geboren worden, und das Labor war mein geistiges Zuhause.

Träumerisch blickte ich auf. Schon lange hatte mich niemand mehr belästigt. Don war verschwunden, und ich hatte Trent Weare und ein paar andere Sicherheitsleute draußen auf dem Flur gesehen.

Meine Gedanken kreisten um Reath. Ging es ihm gut?

Gott, einfach nur zu warten, während ich wusste, dass er da draußen war und Auclair jagte, war einfach nur furchtbar.

Ich dachte daran, wie wir uns letzte Nacht in seinem Bett vergnügt hatten. Es hatte sich nicht nur wie Ficken angefühlt. Es hatte sich angefühlt, als würden wir Liebe machen.

Mit einem Finger rieb ich meine Stirn. Konnte ich Reath helfen, zu erkennen, dass wir etwas Besonderes hatten? Dass Liebe eine Stärke sein konnte, nicht nur eine Schwäche?

Das Klopfen der Fingerknöchel an der Tür ließ mich zusammenzucken. Ich ließ meinen Stift fallen, und er rollte über den Boden.

„Tut mir leid, dass ich Sie erschreckt habe, Ma'am." Ein älterer Mann in einer kakifarbenen Cargohose und einem schwarzen Hemd trat ein. Wenn ich jemanden für die Rolle eines kampferprobten Soldaten auswählen müsste, wäre es dieser Mann. Er hatte ein zerklüftetes Gesicht, breite Schultern und intensive blaue Augen. Sein mit Grau gespicktes dunkles Haar war sehr kurz geschnitten. „Ich bin von PSS. Ben Axelson. Reath hat mich geschickt."

Ich lächelte und presste eine Hand auf mein rasendes Herz. „Ja, natürlich. Er sagte mir, ich solle dich erwarten. Danke fürs Kommen, Ben."

„Nennen Sie mich Axe." Er nickte und suchte das Labor ab. „Diese Einrichtung scheint sicher, aber wir können nicht vorsichtig genug sein."

„Nun, Linc hat neulich meinen Leibwächter gespielt, und jetzt hat er als Dank für seine Mühe Schreib-tischdienst."

Axes Lippen zuckten. „Tja, er hasst Schreibtisch-dienst und stöhnt die ganze Zeit rum."

„Geht es ihm gut?"

„Er erholt sich gut, Ma'am."

„Frankie, bitte."

„Ich habe gehört, du hast ihm das Leben gerettet, Frankie. Danke dafür. Obwohl ich mir das Gejammer des Mannes anhören muss."

Ich errötete. „O danke."

„Ich bin draußen im Flur und werde versuchen, dich nicht bei der Arbeit zu stören. Sag mir Bescheid, wenn du etwas brauchst." Langsam drehte er sich um.

„Axe?"

Er blickte zurück und zog eine Braue hoch.

„Gibt es etwas Neues von Reath?"

Der Mann schüttelte den Kopf. „Noch nicht. Aber glaub mir, Reath Fury findet die miesen Typen immer."

Ich war mir nicht sicher, ob mich das beruhigte oder nicht. „Danke."

Nachdem Axe gegangen war, versuchte ich, mich auf meine Arbeit zu konzentrieren. Ich wusste, dass Reath perfekt ausgebildet und gut in seinem Job war. Es würde mehr brauchen als Auclair, um ihn zu verletzen.

Ich machte mich an die Arbeit und war bald in meine Experimente vertieft. Als ich merkte, dass mein Magen knurrte, schaute ich auf meine Uhr. Wow, es waren schon fast zwei Stunden vergangen.

Nervös knabberte ich an meiner Lippe. Immer noch kein Wort von Reath.

„Er kommt schon wieder, Frankie", murmelte ich.

Ich hatte Trent und Axe seit einer Ewigkeit nicht mehr gesehen und beschloss, mir etwas zu essen zu suchen oder zumindest einen Kaffee. Irgendwo musste es doch eine Küche geben.

Als ich aus meinem Labor trat, hallten meine Schritte in dem langen Flur wider. Es war unheimlich, der Ort war völlig leer.

Ich summte vor mich hin und bog um eine Ecke. Ich lief direkt gegen einen harten Körper.

„Ms. Parker."

„O Trent. Tut mir leid." Ich wich zurück. Sein Gesicht war völlig ausdruckslos. „Ich war hungrig und habe die Küche gesucht. Und ich habe Don schon seit Stunden nicht mehr gesehen."

„Er ist zu einem Meeting in die Stadt gefahren." Trent räusperte sich. „Ich werde sehen, was ich für Sie zum Essen auftreiben kann."

„Nicht nötig. Ich will Sie nicht belästigen." Ich wich

um ihn herum aus. „Ich werde schon etwas finden, wenn Sie mir die richtige Richtung zeigen."

„Nein."

Sein schroffer Ton schallte von den Wänden zurück. Ich blinzelte. Als sich mein Blick auf sein Gesicht konzentrierte, bemerkte ich, dass er schwitzte. Eine Schweißperle rann an seiner Schläfe hinunter.

Mein Herz pochte. Ich warf einen Blick in den Flur hinter ihm und sah ein Paar Stiefel an einer kakifarbenen Hose auf dem Boden. Der Rest des Körpers wurde von einer Wand verdeckt.

Ich holte tief Luft. „Axe?" Ich erkannte seine Kleidung.

Schnell und ruckartig trat ich vor.

Trent packte mich am Arm und hielt mich auf der Stelle fest.

„Er braucht Hilfe ..."

In dem Moment sah ich die Blutspritzer an der Wand. Mein Puls schlug wie verrückt.

„Du kannst ihm nicht mehr helfen", sagte Trent streng.

Was soll das? Mein Herz pochte immer wilder. *Was zum Teufel ist hier los?*

Trent wirbelte mich herum, seine Finger stachen so fest in meine Arme, dass es wehtat.

„Lassen Sie mich los."

Er schüttelte den Kopf. „Wir machen eine kleine Spritztour." Dann begann er, mich den Gang entlang-zuziehen.

Nein. Meine Instinkte meldeten sich. Ich zuckte nach hinten, und er drehte sich um. Als ich versuchte, seinen Ärmel zu fassen, um einen Judo-Griff zu machen, wich er aus.

„Nein, das wirst du nicht tun", knurrte er. Er stürzte sich auf mich und schlang seine Arme um mich, bevor er mich gegen seinen Körper riss. Ich wehrte mich gegen ihn, aber er war zu stark.

„Sie arbeiten für die DARPA!", schrie ich. „Warum tun Sie das?"

„Ich schulde der falschen Person einen Gefallen, und sie hat ihn eingefordert."

„Auclair", flüsterte ich.

Ein Muskel in Trents Kiefer zuckte, und er nickte. Dann trug er mich in einen Nebenraum. Ich sah schwere, große, schwarze Kisten, die für den Transport von Laborgeräten verwendet wurden.

Während er mich mit einer Hand festhielt, öffnete er mit der anderen eine davon.

Wut durchfuhr mich, und ich trat nach ihm.

Er grunzte, hob mich aber von meinen Füßen. Scheiße, der Kerl war echt stark.

Mit Wucht schubste er mich in die Kiste.

„Es tut mir leid", erklärte er.

„Das sollte es Ihnen auch. Reath wird Sie holen kommen."

Ich sah ein Zögern in seinem Gesicht, und er blickte auf den Boden. Dann holte er tief Luft und knallte den Deckel zu.

Jetzt war ich in der Dunkelheit gefangen.

Nun, das war wirklich ätzend.

37

REATH

Die Wut brodelte heiß in meinem Inneren, und meine Frustration schmeckte wie Asche.

Meine Hände krümmten sich am Lenkrad, als ich zum DARPA-Labor fuhr. Die Bäume rauschten am Straßenrand vorbei.

Auclair war wie ein verdammter Geist. Ich war mir sicher, dass er sich nur der Kamera gezeigt hatte, um wieder mit mir zu spielen. Damit ich durch ganz New Orleans rannte, um ihn zu suchen.

Ich stieß einen Atemzug aus. Alles, was ich in diesem Moment wollte, war Frankie zu sehen, sie zu umarmen und ihren Duft einzuatmen.

Falls sie mich überhaupt bemerken würde. Ich lächelte. Es war leicht, sich vorzustellen, wie sie bis zum Hals in ihrer Laborarbeit steckte und die Welt nicht wahrnahm.

Ich berührte das Armaturenbrett. „Schick eine Nachricht an Ben Axelson. Ich bin auf dem Weg."

Ich wartete auf eine Antwort, aber es kam keine.

Meine Augenbrauen huschten nach oben. Er musste damit beschäftigt sein, sich bei Trent Weare und seinem Team zu melden.

Ein paar Minuten später erreichte ich das Tor zur Einrichtung und zeigte den Wachen meinen Ausweis.

„Ms. Parker ist im Labor", sagte ein Wachmann, während sie mir eine Schlüsselkarte aushändigte. „Dr. Croft ist vorhin gegangen, und Mr. Weare musste auch aufbrechen."

Ich kämpfte gegen einen finsteren Blick an. Es gefiel mir nicht, dass der verdammte Sicherheitschef Frankie allein gelassen hatte.

„Sein Team sichert immer noch die Umgebung", ermutigte die Wache mich. „Und Ihr PSS-Angestellter ist noch drinnen."

Ich nickte und fuhr zu dem Gebäude.

Die Stille ohrenbetäubend, als ich eintrat.

Meine Augenbrauen zuckten erneut. Ich war überrascht, dass Frankie keine Musik laufen hatte. Meine Schritte hallten in der Stille wider, als ich den Flur hinunterging. Als ich ihr Labor erreichte, warf ich einen Blick hinein.

Da war keine lächelnde, sexy Wissenschaftlerin. Ich sah nur mehrere Petrischalen auf einer der Werkbänke stehen.

„Frankie?"

Es kam keine Antwort.

Ich holte tief Luft und kämpfte gegen einen Anflug von Panik an. Ich wusste, dass etwas nicht stimmte. Meine Instinkte schrien es mir zu.

Meine Waffe ziehend, durchsuchte ich das Labor.

Frankie war nicht da, aber es gab auch nirgendwo Glasscherben, Unordnung oder Blut.

Ich fischte mein Handy heraus und rief Axe an.

Sofort hörte ich ein Handy auf dem Flur klingeln, verließ das Labor und folgte dem Geräusch den Gang entlang.

Dann sah ich die Leiche.

Das Blut in meinen Adern gefror. Ich bog um die Ecke und erkannte Axe.

Er war tot.

Jemand hatte ihm eiskalt in den Kopf geschossen. Die Wände waren blutverschmiert.

Trotzdem ging ich in die Hocke und tastete nach seinem Puls, obwohl ich es bereits wusste. Mein Kiefer arbeitete hart. „Ruhe in Frieden, Bruder." Ich beugte mich zu seinem Ohr hinunter. „Ich werde denjenigen zur Strecke bringen, der das getan hat. Das verspreche ich dir."

Dann erhob ich mich und fokussierte mich auf meine Aufgabe. Die Tür zum Sicherheitsbüro, das Trent mir vorhin gezeigt hatte, war offen, und der Computer war eingeschaltet. Innerhalb von sechzig Sekunden schaffte ich es, mich ins Sicherheitssystem zu hacken und auf die Überwachungsaufnahmen zuzugreifen.

Ich sah teilnahmslos zu, wie Trent Weare meinen Mann erschoss. Mein Mund verzog sich zu einer flachen Linie, als er sich Frankie schnappte.

Dann, einige Augenblicke später, bemerkte ich, wie er eine große schwarze Kiste zu seinem SUV rollte.

Äußerlich wirkte ich vielleicht ruhig, aber innerlich brannte in mir eine verdammte Supernova.

„*Scheiße.*" Ich trat gegen den Tisch. Eigentlich wollte ich sofort ausrasten, alles zerstören, und irgendjemanden bestrafen.

Doch ich holte tief Luft. Meine Beherrschung zu verlieren, würde Frankie nicht helfen. Im Moment musste ich für meine Frau klar und konzentriert bleiben.

Ich holte mein Handy heraus und stach praktisch auf das Display ein.

„Fury." Dante antwortete schnell.

„Dante, ich bins." Ich hielt inne. „Auclair hat Frankie."

„Was? Verdammt!"

„Ich brauche dich und die anderen."

„Wo?"

Ich ratterte die Adresse des Labors herunter.

„Wir sind gleich da."

Meine Brüder würden kommen, was mich ein wenig beruhigte. Als Nächstes rief ich PSS an.

„Phoenix Security Services", sagte eine Frauenstimme.

„Keiko, hier ist Reath. Stell mich zu Noah durch."

Ein Klicken ertönte, und eine Sekunde später nahm Noah ab. „Reath?"

„Noah, du musst für mich den Leiter der DARPA-Sicherheitsabteilung unter die Lupe nehmen, Trent Weare."

„Okay", antwortete mein Mann ruhig. „Du weißt, dass wir eine schnelle Suche durchgeführt haben, bei der wir nichts gefunden haben."

„Ich weiß, aber er hat gerade Axe getötet und Frankie entführt."

„Verdammte Scheiße", spuckte Noah. „Axe ist tot?"

„Ja. Ruf Broussard an und sag ihm Bescheid. Ich werde Frankie suchen."

„Klar, Boss. Schnapp dir den verdammten Hurensohn."

Oh, das würde ich.

Und falls jemand Frankie auch nur ein Haar gekrümmt hatte, würde ich ihn büßen lassen.

38

FRANKIE

Jemand fesselte mich an einen Stuhl.

Ich zuckte zusammen und wehrte mich, aber da ich einen Sack über dem Kopf hatte, konnte ich nicht viel ausrichten.

Die Angst floss eiskalt durch meine Adern, aber ich versuchte, meiner Wut mehr Brennflüssigkeit zu liefern, um gegen die Furcht anzukämpfen.

Trent Weare hatte mich in dieser verdammten Kiste weggekarrt. Wir waren eine Ewigkeit gefahren, und ich hatte Angst gehabt, dass ich ersticken würde, wenn er mich noch länger da drin gelassen hätte.

Dann hat er mich rausgeholt und mir einen Beutel über den Kopf gestülpt. Anschließend trug er mich wie einen Sack Kartoffeln nach ... wo zum Teufel auch immer wir jetzt waren.

Die Seile zogen sich an meinen Handgelenken fester, und ich zuckte wieder zusammen.

Reath würde den Verstand verlieren. Ich biss die Zähne in meine Lippe. *O Gott.*

„Sie ist temperamentvoll", sagte eine Stimme.

Ich hörte den französischen Akzent und erstarrte.

„Mmm, sehen wir uns mal die Frau an, die das Herz von Reath Fury erobert hat."

Der Sack wurde von meinem Kopf gerissen.

Ich blinzelte und stellte fest, dass ich mich in einem schummrigen Raum befand. Im hinteren Teil des großen Zimmers brannten ein paar Lichter.

Das Erste, was ich sah, war ein riesiger, greller Clownskopf mit einer roten Nase und einem Narrenhut.

Mein Puls beschleunigte sich, dann wurde mir klar, dass es ein Karnevalswagen war.

Ich blinzelte erneut und sah mich um. Offenbar befand ich mich in einer Lagerhalle mit kaltem Betonboden. Um mich herum stapelten sich Karnevalsdekorationen und Festwagen. Es musste der Ort sein, an dem die Sachen für die Mardi-Gras-Feierlichkeiten gelagert wurden.

Ich schluckte, und ein Mann trat direkt vor mich. Mein Magen kribbelte.

Auclair.

„Hübsch." Er legte den Kopf schief. „Aber nichts Besonderes."

„Oh, und wer hat dich zu dem Gott gemacht, der entscheidet, was oder wer schön ist?" Ich schüttelte den Kopf. „Du irrst dich übrigens. Reath ist nur ein Freund der Familie."

Auclair lächelte und hockte sich vor mich. Ich kämpfte gegen das Bedürfnis an, zurückzurutschen, nicht, dass ich mich einen Zentimeter hätte bewegen können.

„Jetzt lügst du", murmelte er. „Vielleicht siehst du nicht, wie er dich ansieht, oder du hast zu viel Angst, es zu glauben."

„Inwiefern ist Reath relevant? Ich weiß, dass du das ADAPT-Projekt willst, aber du bekommst es *nicht*."

Auclair erhob sich. In der Dunkelheit sah ich die schattenhaften Gestalten mehrerer seiner Schläger – und Weare.

„Die Dinge ändern sich", meinte Auclair. „Ich will, dass Reath Fury leidet, mehr, als dass ich dein Projekt verkaufen will."

Mein Herz klopfte gegen meine Rippen. Das hörte sich nicht gut an.

„Wir sind fertig", erklärte Weare. „Meine Schuld ist getilgt."

Auclair drehte sich um. „Ja, *mon Ami*. Das hast du gut gemacht."

Weare warf mir einen unglücklichen Blick zu und nickte. „Kontaktiere mich nie mehr."

„Sehr wohl." Dann hob Auclair den Arm. Der Schuss hallte durchs Lagerhaus, und ich keuchte auf.

Weares Körper fiel auf den Boden. Er stand nicht wieder auf.

Auclair drehte sich wieder zu mir um. Der Mann sah ruhig aus, nicht wie jemand, der gerade einen anderen Kerl kaltblütig ermordet hatte.

Ich versuchte, nicht zu hyperventilieren.

„Also, wo waren wir?" Er nickte. „Ja, bei der Diskussion über deinen Mann, Reath." Auclairs Stimme wurde leiser. „Er hat meine Frau ermordet. Hat er dir das erzählt?"

Ich schluckte. „Ich weiß, dass deine Frau versucht hat, unschuldige Menschen zu töten, und Reath hat sie daran gehindert."

In seinem Gesicht blitzte etwas auf. „Niemand ist wirklich unschuldig. Er hat ihr eine Kugel ins Gehirn gejagt." Auclair streckte die Hand aus und berührte mein Haar.

Ich zuckte mit dem Kopf zur Seite, aber er griff nach einer Strähne und zog daran. Meine Kopfhaut brannte.

„Ich würde mich gern revanchieren und dich auf die gleiche Weise töten."

Der Lauf der Pistole fuhr an meinem Wangenknochen entlang, und Angst schnürte mir die Kehle zu. Ich unterdrückte ein Wimmern, weil ich ihm die Genugtuung nicht gönnen wollte.

„Aber ich will, dass er noch länger leidet." Auclair richtete sich auf und drehte sich um. „Macht ein paar Fotos." Dann bellte er noch ein paar weitere Befehle auf Französisch.

Zwei Schläger traten vor, einer hielt ein Handy in der Hand.

Auclair stellte sich hinter mich. „Versuch, verängstigt auszusehen."

Ich gab einen wütenden Laut von mir. Verdammt, nein. Auf keinen Fall würde ich ihm diesen Wunsch erfüllen.

Er packte mein Kinn und riss es hoch.

Ich starrte zum Handy, während der Mann ein paar Fotos schoss.

„Das reicht." Auclair bewegte sich zu den anderen

und schritt gefühllos über Weares Körper hinweg. Die vier unterhielten sich leise.

Aber ich war nicht völlig wehrlos. Ich zerrte weiter an dem Seil. Bald spürte ich, wie eins meine Haut aufschürfte und mein Handgelenk mit Blut verschmierte.

Ich musste mich konzentrieren und Zeit schinden, während ich nach einer Möglichkeit Ausschau hielt, zu entkommen.

„Bringt sie weg", befahl Auclair. „Wir werden Fury in New Orleans in Panik herumlaufen lassen, weil er weiß, dass sie sterben wird."

O verdammt. Ich atmete durch meine Angst hindurch. Auf jeden Fall musste ich einen Weg finden, einen Hinweis für Reath zu hinterlassen und ihm zu helfen.

Aber wie?

„Ich nehme eine Nachricht auf und hinterlasse sie zusammen mit den Bildern." Auclair lachte. „Ich wünschte, ich könnte hier sein, wenn er mit gezogenen Waffen ankommt und nach ihr sucht."

Seine Männer stimmten alle in sein Lachen ein.

Auclair begegnete meinem Blick. „Ich wünschte, ich könnte hier sein, wenn er nichts findet. Aber in der Zwischenzeit wirst du einen sehr langsamen Tod sterben."

„Wo bringt ihr mich hin?" Einer der Männer begann, meine Fesseln zu lösen.

„In die Stadt der Toten", antwortete Auclair. „Damit du dich ihnen anschließen kannst."

Mein Herz krampfte sich zusammen. O Gott, ich hoffte, Reath würde mich rechtzeitig finden.

39

REATH

Im PSS-Kontrollraum beobachtete ich, wie Noah die Aufzeichnungen der Verkehrskameras durchsuchte.

„Weare kann nicht einfach verschwunden sein", sagte ich knapp.

„Ich suche nach seinem Fahrzeug, aber er könnte überall sein." Noah sah auf, sein Gesicht war ernst. „Vielleicht ist er nicht einmal mehr in New Orleans."

„Auclair ist in New Orleans." Ich wusste, dass er es war. Er würde nicht weglaufen.

Meine Brüder waren alle da. Beauden, der grimmig dreinblickte, während Dante am Schreibtisch lehnte. Colt stand mit verschränkten Armen an der Wand, und Kavner studierte die Daten auf den Bildschirmen.

Meine Brüder. Diese Männer hatten mich gerettet. Mein letzter Pflegevater hätte mich umgebracht, wenn sie nicht gewesen wären.

Aber sie hatten mich nicht nur physisch gerettet. Sie waren meine Familie geworden – aus freiem Willen.

Diese Männer hatten mich in mehr als einer Hinsicht gerettet.

Jetzt, wo ich sie brauchte, hatten sie alles stehen und liegen lassen.

„Ich habe zusätzliche Informationen über Trent Weare." Linc drehte sich in seinem Stuhl und sah mich an. Seine Finger flogen über die Tastatur. Ich wusste, dass er Frankie mochte und sie zurückhaben wollte.

Aber nicht so sehr wie ich.

Meine Finger ballten sich. Hatte Auclair ihr wehgetan? Meinetwegen?

Frankie musste große Angst haben. Ich hatte versprochen, sie zu beschützen, aber ich hatte versagt.

Auclair hatte einen Maulwurf in der DARPA, und ich hatte nicht daran gedacht. Ich hatte keinen blassen Schimmer, warum ein Mann mit Weares Erfahrung Frankie zu Auclair bringen würde.

„Was hast du herausgefunden?", fragte ich.

„Weares Ex-Frau", antwortete Linc. „Sie haben sich vor zwei Jahren scheiden lassen. Sie ist Französin."

Ich richtete mich auf. „Gibt es eine Verbindung zu Auclair?"

„Auf den ersten Blick nicht. Aber sie hat einen Bruder, der in Frankreich lebt. Er hat sich mit den falschen Leuten eingelassen. Waffen, Drogen. Weare hat geholfen, ihn aus dem Verkehr zu ziehen und dann in die Reha zu bringen."

Ich runzelte die Stirn. „Steht der Bruder in Verbindung mit Auclair?"

Linc schüttelte den Kopf. „Nein, aber eine Zeit lang hatte er mit einer Maurelle Deschamps zu tun."

„Auclairs Frau", hauchte ich. „Auclair muss Weare geholfen haben, und im Gegenzug schuldete er Auclair wohl einen Gefallen, weil er den Bruder herausgeholt hatte."

„Und jetzt hat er ihn eingefordert", sagte Dante düster.

„Finde sie, Noah. Auclair hat vor, sie zu töten." Ich senkte den Kopf und kämpfte gegen den Schmerz an.

Eine Hand drückte meine Schulter. Es war Kavners. „Das ist nicht deine Schuld."

„Doch, ist es. Auclair will sich an mir rächen, und Frankie ist seine perfekte Gelegenheit dazu."

„Wir werden sie finden", erklärte Beau.

Mein Handy piepte, und ich holte es heraus. Ich erstarrte bei dem Anblick einer Nachricht von einer unterdrückten Nummer.

Übers Display wischend, öffnete ich sie.

Mein Magen krampfte sich zusammen. Es war ein Bild von Frankie, die an einen Stuhl gefesselt war. Auclair stand hinter ihr und hielt ihr Kinn fest.

Ich fluchte.

Meine Brüder drängten sich um mich herum und sahen es sich ebenfalls an.

„Nun, das bestätigt, dass Auclair sie hat", sagte Colt leise.

„Sie sieht nicht ängstlich aus, Reath", stellte Kav fest.

Nein. In ihren Augen lagen ein grimmiges Funkeln und diese vertraute Frechheit.

Aber ich wusste, dass sie innerlich völlig aufgewühlt sein musste.

Ich holte tief Luft. „Noah, ich schicke dir dieses Foto. Ich brauche einen Standort."

Noah tippte etwas, und eine Sekunde später füllte das Bild von Frankie und Auclair den Bildschirm an der Wand.

Beau runzelte die Stirn. „Im Hintergrund ... Was ist das?"

„Das ist ein Karnevalswagen", antwortete Dante.

„Es gibt Metadaten auf dem Bild", meinte Noah. „Sie befindet sich in einem Lagerhaus nicht weit von hier. Unten am Mississippi. Dort wird die Mardi-Gras-Ausrüstung gelagert."

Auf dem Bildschirm erschien eine Karte mit einem roten Punkt am Wasser. Mein Kiefer war so fest zusammengebissen, dass er schmerzte.

„Das ist eine Falle", murmelte Colt.

Ich nickte. „Er will, dass wir dorthin fahren."

Beau trat vor. „Wir müssen uns vorbereiten ..."

Doch ich unterbrach ihn. „Wir haben keine Zeit. Auclair wird sie umbringen." Ich ging zu einem Schrank am anderen Ende des Raums und drückte mit der Hand auf das Schloss. Es piepte, dann öffnete sich der Waffenschrank.

Darin waren die Waffen fein säuberlich aufgereiht und von hinten beleuchtet.

„Wer auch immer mit mir kommt, bewaffnet sich jetzt." Ich zog ein Gewehr heraus.

„Reath."

Bei Dantes Stimme blickte ich auf. Meine Brüder standen alle in einer Reihe.

„Wir kommen alle mit", erklärte Dante. „Wir helfen dir, Frankie nach Hause zu bringen."

Meine Kehle fühlte sich eng an. „Dann lasst uns aufbrechen."

***

ICH STÜRMTE durch die Seitentür des Lagerhauses, das Gewehr im Anschlag. Beau war direkt neben mir.

Wir bewegten uns schnell und arbeiteten im Gleichtakt, gingen eine Reihe von halb zusammengebauten Wagen entlang und suchten nach Frankie.

„Da drüben sind Lichter", murmelte Beau. „In der hinteren Ecke."

Nickend änderte ich die Richtung. Ich wusste, dass Dante, Kavner und Colt vom anderen Ende der Lagerhalle auf uns zu kamen.

Es war kein Geräusch zu hören. Nichts.

Ich bog um eine Ecke. *Halt durch, Frankie.*

Plötzlich setzte Musik ein. Ich drehte mich um. Beau und ich rissen unsere Waffen hoch.

Auf einem der Wagen blinkten Lichter auf, und Musik ertönte von ihm.

Meine Brüder tauchten auf.

„Macht das aus", knirschte ich.

Zweifellos wieder eines von Auclairs Spielchen. Ich bewegte mich auf die Beleuchtung zu. Dann krampfte sich meine Brust zusammen.

Die Lichter strahlten einen leeren Stuhl an.

Und die Leiche eines Mannes auf dem Boden.

Sie war nicht hier.

Ich ließ meine Waffe sinken und hatte Mühe, die in mir kämpfenden Emotionen zu kontrollieren.

„Verdammt", murmelte Dante hinter mir.

Ich schritt vorwärts und starrte leidenschaftslos auf den toten Körper von Trent Weare.

Der Mistkerl hatte Axe getötet und Frankie entführt. Ich konnte nicht viel Mitleid aufbringen. „Es ist Weare."

„So hat er sich sein Ende wohl nicht vorgestellt", meinte Beau.

„Einem Mann wie Auclair kann man nicht trauen."

Ich betrachtete die Seile, die an den Armlehnen des Stuhls befestigt waren. Sie hingen lose herunter, und an einem sah ich Blut.

Frankie hatte sich so sehr gewehrt, um sich zu befreien, dass sie geblutet hatte.

„Schau", sagte Colt.

Auf dem Stuhl lagen ein Polaroidfoto und ein Diktiergerät.

Ich hob das Foto auf. Es war dasselbe wie das, das Auclair mir auf mein Handy geschickt hatte. Meine Frankie, trotzig und mutig.

Ich hob den Rekorder an und drückte auf Play.

„Du kommst zu spät, Fury", ertönte Auclairs Stimme.

„Selbstgefälliger Scheißkerl", murmelte Beau.

„Ich habe sie an einen Ort gebracht, an dem du sie niemals finden wirst. Sie ist fest eingeschlossen ... und ihr geht die Luft aus." Er lachte.

Ich biss die Zähne zusammen.

„Du hast Maurelle schnell getötet, aber Francescas Tod wird langsam sein. Und sie wird wissen, dass du daran schuld bist." Es gab ein schlurfendes Geräusch. „Flehe um dein Leben, damit er dich hören kann."

„Fick dich!"

Bei Frankies scharfer Stimme beschleunigte sich mein Puls.

„Au, sie hat mich gebissen", sagte ein anderer Mann.

Neben mir lachte Beau.

„Genug", schnauzte Auclair. „Schafft sie hier raus." Es gab eine Pause. „Fury, genieße das Gefühl der Hilflosigkeit, weil du weißt, dass sie stirbt und du nichts tun kannst. Ich weiß, dass du versuchen wirst, sie zu finden, aber es wird dir nicht gelingen."

Die Aufnahme endete.

Ich hatte keine Ahnung, wo er sie hingebracht hatte.

Wir befanden uns in einer Sackgasse.

Ich blickte zu meinen Brüdern auf. „Ich weiß nicht, wo ich als Nächstes suchen soll."

Colt nahm sein Handy in die Hand. „Ich sage Noah Bescheid. Sie müssen ein Fahrzeug haben, um sie zu transportieren. Er kann die Verkehrskameras überprüfen."

Frankie.

Ich spürte, wie sich Druck in meiner Brust aufbaute. Bilder strömten in meinem Kopf wie ein Film – wie Frankie mich anlächelte, wie sie unter der Dusche falsch sang, wie sie sich in ihre Arbeit vertiefte.

Ich könnte sie verlieren.

Nein. Ich kämpfte mit mir und fand meine Kontrolle, meinen Fokus.

Sie brauchte mich. Ich würde sie nicht im Stich lassen.

Schnell warf ich einen Blick auf den Stuhl und berührte ihr Blut. Dann entdeckte ich etwas auf dem schmutzigen Boden.

„Wartet." Ich schob den Stuhl beiseite, schaltete die Taschenlampe meines Handys ein und leuchtete in den Dreck.

„Kratzspuren", sagte Colt. „Jemand hat gescharrt."

„Seht euch das an." Ich ging in die Hocke.

Kav beugte sich vor. „Sind das ... Buchstaben?"

„Ja." Ich grinste. „Geschrieben mit verschmiertem Blut. Kluges Mädchen. Sie hat uns einen Hinweis hinterlassen."

„Es sieht aus wie K-R-Y-O." Colt runzelte die Stirn. „Kryo? Was soll das bedeuten?"

„Vielleicht ein Hinweis auf eine Firma?", schlug Kav vor.

Ich knipste mehrere Fotos von den Buchstaben. „Ich schicke das an PPS. Es hat etwas zu bedeuten."

Und ich musste schnell herausfinden, was genau.

40

FRANKIE

Es war Nacht geworden, und ich war damit beschäftigt, mich auf den Beinen zu halten, während Auclair mich einen unebenen Weg hinunterschleppte.

Ich sah auf und schluckte. Wir waren auf einem Friedhof.

Die Begräbnisstätte Lafayette Nr. 1 lag im Garden District und war voller historischer Gräber und Krypten. Auclair hatte mir auf der Fahrt hierher mit Freude erzählt, dass ich bei den Toten ruhen würde. Sein Plan war es, mich in eine Krypta zu sperren. Wo mir entweder die Luft ausgehen oder ich verhungern würde.

Ich hatte versucht, einen Hinweis für Reath im Lagerhaus zu hinterlassen, aber ich wurde weggezerrt, bevor ich es beenden konnte.

Reath würde mich finden. Mein kluger, hartnäckiger Ex-Spion würde nicht aufgeben.

Ich wollte wirklich nicht sterben.

Nein, ich wollte mein Projekt zu Ende bringen. Ich

wollte mit meiner Mutter und Lindsay sprechen. Und ich wollte Jack wiedersehen.

Aber vor allem wollte ich Reath.

Wenn ich das hier überleben würde, würde ich ihm sagen, was ich fühlte.

Ich hatte mich in Reath Fury verliebt.

Der Gedanke gab mir einen Energieschub.

Ich *würde* überleben.

Auclair hatte seine Männer weggeschickt, also waren nur noch wir beide übrig. Wir befanden uns tief auf dem Friedhof, verloren im Labyrinth der Gräber und Mausoleen, was verdammt gruselig war. Als ich hergekommen war, hatte ich eigentlich eine Friedhofstour machen wollen, aber das konnte ich jetzt von meiner Liste streichen.

Ich streckte meine freie Hand nach oben und tat so, als würde ich meinen Hals berühren. Ich schnippte meine Affennadel auf und ließ sie auf den Boden fallen.

Bitte lass es ihn nicht merken.

„Weißt du, meine französischen Siedlervorfahren waren diejenigen, die die Friedhöfe hier in New Orleans angelegt haben", erzählte mir Auclair im entspannten Plauderton. „Und sie begannen mit der Praxis, die Toten wegen des hohen Grundwasserspiegels oberirdisch zu begraben."

„Faszinierend." Mein Zeh blieb an einem unebenen Pflasterstein hängen, und ich kippte nach vorn.

Auclair zerrte mich hoch. „Pass auf, wo du hintrittst."

Schließlich blieb er vor einem riesigen Marmorgrabmal stehen. Es hatte ein verziertes, gewölbtes Dach und fleckigen Marmor. Auclair zog einen alten Eisenschlüssel hervor und zog mich näher an die Tür. Er hielt seine Taschenlampe hoch, und ich sah einen eingravierten Namen auf der Gruft. Deschamps.

„Warum diese Krypta?", fragte ich.

Er drehte den Schlüssel im Schloss, das leise quietschte. „Weil sie luftdicht ist."

Mein Magen krampfte sich zusammen.

„Und der Mädchenname meiner Frau war Deschamps. Es erscheint mir sehr passend, dass du hier stirbst."

Er öffnete die Tür und zerrte mich hinein.

Die Gruft war nicht riesig, aber größer als andere, an denen wir vorbeigekommen waren. In den Wänden waren Metallgriffe eingelassen, und ich vermutete, dass sich dort Leichen befanden. Ich schluckte.

Er zog mich in den hinteren Teil der Krypta. Eine große Statue eines weinenden Engels saß an der Wand.

In diesem Moment sah ich die Ketten.

Nein. *Verdammt, nein.* Ich würde nicht zulassen, dass er mich hier in Ketten legte.

Er ruckte mit dem Kopf zu den Ketten. „Leg sie an."

„Nein."

Seine Augen wurden schmaler. „Jetzt. Wenn ich es tue, werde ich dafür sorgen, dass es weh tut."

Jetzt oder nie. Das war meine Chance.

Ich griff an.

Sofort schlug ich tief zu und rammte ihm eine Faust in den Bauch. Er ließ die Taschenlampe fallen und stöhnte. Ich trat dicht an ihn heran, packte seine Ärmel und drückte zu. Mit einem Fluch verlor er das Gleichgewicht und stürzte zu Boden.

Die Taschenlampe klackerte auf dem Boden, und das Licht erlosch. Es stürzte uns in völlige Dunkelheit.

„Vielleicht erwürge ich dich stattdessen einfach", sagte Auclair.

Dann stieß sein Körper mit meinem zusammen, und wir prallten gegen eine Statue.

„**D**u fährst nicht", sagte Beauden.
Ich machte mir nicht die Mühe, zu widersprechen. Beau hatte einen Dickschädel und konnte verdammt stur sein.

Mein Kiefer war so verkrampft, dass ich mich bemühte, ihn zusammenzuhalten. Kryo. Was zum Teufel bedeutete das?

Ich hatte Bilder von den Buchstaben an PSS geschickt. Noah und Linc würden alle Möglichkeiten durchgehen – darauf konnte ich mich verlassen.

Nachdem ich mich auf den Beifahrersitz des SUVs hatte gleiten lassen, schaute ich aus dem Fenster. *Wo bist du, Frankie?*

Sie würde ums Überleben kämpfen. Das wusste ich.

Jetzt musste ich sie nur noch rechtzeitig finden.

„Wir fahren zurück zu PSS", erklärte Beau, als er den Motor anließ.

Colt, Dante und Kavner kletterten auf den Rücksitz.

Ich nickte ihm zu. Während wir fuhren, drückte ich

mit einem Finger auf das Armaturenbrett. „Was habt ihr für mich?"

„Boss, wir führen mehrere Suchläufe durch." Lincs Stimme drang durch die Konsole. „Wir haben alle verfügbaren Teammitglieder hinzugezogen. Wir suchen nach allen Firmennamen, in denen *Kryo* vorkommt. Wir durchsuchen Kühlfirmen und Standorte. Wir durchkämmen die Überwachungskameras nach dem Fahrzeug, das Auclair benutzt. Wir haben einen blauen Ford Explorer in der Nähe des Mardi-Gras-Lagers gesehen, also geht Keiko dem nach. Noah studiert die Bilder, die du von Frankies Nachricht geschickt hast."

Ich unterdrückte einen Fluch. All das würde zu lange dauern, und Frankie hatte nicht so viel Zeit.

„Warte!" Noahs Stimme.

Mein Puls beschleunigte sich. „Hast du etwas gefunden?"

„Die Buchstaben waren ein bisschen verschmiert. Ich glaube, sie wurde unterbrochen, als sie sie schrieb. Das O ist leicht nach unten gestrichen. Ich vermute, es sollte eigentlich ein P werden."

Ich holte mein Handy heraus und sah mir das Foto an. Ja, er hatte recht. Das O könnte definitiv ein P sein. „K-R-Y-P. Kryp." Ich holte tief Luft. „Krypta. Sie hat das T und das A nicht mehr schreiben können."

„Krypta?", fragte Beau.

Ich begegnete seinem Blick. „Einer der Friedhöfe."

Kav fluchte. „Er wird sie in eine Gruft sperren."

Das würde Auclairs Sinn für Dramatik entsprechen.

„Welcher Friedhof?" Meine Hand drückte auf mein

Handy. „Es gibt die St. Louis Cemetery Nr. 1, 2 und 3. Dann gibt es noch den Lafayette-Friedhof."

„St. Louis Cemetery Nr. 1 ist der älteste", sagte Dante.

„Lafayette ist näher", stellte Colt fest.

„Es ist der Friedhof Lafayette Nr. 1." Keikos nüchterne Stimme kam aus dem Armaturenbrett. „Ich habe den blauen Explorer dort entdeckt."

Beau riss das Lenkrad herum, und die Reifen quietschten.

Der Friedhof lag im Herzen des Garden Districts und war nicht allzu weit entfernt.

„Noah, Linc", sagte ich. „Auf dem Friedhof gibt es über tausend Gräber. Ihr müsst für mich herausfinden, welche Grüfte Auclair benutzen könnte."

„Bin schon dabei", sagte Noah.

Aber es war möglich, dass Auclair einfach wahllos ein Grab aussuchen würde. Ich könnte immer noch zu spät kommen.

Ich spürte eine Hand auf meiner Schulter und blickte zu Dante zurück.

„Sie ist stark und eine Kämpfernatur", bemerkte Dante. „Sie wird durchhalten."

Ich nickte. Die Fahrt dauerte nur ein paar Minuten, aber es fühlte sich an wie Stunden.

Schließlich trat Beau auf die Bremse, und ich sprang aus dem SUV. Ich blickte auf den Metallbogen und das Tor zum Friedhof.

Das Schloss des Tores war aufgebrochen worden.

Dahinter herrschte Dunkelheit. Ich konnte gerade noch die Schatten von Gräbern und einigen Bäumen ausmachen.

„Im Kofferraum des SUVs befinden sich Taschen-lampen", sagte ich.

„Ich werde sie holen", antwortete Colt. Einen Moment später reichte er uns allen eine.

Während meine Brüder mich flankierten, zog ich meine Glock heraus. Ich berührte meinen Ohrhörer. „Wir sind auf dem Friedhof."

„Wir haben noch keine Ziele", meinte Linc. „Tut mir leid, Boss. Wir arbeiten daran."

Meine Hände krampften sich um den Griff meiner Waffe. Neben mir knipsten meine Brüder ihre Taschen-lampen an.

„Wir teilen uns auf", befahl ich. „Nehmt euch verschiedene Bereiche des Friedhofs vor."

Sie nickten alle.

Meine Brüder zerstreuten sich, und ich joggte eine Reihe von Krypten entlang, lauschte auf Geräusche und suchte nach Bewegungen in der Dunkelheit.

Alles war totenstill und verlassen.

„Wo bist du, Frankie?", flüsterte ich.

Ich bewegte mich weiter und richtete meine Taschenlampe auf die Umgebung. Sie beleuchtete verwahrloste Gräber und die unheimlichen Äste der Bäume, die sich über ihnen erhoben. Ich ging die nächste Reihe von Grüften hinunter. Der Weg war an einigen Stellen uneben, die Steine waren mit Moos bedeckt.

Meine Brust war wie zugeschnürt. Es bestand die Gefahr, dass Auclair sie verletzen würde. Dass ich sie verlieren könnte.

Ich hielt inne, die Hände in die Hüften gestemmt,

und holte tief Luft. Ich konnte es mir nicht leisten, sie zu verlieren.

Im Licht der Taschenlampe sah ich plötzlich etwas auf dem Boden glitzern.

In der Hocke schnappte ich den Gegenstand auf.

Meine Lungen schnürten sich zu. Es war Frankies Glücksnadel. Der zwinkernde Affe schaute mich an.

Meine Finger schlossen sich um ihn. Sie hatte mir einen weiteren Hinweis hinterlassen.

„Das ist mein Mädchen." Ich berührte meinen Ohrhörer. „Leute, ich habe Frankies Anstecker gefunden. Noah, Linc, konzentriert euch auf meinen derzeitigen Standort. Sucht nach möglichen Krypten in diesem Gebiet."

Ich hörte das Tippen von Tastaturen. „Wir legen sofort los", sagte Noah.

„Es gibt nichts mit Auclairs Namen", sagte Linc.

„Überprüf den Namen seiner Frau."

„Okay." Noah fluchte. „Nichts zu Maurelle."

„Warte", sagte ich. „Überprüf ihren Mädchennamen."

„Ja!" Aufregung durchzog Noahs Stimme. „Eine Gruft für eine Familie Deschamps."

Meine Instinkte erwachten zum Leben. Ich hatte keinen rationalen Grund zu glauben, dass dies der Ort war, aber ich wusste es.

„Das ist es. Und wo?"

„Etwa fünfzehn Meter von deinem Standort entfernt", antwortete Noah. „Geh nach Westen."

In Windeseile drehte ich mich um und rannte los.

Die Dunkelheit wurde immer dichter. Die Krypten verschwammen, als ich an Geschwindigkeit zulegte.

Ich musste zu Frankie gelangen.

Ich konnte mir mein Leben ohne sie nicht mehr vorstellen.

„Du kommst näher, Reath", erklärte Noah.

In diesem Moment hörte ich einen gedämpften Schrei.

Ich drehte mich um.

Meine Taschenlampe fiel auf den eingravierten Namen in einer großen Gruft. Deschamps.

Ich stürmte vorwärts und riss die Tür auf.

„Du wirst tot sein, bevor Fury dich findet." Auclairs Stimme hallte aus dem Inneren der Grabkammer wider.

„Fick dich!", schrie Frankie, ihre Stimme war heiser.

Ich raste hinein.

Ich versuchte, Auclair zu packen und ihn aus dem Gleichgewicht zu bringen, aber in der Dunkelheit war das zu schwer.

Er rammte mich wieder, und wir prallten gegen die Wand. Ich spürte einen scharfen Schmerz, als sich etwas in meine Seite bohrte.

Wütend packte ich sein Haar und riss daran. Er fluchte auf Französisch.

Danach holte ich mit dem Knie aus, aber er wehrte es ab, und wir wirbelten herum.

„Es hat keinen Sinn", fluchte er. „Ich bin stärker, und du wirst hier sterben."

Arrogantes Arschloch. Beim Judo hatte ich gelernt, dass eine kleinere, schwächere Person einen größeren, stärkeren Gegner überwinden konnte, wenn sie die richtige Hebelwirkung erzielte.

Diesmal gelang es mir, einen guten Griff an seinem Ärmel zu bekommen. Ich riss daran und brachte ihn endlich aus dem Gleichgewicht.

Wir wirbelten wieder herum, und ich stieß zu. Er fiel zurück auf den Boden, und ich hörte ihn stöhnen.

Die Tür. Ich musste die Tür finden. Ich fuhr mit den Händen an der Wand entlang und eilte zur Vorderseite der Gruft.

Komm schon, komm schon.

Es war nirgendwo Licht zu sehen. Ich wusste, wenn ich nicht rauskam, würde Auclair nicht aufhören, bis er mich getötet hatte.

Eine Hand krallte sich in die Rückseite meines Oberteils. Mit einem Schrei wurde ich zurückgerissen.

Er warf mich auf den Boden, und ich überschlug mich. Mein Kopf knallte gegen etwas Hartes, und ich biss mir auf die Lippe. Ich spürte Blut in meinem Haar, aber ich ignorierte es.

„Du entkommst mir nicht." Auclairs Schritte hallten in der Dunkelheit wider. „Ich werde dir das Leben aus dem Leib würgen."

Nein. Meine Kehle schnürte sich zu. Ich wollte nicht sterben.

Ich wollte Reath sagen, dass ich mich in ihn verliebt hatte.

Und dass er ein Herz hatte, und ich es wollte.

Ich wollte schlechtes Essen für ihn kochen und unter der Dusche singen, während er mich anlächelte, und ich wollte jeden Tag an ihn gekuschelt aufwachen.

Mit diesen Gedanken krabbelte ich vorwärts.

Eine schwere Last schlug mir auf den Rücken, und die Luft entwich mir.

„Da bist du ja." Auclair drehte mich um.

Sein Gewicht senkte sich auf mich, und seine Hände schlossen sich um meine Kehle.

Ich bockte und krallte mich an seinen Händen fest.

Verdammt, es war so ungerecht, dass Männer stärker waren als Frauen.

Er lachte. Ein unheimliches Geräusch, das in der Gruft widerhallte.

Es tat weh. Ich spürte den Druck an meiner Kehle und bekam keine Luft mehr.

Verdammt, nein. Ein gewaltiger Adrenalinstoß, angetrieben von Angst, Wut und Liebe, traf mich.

Ich wollte Reath wiedersehen. *Koste es, was es wolle.*

Sofort versuchte ich, mich zu beruhigen. *Denk nach, Frankie.* Mein Judo-Training kam mir wieder in den Sinn.

Ich musste seinen Griff brechen.

Mit einem meiner Beine stieß ich gegen seins und wickelte mein anderes um es. Ich drückte zu, bis ich meinen Arm um seinen legen konnte, um einen guten Griff zu bekommen.

Dann stieß ich zu.

Auclair fluchte und kippte auf die Seite. Der Griff um meinen Hals lockerte sich, und ich schnappte nach Luft.

„Du wirst tot sein, bevor Fury dich findet", knirschte Auclair.

„Fick dich!"

Ein lautes Krachen hallte durch die Krypta, dann wurde Auclair plötzlich von mir heruntergerissen.

Eine Taschenlampe schlug auf den Boden und rollte weg.

Ich setzte mich auf und fasste mir an den Hals. Der Lichtstrahl beleuchtete zwei Männer, die sich auf dem Boden wälzten.

Ich holte tief Luft.

Reath.

Dann hielt Reath Auclair fest und versetzte ihm einen Schlag in den Bauch. Auclair drehte sich und rammte einen Ellbogen in Reaths Brust. Sie wälzten sich wieder, und ihre Bewegungen waren viel zu schnell, als dass ich hätte sehen können, was vor sich ging.

„Du hättest sie nicht anfassen dürfen", stieß Reath hervor.

Mit einer geschmeidigen Rolle drückte Reath Auclair zu Boden und schlug ihm ins Gesicht. Er ließ weitere Schläge folgen. Harte, unerbittliche Schläge.

„Du wirst sie nicht bekommen, du wirst ihr nicht wehtun", knurrte Reath.

Auclairs Gesicht war blutverschmiert.

Ich kroch näher heran. Reaths Gesicht sah im schummrigen Licht wild aus.

„Reath!", rief ich.

Sein Kopf ruckte hoch.

„Genug", murmelte ich.

Seine Hand krallte sich kurz in Auclairs Hemd, dann ließ er den Mann fallen und bewegte sich auf mich zu.

Endlich lag ich in seinen Armen.

„Gott sei Dank." Er zog mich näher zu sich, seine Arme waren fest.

Ich klammerte mich an ihn und vergrub mein Gesicht in seinem Nacken.

„*Frankie.*" Seine Stimme brach. Er ließ sich auf den

Boden fallen und hielt mich fest. Dann schaukelte er mich, wobei er mit einer Hand mein verfilztes Haar aus dem Gesicht strich.

„Mir geht es gut", erwiderte ich zittrig.

„Ich hatte Angst, dass ich zu spät kommen würde."

„Ich wusste, dass du nach mir suchen würdest, also habe ich durchgehalten." Ich warf einen Blick auf den stöhnenden Mann in der Nähe. „Und ich habe selbst ein paar Treffer gelandet."

„Ich habe deine Brosche gefunden."

Ich lächelte. „Ich habe versucht, dir ein paar Hinweise zu hinterlassen."

Plötzlich sah ich in der Dunkelheit eine Bewegung hinter Reath. Auclair bäumte sich auf und taumelte auf die Beine.

„Reath!"

Reath drehte sich um, streckte einen Arm aus. Ich konnte nicht sehen, woher die Waffe kam.

Bumm. Bumm.

Auclair fiel um.

„Es ist vorbei?", flüsterte ich.

Reath hielt die Waffe auf Auclair gerichtet. „Ist es."

Ich sah zu ihm auf. Das Licht reichte aus, um seine vertrauten Gesichtszüge zu erkennen. Als Auclair sich nicht bewegte, ließ Reath die Waffe sinken. Seine andere Hand berührte das Blut in meinem Haar und wanderte dann zu meinem Hals.

„Er hat dich gewürgt." Wut schwang in seiner Stimme mit.

„Es ist vorbei."

Mit einem Nicken presste er seine Lippen auf meine.

Das Geräusch von laufenden Schritten erklang außerhalb der Gruft. Ich blickte auf, als die Fury-Brüder in der Tür der Krypta erschienen.

„Geht es allen gut?", fragte Dante.

„Uns geht es gut", antwortete Reath.

„Auclair nicht so wirklich", fügte ich hinzu.

„Gut", stöhnte Beauden.

Dann küsste mich Reath wieder, und ich konnte nur noch an ihn denken.

43

REATH

I ch beendete das Gespräch mit der Polizei und behielt Frankie im Auge, während die Sanitäter sie untersuchten.

Wir standen am Eingang des Friedhofs. Mehrere Streifenwagen und ein Krankenwagen beleuchteten den Friedhof mit rotem und blauem Licht. In der Nähe beobachtete ich zwei Männer, die eine Trage mit einem schwarzen Leichensack, in dem Auclairs Leichnam lag, zum Wagen des Gerichtsmediziners schoben.

Es war vorbei.

Frankie war in Sicherheit.

Simon tauchte auf und steckte sein Notizbuch zurück in die Tasche seines Jacketts. „Wir haben den Rest von Auclairs Crew aufgespürt. Ein Streifenwagen hat ihren Explorer entdeckt."

„Gut."

„Und wir haben die Leiche von Trent Weare gefunden."

Ich nickte.

„Das mit deinem Mann Axe tut mir leid."

„Mir auch."

Mein Freund, der Detective, warf einen Blick in Richtung Krankenwagen. „Wie gehts deinem Mädchen?"

„Lebt noch."

Simon nickte. „Schön, dass du das alles jetzt hinter dir lassen kannst."

„Danke, Simon."

Ich ging in Frankies Richtung. Der Sanitäter hatte ihre Kopfwunde gesäubert, und ein Verband prangte am Rand ihres Haaransatzes. Mittlerweile sah sie einfach nur müde aus.

„Hey." Ich setzte mich neben sie auf die Rückbank des Krankenwagens.

Sie drehte sich zu mir um. Nervös zupfte sie an ihrem Shirt herum. „Also, ich habe mir versprochen, dass ich es dir erzählen würde, wenn ich es rausschaffe."

„Mir was sagen?"

Sie zappelte und presste eine Hand auf ihren Bauch.

„Frankie?"

„Gott. Ich habe gerade einen Mörder überlebt, also sollte das einfach sein."

Ich strich ihr über die Wange. „Sag es mir einfach."

„Ich bin dabei, mich in dich zu verlieben." Die Worte sprudelten nur so aus ihr heraus. „Ich weiß, wir haben gesagt, nur Sex und keine Gefühle, aber ich habe gerade einen durchgeknallten internationalen Mörder und Kriminellen überlebt. Ich habe Gefühle. So viele. Für dich." Sie atmete tief ein. „Ich habe mich in dich verliebt, Reath Fury."

Ich erstarrte sie an, unfähig, den Blick von ihrem Gesicht abzuwenden.

Sie schluckte. „Du hast *doch* ein Herz, Reath. Ich werde dir zeigen, dass du eins hast." Dabei rieb sie sich die Brust. „Du brauchst nichts zu sagen, nur ..."

Ich zog sie auf meinen Schoß und entlockte ihr dabei ein leises Quieken. Dann nahm ich den Mund, der mich von Anfang an in seinen Bann gezogen hatte, in Anspruch.

Sie stöhnte auf. Der Kuss war tief, besitzergreifend. Alles, was ich für sie empfand, ließ ich in diesen Kuss einfließen.

Als ich mich zurückzog, keuchte sie. Ich drückte meine Stirn an ihre. Jetzt war es an mir, tief einzuatmen. „Ich habe mich auch in dich verliebt, Frankie."

Ihr Mund öffnete sich. „Wirklich?"

„Ja. Ich habe diese Worte noch nie zu einer Frau gesagt."

„Oh." Ihre Hände krallten sich in mein Hemd.

„Ich bin schon seit einer Weile in dich verliebt. Meine Brüder versuchten immer wieder, es mir begreiflich zu machen, aber ich habe es die ganze Zeit geleugnet. Aber du bist einfach in mein Leben getreten und hast alles auf den Kopf gestellt."

Sie lächelte. „Das wollte ich nicht."

Ich fuhr mit den Fingern an ihrem Kiefer entlang. „Ich weiß. Es lag nur an dir. So klug und voller Leben. Du hast mir gezeigt, dass ich Liebe will, dass ich sie brauche. Und obwohl es mir immer noch Angst macht, macht mich das, was ich für dich empfinde, stärker, nicht schwächer."

„Reath." Ihre Hände glitten über meine Brust, ihre Handfläche strich über mein schlagendes Herz. „Mit dir zusammen zu sein, hat mir klargemacht, dass ich mich in meine Arbeit gestürzt habe und alles andere vernachlässigt habe. Dass ich ein bisschen wie mein Dad und Jack bin, indem ich dem aus dem Weg ging, was wirklich wichtig ist." Sie fummelte an meinem Hemd herum. „Kannst du es noch einmal sagen?"

„Ich bin in dich verliebt, Francesca Parker. Ich habe vor, das immer nur zu dir zu sagen."

Frankie lächelte. „Gut. Ich freue mich sehr darüber."

„Das freut mich auch. Jetzt bist du dran, mich zu küssen."

Das tat sie sehr gern. Sie packte mich an den Schultern und bedeckte meinen Mund mit ihrem.

44

REATH

Als ich in Frankie eindrang, seufzte sie vor Vergnügen.

Wie sehr ich dieses Geräusch liebte.

Ich bewegte mich langsam und beobachtete, wie ihre Augenlider flatterten. Ich hasste es, die blauen Flecken an ihrem Hals und in ihrem Gesicht zu sehen, aber dann öffnete sie ihre Augen und lächelte.

„Schneller, Reath. Ich liebe es, wie du mich ausfüllst.“

Ich tat, wie mir geheißen. Ihre Pussy war heiß und eng.

Frankie war lebendig, und sie gehörte mir.

Sie wölbte sich. „Gott, ja, *Reath.*“

Ich verlagerte die Position, drückte ihre Beine bis zur Brust und drang tiefer ein.

„Ich bin nah dran“, keuchte sie.

„Komm für mich.“

Ihre Finger gruben sich in meine Arme. „Ja. Ich liebe dich.“

Diese Worte hallten in mir wider, und ich spürte, wie sie sich an meinem Schwanz festklammerte. Ich beobachtete ihr Gesicht, als sie kam.

Meine. Meine, um sie zu beschützen. Meine, um sie zu nehmen. Meine, um sie für immer festzuhalten.

Als ich aufgewachsen war, hatte ich nichts besessen, was wirklich mir gehört hätte.

Jetzt wollte ich diese Frau, und ich würde sie behalten.

„*Frankie.*" Mein eigener Höhepunkt kam, und ich stöhnte auf.

Schließlich rollte ich mich zusammen und zog sie an meine Seite. Sie stieß einen zufriedenen Seufzer aus.

„Das ist die beste Art, morgens aufzuwachen", meinte sie. „Vor allem, nachdem man von einem verrückten Mörder entführt wurde."

Ich erstarrte.

„Hey, mir gehts gut." Sie drehte sich um und küsste meinen Kiefer.

Ich legte ihren Kopf zurück. „Ich liebe dich, Frankie." Es fiel mir immer noch etwas schwer, die Worte auszusprechen, aber ich meinte sie ernst. „Lass uns nicht über eine Entführung durch einen kranken Mörder scherzen."

Ihr Lächeln war strahlend. „Okay. Und es ist ein Glück, dass du mich liebst, denn ich liebe dich auch."

Nun, das dürfte sie mir gern immer wieder sagen. Ich zog ihre Hand an meine Brust. „Ich sagte, ich hätte kein Herz zu verschenken. Aber das ist nicht wahr. Ich habe nur auf dich gewartet."

Ihr Gesicht wurde weicher.

„Mein Herz gehört jetzt dir."

„*Reath.*"

Sie rollte sich auf mich, ihr Mund traf auf meine Lippen. Ihre Zunge liebkoste meine, und sie stieß ein kleines Gurren aus.

Ich schob eine Hand in ihr Haar und löste ihren Mund von meinem. „Ich habe vergessen zu erwähnen, dass meine Brüder und ihre besseren Hälften zum Frühstück vorbeikommen."

Ihre Augen weiteten sich. „Was? Müssen sie nicht zur Arbeit?"

„Es ist wichtiger für sie, sich zu vergewissern, dass es uns gut geht."

Sie rollte sich ab und sprang nackt aus dem Bett. „Müssen wir kochen?"

Ich genoss den Anblick und den Anflug von Panik auf dem Gesicht meiner sonst so unerschütterlichen Frau.

„O mein Gott." Sie rannte ins Bad. „Was sollen wir nur tun?"

„Frankie?" Ich erhob mich und beobachtete, wie ihr Blick an meinem nackten Körper hinunterwanderte.

Ich wollte lachen und liebte es, dass sie mich zum Lachen brachte. Dass ich mich dadurch leichter fühlte. Diese Frau gehörte mir. Mir wurde klar, dass wir noch viele solcher Momente haben würden. Ein ganzes Leben lang.

„Frankie?"

Sie blinzelte und sah auf. „Hm?"

„Frühstück. Lola bringt was zu essen mit. Macy geht auch zu ihrer Lieblingsbäckerei, also werden wir genug

Beignets haben, um die halbe Welt zu ernähren. Es wird schon gut gehen."

Sie atmete tief durch. „Okay. Ich will nur, dass sie mich lieben."

„Das tun sie bereits."

Sie legte den Kopf schief. „So sehr wie du?"

Ich streichelte ihre Wangen. „Das wäre unmöglich." Dann knabberte ich mit meinen Lippen an ihren. „Sie wollten dich für mich, lange bevor du und ich unsere Köpfe aus unseren Ärschen gezogen haben."

Sie lächelte, dann zuckte sie zurück. „Wir haben nicht viel Zeit. Ich muss duschen. Und was ist mit den Getränken? Wir brauchen ..."

Ich gab ihr einen Klaps auf den Hintern. „Hör auf, dich zu stressen und spring unter die Dusche."

Wieder erntete ich ein breites, glückliches Lächeln. „Okay. Nach dem, was wir in der letzten Woche durchgemacht haben, mache ich mir überhaupt keinen Stress mehr."

DAS FRÜHSTÜCK WAR ein lautes Chaos.

Alle luden ihre Teller auf, Lola huschte durch den Raum und servierte weiteres Essen.

Daisy hatte Frankies Wehwehchen geküsst und redete nun wie ein Wasserfall. Offenbar wollte sie ein neues rosa Fahrrad, das zu Macys passte.

Colt schaute finster drein. Macy war von ihrem Stalker vom Fahrrad gestoßen worden, und Colt hatte sich immer noch nicht genug von dem Ereignis erholt, um sie oft fahren zu lassen.

„O mein Gott, diese Beignets sind der Wahnsinn." Frankie leckte sich die Finger ab. Sie hatte Puderzucker am Mund, und ich streckte die Hand aus und wischte ihn mit meinem Finger weg.

Unsere Blicke trafen sich, und schon dachte ich nicht mehr an das Frühstück.

„Puh, ihr zwei macht mich ganz heiß." Macy wedelte mit einer Hand und fächelte ihrem Gesicht Luft zu.

Frankie wurde rot. Alle lächelten uns an.

„Frankie zieht bei mir ein", verkündete ich.

Es wurde geklatscht und gejubelt.

Frankie richtete sich auf. „Wirklich? Du hast mich noch gar nicht gefragt."

Mila stöhnte auf. „Anfängerfehler, Reath."

Ich ergriff Frankies Hand. „Hast du dich in mich verliebt?"

Hübsche Farbe füllte ihre Wangen. „Ja."

„Habe ich mich in dich verliebt?"

Alle am Tisch stöhnten auf.

„Ja", flüsterte sie.

„Dann werden wir zusammenleben."

Sie lächelte, und ich knabberte an ihrer Unterlippe.

„Ich will auch einen Kuss, Onkel Reath!", rief Daisy.

„Er hat endlich seinen Kopf aus dem Arsch gezogen", sagte Beauden.

„Das ist Geld für die Fluchdose, Onkel Beau", freute sich Daisy.

„Ja, ja." Er fischte in der Tasche seiner Jeans herum und reichte ihr ein paar Münzen.

„Das freut mich für euch", meinte Dante vom Kopfende des Tisches aus.

Ich nahm Frankie in den Arm. „Jetzt habe ich es verstanden."

Dante lächelte und nickte.

Frankies Handy begann zu klingeln. „Entschuldigung." Sie holte es heraus. „Das ist wahrscheinlich die DARPA. Sie überfluten mich gerade mit Nachrichten." Sie drückte das Handy an ihr Ohr. „Frankie Parker."

Dann wurde ihr Gesicht bleich. Ich ergriff ihre Hand. „Okay, ja", sagte sie zittrig. „Welches Krankenhaus?" Sie schluckte. „Ich bin so schnell wie möglich da."

„Frankie?", fragte ich.

Blaue Augen, groß und besorgt, trafen meine. „Es geht um Jack. Er wurde bei einem Einsatz verletzt. Auf seinen Wunsch hin haben sie ihn in ein Krankenhaus in New Orleans verlegt."

O verdammt.

45

FRANKIE

Als wir das Krankenhaus betraten, versuchte ich, meine Nerven und Sorgen unter Kontrolle zu halten.

Reath hatte während der gesamten Fahrt geschwiegen und war in Gedanken versunken gewesen.

Während wir den Krankenhausflur entlanggingen, stach mir der scharfe Geruch von Antiseptika in die Nase. Ich kämpfte gegen die alten Erinnerungen an den Tod meines Vaters und warf einen Blick auf Reath.

Er sah nicht ein einziges Mal in meine Richtung, aber ich bemerkte, dass sein Kiefer angespannt war.

Ich biss mir auf die Lippe. Ursprünglich hatte er sich wegen Jack nicht mit mir einlassen wollen, und ich wusste, dass dieser engmaschige Kodex, nach dem sie lebten, etwas sehr Wichtiges für sie war. Mir drehte sich der Magen bei dem Gedanken daran. Was, wenn Reath einen Rückzieher machte? Was, wenn der Anblick von Jack, und was auch immer mein Bruder sagte, Reaths Gefühle veränderte?

Oder ihn dazu brachte, sie wieder zu bekämpfen?

Mir war, als müsste ich mich übergeben.

Ich konnte Auclair nicht überlebt haben, nur um Reath trotzdem zu verlieren.

„Hey." Reath nahm meine Hand und drückte sie. „Jack wird es schon schaffen. Er ist ein zäher Kerl. Er ist am richtigen Ort."

Ich nickte, aber ich hatte große Angst um Jack.

Mir war bewusst, dass die Missionen, die er erledigte, gefährlich waren, obwohl er mir nichts davon erzählte. Aber er war älter geworden. Wie lange würde es dauern, bis er sich umbrachte?

Reath drückte noch einmal meine Finger, dann ließ er meine Hand los. Er schritt voran zum Empfang.

„Entschuldigen Sie, wir suchen das Zimmer von Jack Parker."

Ich schlug meine Hände zusammen. Es würde alles gut werden. Ich hatte Auclair überlebt, ich würde auch das hier überleben.

„Gehören Sie zur Familie?", fragte die Krankenschwester.

Nickend trat ich einen Schritt vor. „Ich bin seine Schwester."

Die Frau nickte. „Zimmer 314." Sie wies den Flur hinunter.

Meine Schuhe quietschten auf dem Linoleum, als wir zu Jacks Zimmer gingen. Ärzte und Krankenschwestern gingen an uns vorbei. Eine Schwester schob einen Mann im Rollstuhl, dem ein Bein fehlte und dessen Arm stark bandagiert war.

„Jacks Firma bietet medizinische Spitzenversorgung", meinte Reath.

„Ich weiß." Es war nicht das erste Mal, dass Jack verletzt worden war. Meistens erfuhr ich erst davon, wenn er bereits entlassen worden war.

Wir erreichten die Tür, und ich holte zittrig Luft.

Jack saß aufgestützt in seinem Krankenhausbett. Licht strömte durch das Fenster herein. Eine Seite seines Kopfes war bandagiert, und seine Beine waren von einer Decke bedeckt.

Als wir eintraten, schaute er mit dem einen Auge, das nicht verbunden war, auf. Ich hatte immer gedacht, dass Jack wie ein typischer amerikanischer Held aussah – starker Kiefer, attraktives Gesicht. Und während ich dunkles Haar hatte, war sein Haar sandbraun, wie das unseres Vaters gewesen war.

Er schenkte uns ein vertrautes Grinsen. „Hey."

„Jack." Ich stürzte nach vorn. „Gott, bist du in Ordnung?"

Ich nahm seine Hand.

Das Lächeln meines sonst so umgänglichen Bruders verschwand, und sein Kiefer krampfte sich zusammen. „Was zum Teufel, Reath?"

Verdammt. Konnte er erkennen, dass Reath und ich miteinander schliefen, nur weil er uns ansah?

„Ich habe dir gesagt, du sollst dich um sie kümmern. Sie ist mit blauen Flecken übersät und hat einen Verband am Kopf."

Ich hob eine Hand und berührte meinen Hals. Dann schüttelte ich den Kopf. „Er hat sich um mich gekümmert. Er hat mir das Leben gerettet. Ich bin nicht diejenige, die im Krankenhaus liegt."

Jack runzelte die Stirn. „Was ist passiert?"

„O nein, Jack Parker. Du zuerst. Wie schwer bist du verletzt?"

Jacks Blick huschte zwischen uns beiden hin und her, dann streckte er sich und kratzte sich am Hinterkopf. „Mein Team ist in einen Hinterhalt geraten. Es war ein verdammtes Durcheinander. Wir sind rausgekommen, aber ich habe ein paar Granatsplitter im Gesicht." Er deutete auf die Verbände.

Ich kannte meinen Bruder. „Und?" Mein Blick fiel auf seine Beine. Sie waren von der Decke bedeckt, aber eines wirkte größer als das andere.

„Ich habe mir das Bein gebrochen."

„Und?"

„Oje, Affe." Er schnaufte. „Ich habe eine Kugel in die Seite bekommen. Die Ärzte haben sie entfernt."

„*Jack.*" Ich drückte seine Hand.

„Mir gehts gut, Frankie, ich verspreche es. Ich werde bald wieder gesund sein."

In mir kochten die Emotionen hoch und blieben mir im Hals stecken. Er würde sich erholen, und dann würde er gleich wieder auf eine neue gefährliche Mission gehen.

Ein Schluchzen entwich mir, und ich drehte mich um. Dann war Reath da. Seine Arme schlossen sich um mich, und ich hielt ihn fest. Er küsste mich auf den Scheitel.

Das war alles, was ich brauchte, um mich wieder zu beruhigen und meine Sorgen in den Griff zu bekommen.

„Sieht so aus, als hättest du dich in mehr als einer Hinsicht um meine Schwester gekümmert", murmelte Jack.

Jacks vorsichtiger Tonfall brachte mich dazu, mich umzudrehen. Er und Reath warfen sich einen langen Blick zu.

Nein, ich würde Reath nicht wegen eines dummen Bro-Kodex verlieren.

„Doch, hat er." Ich ergriff Reaths Hand. „Und du wirst das hier nicht wegen eines blöden Ehrenkodexes ruinieren. Reath ..." Ich sah auf. „Er ist alles für mich. Er hat mich beschützt, mich glücklich gemacht, und ich bin in ihn verliebt."

Reaths Arme schlossen sich um mich. Der Kuss, den er mir auf die Lippen drückte, war schnell und sanft. „Und ich bin in sie verliebt."

Ich streckte mich gerade und drehte mich zu Jack um. Sein Gesicht war unleserlich, und ich kämpfte gegen den Drang an, zu zappeln.

Mein Bruder war mir wichtig, und Reath war mir wichtig. Ich wollte mich nicht zwischen ihnen entscheiden.

Dann grinste Jack. „Mein Plan hat funktioniert."

Ich blinzelte. „Was?"

Reaths Hände umschlossen mich fester. „Du Arschloch."

„Der beste Mann, den ich kenne, wollte nicht an die Liebe glauben, und die beste Frau, die ich kenne, war, obwohl sie eine grässliche Singstimme hat, zu sehr damit beschäftigt, sich in ihrer Arbeit zu verlieren."

„Hey", protestierte ich. „Meine Stimme ist gar nicht so schlecht."

„Ich wusste, ihr würdet perfekt zueinanderpassen." Jack verschränkte die Hände hinter dem Kopf und sah selbstgefällig aus. „Ich musste euch beide einfach zusammenbringen."

Ich öffnete meinen Mund, aber es kam kein Ton heraus. Ich war sprachlos.

Dann fing Reath neben mir an zu lachen.

Ich stieß einen Atemzug aus. „Ich sollte sauer auf dich sein, Jack Colson Parker, aber da ich in einen tollen, gut aussehenden Typen verliebt bin und du nicht tot bist, bleibe ich dabei, glücklich zu sein."

Das Lächeln meines Bruders wurde breiter. „Gut. Und du wirst wahrscheinlich noch mehr von mir sehen, Äffchen. Das Schrapnell hat mein Auge beschädigt und meine Sehkraft beeinträchtigt."

Ich schnappte nach Luft. „Du kannst nicht mehr auf Missionen gehen?"

Er schüttelte den Kopf. „Es war sowieso Zeit für eine Veränderung. Vor allem, wenn ihr zwei mir Nichten und Neffen schenkt."

„Du bist wohl etwas voreilig", murmelte ich.

Reath legte einen Arm um mich, mit einem warmen Blick auf seinem Gesicht.

Oh. Er wollte Kinder. Eines Tages wollte ich das auch. Ich lächelte zurück und mein Kopf füllte sich mit Bildern, wie Reaths Babys aussehen könnten. Mein Bauch macht einen Hüpfer.

„Könnt ihr mir jetzt was Anständiges zu essen besorgen?", forderte Jack. „Was sie hier servieren, ist Mist."

46

FRANKIE

Ein paar Wochen später

„Ich hoffe, das wird gut, Reath Fury."

Ich ging weiter, eine Binde über meinen Augen.

Plötzlich spürte ich warme Lippen an meinem Ohr. „Das wird es. Vertraust du mir?"

„Du weißt, dass ich das tue."

Wärme blühte in meiner Brust auf. Die letzten paar Wochen waren so gut gewesen. Ich war offiziell bei Reath eingezogen, und all meine Sachen waren ausgepackt. Jack sollte bald aus dem Krankenhaus entlassen werden, und es ging ihm jeden Tag besser.

Er erwog, einen Job bei PSS anzunehmen. Ich drückte die Daumen, dass er es tun würde.

Außerdem verbrachte ich einen Großteil meiner Zeit mit Reaths Familie und liebte sie alle. Die Damen und ich hatten beschlossen, einmal im Monat einen Cocktailabend für Frauen zu veranstalten. Männer waren nicht eingeladen.

Ich liebte die Frauen, die mit den Fury-Brüdern verbandelt waren. Sie waren klug, lustig und fürsorglich. Die kleine Daisy eingeschlossen.

Und ich liebte auch Reaths Brüder. Sie waren alle auf ihre eigene Weise schroff und überfürsorglich. Ich genoss die gemeinsamen Familienmahlzeiten sehr. Beauden war diese Woche nicht da, und ich vermisste seinen Sinn für Humor. Er war zu einem Boxwettbewerb nach Texas gefahren. Als Trainer für einige der Teilnehmer. Da er vor Kurzem die Renovierung eines Muscle Cars abgeschlossen hatte, hatte er beschlossen, mit dem Auto hinzufahren und es vor Ort zu testen.

Der einzige Nachteil an meinem neuen Leben war meine Arbeit. Alles lag auf Eis, während die DARPA Trent Weare und alle anderen potenziellen Lecks untersuchte. Sie wollten einen wasserdichten Plan für die zukünftige Sicherheit.

Ich konnte es kaum erwarten, mich wieder meinem Projekt zu widmen.

„Okay, wir sind in einem Aufzug", meinte Reath. „Bleib stehen."

Ich spürte, wie wir nach oben fuhren. „Was ist das für eine Überraschung?"

„Das wirst du schon sehen."

Wir waren nicht weit von zu Hause weg und mussten in der Nähe des PSS-Büros sein.

Der Aufzug hielt an, und Reath führte mich hinaus.

„Bist du bereit?"

„Ja." Die Spannung machte mich fertig.

Endlich nahm er mir die Augenbinde ab.

Ich blinzelte und sah nur einen riesigen, lichtdurchfluteten Raum, bevor sich meine Augen daran gewöhnten.

Überrascht schnappte ich nach Luft. Es war ein Labor.

Ich machte ein paar Schritte nach vorn und betrachtete die glänzenden Bänke, die glänzenden Geräte und die glänzenden Gefäße. Ich streckte die Hand aus und berührte einen nagelneuen, weißen Laborkittel, der auf einem Hocker lag. Auf ihm war *Frankie Parker* aufgestickt, und darunter steckte meine Affen-Glücksnadel. Ich wirbelte herum. Wir befanden uns in der obersten Etage eines renovierten Lagerhauses. Durch die großen Fenster sah ich das Lagerhaus von Reath – unser Zuhause – in der Nähe. Ich konnte die Dachterrasse sehen, auf der wir heute Morgen gefrühstückt hatten.

Ungläubig drehte ich mich zu ihm um, meine Brust fühlte sich eng vor Freude an.

„Es gehört dir", erklärte er. „Ich hatte etwas Hilfe von Tulane und DARPA mit der ganzen Ausrüstung. Meine Brüder und ich verfügten noch über ein leer stehendes Lagerhaus."

„Reath ..." Meine Stimme klang atemlos.

Er schritt auf mich zu, seine großen Hände legten sich auf meine Schultern.

„Es ist nicht nur für dich, Frankie. Es ist auch für mich. Ich werde wissen, dass du in meinem Viertel bist, und das Gebäude wird von PSS gesichert. Mein Büro ist gleich nebenan."

Ich schlang meine Arme um seinen Hals.

„Wenn du etwas ändern oder hinzufügen willst, sag mir Bescheid."

„Es ist perfekt." Ich umarmte ihn noch fester, und seine Arme schlossen sich um mich.

Sein Halt war stark, sicher und voller Liebe. Reath zeigte mir jeden Tag, wie sehr er mich anbetete.

Es gab noch einige Kinderkrankheiten. Er war ein Einzelgänger, der es gewohnt war, allein zu leben. Er lernte gerade, wie man mit jemandem zusammenwohnte und wie man sich öffnete. Wir beide lernten, wie man ein Paar sein konnte.

Die Schwierigkeiten wurden durch all die schönen Momente mehr als ausgeglichen.

„Danke", flüsterte ich. „Ich liebe es."

Er rieb seine Nase an meiner. „Und ich liebe dich."

Ich schaute in sein attraktives Gesicht. „Ich weiß. Der Mann, der sagte, er brauche keine Liebe, der kein Herz hat, das er verschenken kann –"

Reath hob mich von den Füßen, und ich lachte. Er setzte mich auf einer leeren Werkbank ab, und mein Puls raste.

„Du gehörst mir, Frankie Parker. Kluges Mundwerk inklusive."

Ich streckte ihm die Zunge raus.

Dann war sein Mund auf meinem. Ich stöhnte auf und zog ihn näher an mich heran.

„Ich denke, ich sollte mich für mein Geschenk bedanken", meinte ich.

„Das solltest du." Reath biss mir auf die Lippe. „Es scheint nur passend, dass wir dein neues Labor einweihen." Er begann, meinen Rock aufzuknöpfen. „Ich habe aber eine Bitte."

„Was?", fragte ich atemlos.

„Ich möchte, dass du den Laborkittel trägst ... und sonst nichts."

Verlangen schoss durch mich hindurch, während ich gleichzeitig lachte. „Das lässt sich einrichten."

„Meine sexy Wissenschaftlerin", murmelte er und zog meinen Mund wieder zu seinem.

Dann machten wir uns daran, mein neues Labor zu taufen.

Ich hoffe, dir hat die Geschichte von Frankie und Reath gefallen!

DIE SERIE rund um das Fury-Brüder geht mit Claim weiter - kommt bald. In diesem Band lernst du Beauden Fury und Bell. **Lies weiter und erhalte einen Vorgeschmack auf das erste Kapitel.**

Verpasse nichts! Für Informationen über Neuerscheinungen, kostenlose Bücher und andere

Geschenke, melde dich für meine VIP-Mailingliste an und erhalte deine kostenlose Bücherbox, bestehend aus drei englischen Liebesromanen, in denen es auch an Action nicht fehlt.

Hier klicken und anmelden: <u>www.annahackett.com</u>

Would you like a FREE BOX SET of my books?

VORGESCHMACK: CLAIM

Bell

Ich schlug den Kragen meiner Jacke hoch, weil der leichte Regen dafür sorgte, dass ich fröstelte.

Während ich die Straße der Kleinstadt, die auf halbem Weg zwischen Houston und New Orleans lag, absuchte, stieß ich einen Seufzer aus und überquerte die Fahrbahn. Es gab nicht viel zu sehen. Ein paar billige

Motels, ein paar Einzelhandelsgeschäfte, die bereits geschlossen hatten, und eine Tankstelle, an der der Fernbus hielt. Im Diner daneben brannte Licht. Es sah einladend aus, und ich brauchte einen Kaffee.

Daher schnallte ich meinen Rucksack höher und ging zur Eingangstür. Aus Gewohnheit packte ich den Gurt fester. In der Tasche befand sich alles, was ich besaß. Alles, was ich auf der Welt mein Eigen nannte.

Wenn man auf der Flucht war, konnte man nicht wirklich viel mitnehmen.

Und so vieles blieb zurück.

Ich straffte die Schultern und ging hinein. Eine Glocke über der Tür bimmelte, und eine ältere blonde Frau mit einer weißen Schürze und einer Kaffeekanne in der Hand nickte mir zu.

„Nehmen Sie Platz, ich bin gleich bei Ihnen."

Mit einem Nicken setzte ich mich an einen Tisch in der Nähe des Fensters. Ich beobachtete ein vorbeifahrendes Auto und musterte die wachsenden Schatten auf den Bürgersteigen.

Keine lauernden Silhouetten. Niemand beobachtete mich.

Ich schluckte und schaute auf die Speisekarte. Das Plastik war zerkratzt und verblasst, und ich fuhr mit dem Finger über eine Rille, an der sie wohl mal geknickt worden war. Viel Geld hatte ich nicht mehr übrig, also war an Luxus nicht zu denken.

Laute Stimmen hallten durch das Diner. Als ich einen Blick zur Seite warf, entdeckte ich drei Männer in ihren Zwanzigern an einem Tisch, die lachten und scherzten, als ob sie sich um nichts in der Welt kümmern mussten.

Nun, das traf vermutlich zu. Wahrscheinlich arbeiteten sie, gingen an den Wochenenden feiern oder hingen zusammen ab. Ich fragte mich, wie sich das anfühlte.

Ein paar Tische weiter saß ein älterer, dunkelhaariger Mann mit gesenktem Kopf und las eine Zeitung.

Die Kellnerin erschien. „Was darf ich Ihnen bringen?"

Ich schenkte ihr ein kleines Lächeln. „Kaffee, bitte. Schwarz. Was ist das Tagesgericht?"

„Hackbraten. Es ist nichts Besonderes, aber der Koch nutzt ein spezielles Rezept. Ich verspreche, er ist deftig und sättigend."

Und billig. „Ja, Hackbraten klingt gut."

Mit einem Nicken ging die Kellnerin – auf deren Namensschild Karen stand – zurück zum Tresen.

Meine Finger trommelten auf dem abgenutzten Tisch. Ich musste mich entscheiden, wohin ich gehen wollte. Nach Norden? Ich könnte nach Memphis oder St. Louis fahren. Oder sollte ich weiter nach Osten reisen? Nach New Orleans oder sogar nach Florida?

Einen Moment lang fragte ich mich, wie es meiner Mutter in Dallas ging. Es war fast ein Jahr her, seit ich sie gesehen hatte.

Es ist sicherer so, Bell.

Aber das hielt den Schmerz nicht auf – ich vermisste sie unendlich.

New Orleans hatte ich schon immer mal besuchen

wollen. Erneut klopfte ich auf den Tisch. Andererseits gab es in Florida einen Strand. Warmes Wetter und goldener Sand – wer konnte dazu schon Nein sagen?

Die Tür öffnete sich, und ein junges Paar trat ein, begleitet von einem kalten Luftzug. Der Mann hatte seinen Arm um eine schlanke Frau mit rotem Haar gelegt. Sie lächelte zu ihm hoch.

Plötzlich verschwamm meine Sicht.

Allison.

Das Bild meiner besten Freundin – mit ihrem breiten Lächeln, den Sommersprossen und dem langen, roten Haar – drängte sich in meinen Kopf. So viele Erinnerungen lauerten in meinem Gedächtnis.

Wir waren seit der zweiten Klasse beste Freundinnen gewesen. Seit dem Tag, an dem sie sich in der Klasse neben mich gesetzt und verkündet hatte, dass wir für immer beste Freunde sein würden. Und das waren wir auch. Auf der Grundschule, der Mittelschule und der Highschool. Am Ende hatten wir beschlossen, zusammen aufs Baylor College zu gehen. Ich hatte Wirtschaft studiert, und Allie wollte Krankenschwester werden.

Menschen zu helfen, wenn sie es brauchen. Das ist wichtig, Bell.

Sie war der netteste Mensch gewesen, den ich je kennengelernt hatte, mit einem guten Herzen. Allie war einfach gut und schön gewesen.

Meine Hände krümmten sich um die Tischkante, und die Realität kam zurück. Ich blinzelte und sah, wie die Rothaarige und ihr Freund an einem Tisch Platz nahmen.

Sie war nicht Allison.

Allie war tot.

Mein Magen rebellierte und ein Schwall Übelkeit kam meine Kehle hoch. Ich schmeckte die Galle in meinem Mund und atmete durch. Meine Finger gruben sich in meine Oberschenkel und drückten sich in den Stoff meiner abgewetzten Jeans.

„Hier, bitte."

Karen stellte einen Becher mit Kaffee und einen Teller mit Essen ab. Der Geruch schlug mir entgegen und verschlimmerte meine Übelkeit, aber ich brachte ein Lächeln zustande. „Danke."

Sie musterte mich. „Wenn Sie noch etwas brauchen, lassen Sie es mich wissen."

Ich nickte. Dieses kleine bisschen Freundlichkeit ließ mir die Tränen in die Augen steigen.

Seit ich von zu Hause weggegangen war, hatte es nicht mehr viel Freundlichkeit in meinem Leben gegeben.

Kopfschüttelnd schloss ich den Mund und nahm meine Gabel in die Hand. *Überleben.* Das war das Wichtigste. Und ich, Bellamy Sanders, war eine verdammte Überlebenskünstlerin.

Auf keinen Fall würde ich *ihn* gewinnen lassen.

Ich aß ein Stück von meinem Hackbraten, das ich langsam kaute. Beim dritten Bissen kam jemand zu mir an den Tisch.

„Hallo, Schätzchen." Es war einer der Männer des lauten Trios. Er hatte hellbraunes Haar und ein Gesicht, das er wahrscheinlich für attraktiv hielt, aber einfach nur gewöhnlich aussah. Seine Hände steckten in den

Taschen seiner Jeans. „Du siehst aus, als könntest du etwas Gesellschaft gebrauchen. Warum kommst du nicht zu uns?"

Mehr als einen ausdruckslosen Blick konnte er von mir nicht erwarten. „Ich möchte lieber allein sein."

„Komm schon." Das Lächeln, das er mir schenkte, verriet mir, dass er dachte, er sei charmant. „Ich bin ein netter Kerl." Er lehnte sich näher heran. „Wir könnten etwas Spaß zusammen haben."

Herrje. Ich hasste aufdringliche Typen wie ihn. Leider hatte ich gelernt, dass man als alleinstehende Frau solche Kerle anzog. Und zwar oft.

„Nein, aber danke."

Ein Stirnrunzeln zeichnete ihn. „Hey, ich bin doch nur freundlich."

„Und ich möchte einfach nur mein Abendessen essen."

„Du kannst es mit mir und meinen Freunden essen." Er winkte zu seinem Tisch. „Wir könnten uns kennenlernen."

Mein Herzschlag beschleunigte sich. Er wollte es nicht auf sich beruhen lassen, sondern eine Szene machen.

Seufzend erwiderte ich: „Sieh mal ..."

Ein Schatten fiel über den Tisch, und ich hob den Kopf.

Mein Herz setzte einen Schlag aus.

Es war der einsame Mann des anderen Tischs. Da er gesessen hatte, war mir eine wichtige Tatsache entgangen: Er war riesig. Groß, breit und voller Muskeln. Die

Ärmel seines blauen Hemdes waren hochgekrempelt, und seine Arme waren mit Tattoos übersät. Die Tinte zeigte eine Mischung aus verschiedenen Mustern wie Blumen und Wirbeln und kühlen geometrischen Mustern.

Sein Gesicht war nicht gerade hübsch, aber ich konnte nicht wegsehen. Er wirkte schroff, mit einer Nase, die schon einmal gebrochen worden war, struppigem, schwarzem Haar und einem schwarzen Bart, der seinen markanten Kiefer bedeckte.

Seine sturmgrauen Augen richteten sich auf meinen unerwünschten Besucher. „Sie sagte, sie hat kein Interesse."

„Halt dich da raus." Der jüngere Mann hielt seinen Blick auf mich gerichtet. „Das ist nicht deine Angelegenheit."

„Doch, ist es, denn du verhältst dich wie ein Arsch. Geh."

Mr. Hartnäckig drehte sich zu dem älteren Mann um, dann erstarrte er.

Ich verbarg ein Lächeln. *Ja, richtig, du bist nicht der größte Kerl im Raum.*

„*Sofort*", knurrte der tätowierte Riese.

Der Plagegeist wog offensichtlich seine Optionen ab und schniefte dann. „Sie ist es sowieso nicht wert." Er schlenderte zurück zu seinen Freunden.

Ich starrte den Fremden weiter an und konnte den Blick nicht abwenden.

Sein Kopf drehte sich zu mir, und sturmgraue Augen trafen meine.

Beau

Die junge Frau sah mich mit den größten blauen Augen an, die ich je gesehen hatte.

„Danke", sagte sie.

Ihre Stimme war erstaunlich rauchig.

„Ich hasse solche Arschlöcher", erklärte ich ihr.

Sie nickte. Ihr gefärbtes, mausbraunes Haar war zu einem Zopf zusammengebunden. Ich konnte erkennen, dass die Farbe nicht natürlich war, denn es war alles einfarbig, ohne jegliche Nuancen. Ihr Gesicht mit der Stupsnase war ziemlich süß.

„Darf ich dich auf einen Kaffee einladen, als Dankeschön?", fragte sie zögernd. Sie winkte dem Platz ihr gegenüber zu.

„Ich dachte, du wolltest keine Gesellschaft?"

„Nicht *seine* Gesellschaft." Sie schüttelte den Kopf. „Tut mir leid, du willst wahrscheinlich nur allein zu Ende essen. Danke, noch mal."

Ich musterte sie. Irgendwie hatte sie etwas Einsames an sich. Diesen Blick hatte ich schon oft gesehen, weil ich als Kind in einer Pflegefamilie aufgewachsen war, und auch heutzutage bei den Pflegekindern, die ich in meinem Fitnessstudio trainierte.

„Lass mich meine Sachen holen."

Ich hatte meinen Burger aufgegessen und schnappte mir meine Zeitung und meinen Kaffeebecher. Dann winkte ich der Kellnerin zu und setzte mich auf den Platz gegenüber der Streunerin.

Schon als sie das Lokal betreten hatte, war sie mir ins Auge gefallen, aber ich hatte sie zunächst für einen Teenager gehalten. Doch jetzt, aus der Nähe, schätzte ich sie auf Anfang zwanzig. Sie war jung, aber sie hatte einen düsteren Blick in ihren Augen.

Definitiv kein zartes Pflänzchen.

Meine Boxkarriere hatte mich gelehrt, den Kampfgeist und die Entschlossenheit eines Menschen schnell einzuschätzen. Deshalb war ich auch so gut im Kämpfen.

Mein Instinkt sagte mir, dass diese Frau über eine Menge Widerstandskraft verfügte und nicht so schnell aufgab.

„Ich bin Beau."

Sie zögerte. „Bell."

Das war wahrscheinlich nicht ihr richtiger Name. Sie war eindeutig in Schwierigkeiten oder versuchte, Schwierigkeiten zu entkommen.

„Wo willst du hin, Bell?"

„Florida."

Ich nickte. „Ich bin auf dem Heimweg nach New Orleans. Hatte eine Geschäftsreise in Houston."

Einige der Jungs, die ich in meinem Fitnessstudio trainierte, hatten an einem Wettkampf in Houston teilgenommen. Ich hatte beschlossen, mit dem Auto zu fahren, statt zu fliegen, und eine Spritztour mit meinem frisch restaurierten Wagen zu machen. Der Boxkampf war am Abend vorbei gewesen, aber nachdem ich die Grenze zu Louisiana überquert hatte, hatte ich beschlossen, mir ein Hotel für die Nacht zu suchen und den Rest des Weges am Morgen hinter mich zu bringen. Vielleicht sollte ich die Interstate verlassen und eine landschaftlich reizvolle Route durch die Feuchtgebiete nehmen.

Ich hätte mir ein schönes Hotel suchen können – ich hatte das Geld –, aber ich hatte mich für die traditionelle Methode entschieden, ein Motel zu finden, bei dem ich mein Auto vor der Tür abstellen konnte.

„Nach New Orleans wollte ich schon immer mal." Bell spielte mit ihrer Kaffeetasse herum. „Es klingt toll."

Ich lachte kurz auf. „Die meisten Leute konzentrieren sich auf die Kriminalitätsrate und die Hurrikans."

Ihre Lippen schürzten sich. „Ich denke an die Bourbon Street, Mardi Gras, Cajun-Essen, den Bayou."

„All diese Dinge gibt es dort natürlich. Ich finde, es ist eine tolle Stadt."

Meine Brüder und ich taten unser Bestes, um sie besser zu machen. Wir waren alle erfolgreich und versuchten, etwas zurückzugeben. Dabei spendeten wir eine Menge Geld für örtliche Wohltätigkeitsorganisationen und andere Zwecke. Wir hielten unsere kleine Ecke von New Orleans – einen Stadtteil im Arts/Warehouse District – frei von Kriminalität.

Und wir hatten keine Angst, uns mit Arschlöchern anzulegen, die unser Revier betraten. Ich fuchtelte mit der Hand unter dem Tisch. Jeder von uns hatte dort Geschäfte und Häuser, und wir taten, was wir tun mussten, um sie zu schützen. Ja, wir hatten es weit gebracht für fünf ausgesetzte Jungs, die sich in Pflegefamilien kennengelernt hatten.

Die Blut vergossen und sich gegenseitig den Rücken freigehalten hatten.

Ältere, hässlichere Erinnerungen wurden wach. Ich ließ sie zu, denn ich vergaß nie, wo ich herkam.

Oder von wem ich abstammte.

„Also, was gibt es in Florida?"

„Den Strand." Bell lächelte.

Es erhellte ihr Gesicht, und mir stockte der Atem. Verdammt, sie war wunderschön, wenn sie lächelte. Ich räusperte mich.

„Ich mag den Strand", fuhr sie fort.

„Da gibt es auch viel zu mögen – Sand, warme Sonne, kaltes Bier. Aber denk an die Haie und Sonnenbrand. Einmal war ich mit meinen Brüdern im Urlaub. Eine Flosse tauchte im Wasser auf, und ich habe meinen Bruder Reath noch nie so schnell schwimmen sehen. Es stellte sich heraus, dass es ein Delfin war."

Bell lachte und sah dann erschrocken aus, als hätte sie in letzter Zeit nicht viel zum Lachen gehabt. „Wie viele Brüder hast du denn?"

„Vier."

„*Vier*. Wahnsinn. Ich wette, bei dir zu Hause ging es ziemlich rau zu, als du aufgewachsen bist."

Ich hob mein Kinn, erwähnte aber das Pflegeheim nicht. Unsere letzte Pflegefamilie war nicht schön gewesen. Harvey Tucker hatte die Jungen gern im Namen der Disziplin geschlagen. In Wirklichkeit war er einfach ein sadistisches Arschloch gewesen.

„Hast du Geschwister?", fragte ich.

Ihr Blick senkte sich. „Nein. Es gab nur mich und meine Mom."

Unser Kaffee wurde nachgefüllt, und ich hielt das Gespräch locker. Immer, wenn es zu persönlich wurde,

wurde Bell unruhig. Wir sprachen mehr über New Orleans, Musik und Filme. Normalerweise war ich kein großer Redner, aber irgendwie fiel es mir bei ihr leicht.

Sie war jung und energiegeladen, und trotz ihrer abgetragenen Kleidung wirkte sie sehr gebildet. Eigentlich sollte sie ihre Karriere beginnen, sich verabreden und mit Freundinnen ausgehen, und nicht das tun, was sie gerade tat.

„Wir schließen bald!", rief Karen.

Nickend erwiderte ich: „Danke."

Bell biss sich auf die Lippe und schaute nach draußen. Der Nieselregen hatte sich zu einem Dauerregen entwickelt. Ich wusste, dass der Wetterbericht sagte, es würde noch schlimmer werden.

„Wohnst du in dem Motel nebenan?" Ich warf einen Blick aus dem Fenster und erkannte mein Auto gerade noch so. „Die Unterkunft ist nicht schick, aber sauber."

„Ähm, der Bus kommt in ein paar Stunden vorbei."

Ich erstarrte. Das Diner schloss gerade, und es regnete. Wo zum Teufel wollte sie warten?

Sorgfältig zählte sie etwas Bargeld ab und legte es auf den Tisch, dann nahm sie ihren Rucksack und hievte ihn auf ihre Schultern.

Schnell legte ich ein wenig Geld neben ihres auf den Tisch und folgte ihr hinaus.

In diesem Moment gab es einen heftigen Donnerschlag, und Blitze zuckten über den Himmel. Alle Schleusen öffneten sich, und ein fieser Regen ergoss sich in Sekundenschnelle über die Stadt.

„O nein." Bells Haar war in Sekundenschnelle durchnässt.

„Komm schon." Ich nahm ihren Arm und joggte in Richtung des Motels.

Wir kauerten uns unter dem überdachten Gang vor meinem Zimmer zusammen. Unsere Kleidung war durchnässt, und der Regen prasselte unbarmherzig um uns herum.

Verdammt! Es sah nicht so aus, als würde es in nächster Zeit aufhören.

BÜCHER VON ANNA

Verlorene Smaragde

Verlorene Diamanten

Norcross Security

Der Ermittler

Der Troubleshooter

Der Spezialist

Der Bodyguard

Der Hacker

Der Drahtzieher

Der Detective

Der Lebensretter

Der Beschützer

Mr. & Mrs. Norcross

Also Available as Audiobooks!

The Medic

The Protector

Mr. & Mrs. Norcross

Also Available as Audiobooks!

Billionaire Heists

Stealing from Mr. Rich

Blackmailing Mr. Bossman

Hacking Mr. CEO

Also Available as Audiobooks!

Team 52

Mission: Her Protection

Mission: Her Rescue

Mission: Her Security

Mission: Her Defense

Mission: Her Safety

Mission: Her Freedom

Mission: Her Shield

Mission: Her Justice

Also Available as Audiobooks!

Treasure Hunter Security

Undiscovered

Uncharted

Unexplored

Unfathomed

Untraveled

Unmapped

Unidentified

Undetected

Also Available as Audiobooks!

Oronis Knights

Knightmaster

Knighthunter

Knightqueen

Also Available as Audiobooks!

Galactic Kings

Overlord

Emperor

Captain of the Guard

Conqueror

Also Available as Audiobooks!

Eon Warriors

Edge of Eon

Touch of Eon

Heart of Eon

Kiss of Eon

Mark of Eon

Claim of Eon

Storm of Eon

Soul of Eon

King of Eon

Also Available as Audiobooks!

Galactic Gladiators: House of Rone

Sentinel

Defender

Centurion

Paladin

Guard

Weapons Master

Also Available as Audiobooks!

Galactic Gladiators

Gladiator

Warrior

Hero

Protector

Champion

Barbarian

Beast

Rogue

Guardian

Cyborg

Imperator

Hunter

Also Available as Audiobooks!

Hell Squad

Marcus

Cruz

Gabe

Reed

Roth

Noah

Shaw

Holmes

Niko

Finn

Devlin

Theron

Hemi

Ash

Levi

Manu

Griff

Dom

Survivors

Tane

Also Available as Audiobooks!

The Anomaly Series

Time Thief

Mind Raider

Soul Stealer

Salvation

Anomaly Series Box Set

The Phoenix Adventures

Among Galactic Ruins

At Star's End

In the Devil's Nebula

On a Rogue Planet

Beneath a Trojan Moon

Beyond Galaxy's Edge

On a Cyborg Planet

Return to Dark Earth

On a Barbarian World

Lost in Barbarian Space

Through Uncharted Space

Crashed on an Ice World

Perma Series

Winter Fusion

A Galactic Holiday

Warriors of the Wind

Tempest

Storm & Seduction

Fury & Darkness

Standalone Titles

Savage Dragon

Hunter's Surrender

One Night with the Wolf

For more information visit www.annahackett.com

ÜBER DIE AUTORIN

Ich bin eine USA-Today-Bestsellerautorin für Liebesromane. Meine Leidenschaft sind Romane, in denen es an Action nicht mangelt, Science-Fiction Platz findet und auch die Liebe nicht zu kurz kommt. Ich liebe es, über Menschen zu schreiben, die entgegen allen Erwartungen die schwierigsten Situationen lösen und sich beim Erreichen ihrer Ziele selbst übertreffen.

Ich lebe mit meinem eigenen persönlichen Helden und zwei sehr aktiven Söhnen in Australien.

Für Erscheinungstermine, einen Blick hinter die Kulissen, kostenlose Bücher und andere tolle Goodies, melde dich hier an und verpasse nichts mehr: www.annahackett.com